泰山学者工程专项经费资助

山东竹枝词的文本整理与研究

郑　艳　著

山东画报出版社

济南

图书在版编目（CIP）数据

山东竹枝词的文本整理与研究 / 郑艳著. —济南：山东画报出版社，2023.9

ISBN 978-7-5474-4547-1

Ⅰ. ①山… Ⅱ. ①郑… Ⅲ. ①竹枝词 – 诗歌研究 – 山东
Ⅳ. ①I207.22

中国国家版本馆CIP数据核字(2023)第163461号

SHANDONG ZHUZHICI DE WENBEN ZHENGLI YU YANJIU
山东竹枝词的文本整理与研究
郑　艳 著

责任编辑　顾业平
装帧设计　王　芳

主管单位　山东出版传媒股份有限公司
出版发行　山东画报出版社
　　　　　　社　　址　济南市市中区舜耕路517号　邮编 250003
　　　　　　电　　话　总编室（0531）82098472
　　　　　　　　　　　市场部（0531）82098479
　　　　　　网　　址　http://www.hbcbs.com.cn
　　　　　　电子信箱　hbcb@sdpress.com.cn
印　　刷　青岛国彩印刷股份有限公司
规　　格　160毫米×230毫米　32开
　　　　　　10.25印张　295千字
版　　次　2023年9月第1版
印　　次　2023年9月第1次印刷
书　　号　ISBN 978-7-5474-4547-1
定　　价　68.00元

如有印装质量问题，请与出版社总编室联系更换。

目　录

绪论　关于竹枝词与民俗文献 1

　　第一节　竹枝词研究 2

　　　　一、竹枝词本体研究 2

　　　　二、竹枝词案例研究 11

　　第二节　歌谣研究 16

　　　　一、歌谣学运动 16

　　　　二、歌谣研究现状 20

　　第三节　民俗文献研究 24

　　　　一、民俗文献理论研究 25

　　　　二、民俗文献专类研究 28

第一章　竹枝词小史 31

　　第一节　从"竹枝"到"竹枝词" 32

　　　　一、凄凉古竹枝 32

　　　　二、文人竹枝词 37

第二节　从竹枝词到风俗诗　39

一、竹枝词泛咏风土　40

二、以竹枝词为中心的风俗诗　42

第三节　竹枝词的民俗学价值　45

第二章　山东竹枝词的文本现状及其社会语境　59

第一节　山东竹枝词的历史分期　59

一、山东竹枝词的形成期　60

二、山东竹枝词的发展期　62

三、山东竹枝词的繁盛期　63

第二节　山东竹枝词的地理分布与水运发展　64

一、山东海河水系的形成与京杭大运河的开通　64

二、山东运河水系的发展与竹枝词的地理分布　66

第三章　山东竹枝词的文本分类与民俗内容　69

第一节　山东竹枝词的文本分类　70

第二节　山东竹枝词的民俗内容　72

一、山东竹枝词记述的衣食起居　73

二、山东竹枝词记述的人生礼仪　85

三、山东竹枝词记述的信仰形式　88

四、山东竹枝词记述的岁时节日　96

第四章　作为民俗文献的山东竹枝词　109

第一节　山东竹枝词的记述手法　110

一、采撷俗言韵语　111

二、构造图像式场景　113

三、呈现多彩民俗生活　127

四、串连生活片段　128

第二节　山东竹枝词的形制体例　131

一、组诗形制　132

二、序注繁复　133

第三节　山东竹枝词的记述立场　135

一、民俗事象的记录　136

二、民俗生活的体验　137

三、民俗行为的导引　138

余论　中西诗学互鉴：基于民俗志诗学的理论建构　141

附录　山东竹枝词　167

后记　321

绪论　关于竹枝词与民俗文献

竹枝词是我国传统文化的文学表现形式之一，其形式固定、内容庞杂、风格谐趣，为广大民众所接受和传承，成为我国古代文献资料的组成部分，具有相当重要的研究价值和意义。但是，现代学科体系意义上的民俗学素来重视对于民俗记述的客观性与真实性的要求，却从一定程度上忽视了民俗记述主体的个人体验与观念。尤其是对于我国的历史民俗文献来讲，由于其从一定程度上包含着古代知识分子对于民俗的认识与看法，因而造成对其记述价值的怀疑。

将竹枝词确立为民俗文献，并对其进行整理和研究对于民俗学学科的建设具有一定程度的意义与价值：从历史民俗学的角度来说，本文研究选取自元代至民国初期的山东竹枝词文本为研究对象，对其中所记述之民俗事象进行统计、分析，并通过田野调查的方式搜集与整理近代竹枝词文本资料以补遗，从而对民俗文献的范围进行了拓展，丰富了民俗资料的来源；从记录民俗学的角度来说，本文研究意在发现竹枝词的民俗文献性质的基础上，挖掘其作为民俗文献特殊文体范式的价值，并对以竹枝词为中心的诗体民俗文献的记述体例与立场进行分析，从而对民俗文献的体例进行了拓展，补充了民俗记述的方式；从理论民俗学的角度来说，本文研究旨在探讨在以竹枝词为中心的民俗诗的体制与特点的基础之上，以文艺批评的视角进行民俗文献研究，从民俗传承的角度观照共时性与历时性，从生活审美的角度探讨身体体验与文字表述，从而为民俗学研究特定文体提供一定的理论支持。

第一节　竹枝词研究

纵观目前学界对于竹枝词的研究，大致可以从两个方向进行梳理：一是本体研究，即对竹枝词作本质探讨，考证源流、判定性质、分析特征等；二是案例研究，即应用竹枝词文本进行相关的专题探讨，解读与阐释某作者或是某地区的竹枝词。

一、竹枝词本体研究

竹枝词是一种极为特殊的诗体，其早期以歌唱的方式产生并流传，因而又被称为"竹枝歌"，后被文人仿作，形成以文本形式存在的"竹枝词"，并流传至今。就此而言，关于竹枝词的本体研究即兼有溯源、考证、辨析等多方面内容。

1.关于竹枝词的起源问题
由于历史悠久、资料缺失等原因，对于竹枝词的起源问题存在众多的争论。

首先，关于"竹枝"的起源时间大致包括以下说法：一、汉代说，其依据为引用北魏郦道元《水经注》载："江水又东，巫溪水注之，又经琵琶峡。"《本志》云："琵琶峰下，女子皆善吹笛，嫁时，群女子冶具，吹笛，唱《竹枝词》。"① 查诸《水经注》原文并无此语，更不知《本志》为何，因而此说当不实。二、两晋说，其依据为清代王文诰辑注《苏轼诗集》卷一下有案语曰："镪钱祭鬼，皆见于《竹枝词》内，自唐以前已有之，故方密之以为起于晋。"② 方密之乃明清学者方以智，其此说《通考》不记，来源不详，故存疑。三、齐梁说，其依据为黄庭坚对刘禹锡的评价，任半塘认为："自来对《竹枝》之评价，莫高于宋黄庭坚所举。黄氏感《竹枝》'风声气俗'之盛，至尊为'齐梁乐府之将帅'。"③ 但事实上，黄氏之评价乃是针对刘禹锡之《柳枝词》："刘宾客《柳枝词》，虽乏曹、刘、陆机、左思之豪壮，自为齐梁乐府之将帅也。"④ 故而此说当为误解。四、唐代说，此说甚为流行且比较稳妥，因《全唐诗》中多载竹枝词。

其次，关于竹枝词的起源地有两种说法：一说为巴渝，如郭茂倩所言："《竹枝》本出于巴渝。"⑤ 一说为楚地，如苏轼曰："《竹枝歌》本楚声，幽怨恻怛。"⑥ 事实上，竹枝词具体的起源地已经无从考证。但是从文化区域来看，巴楚文化本就同源："巴楚文化作为一相对独立的文化系统，有其特定的文化构成，概括说来，巴蛮、荆州蛮为巴楚先民的主体，巴文

---

① 齐柏平持此说，详见《"竹枝"研究》，载《音乐研究》，1995年第4期，第83页。
② [宋] 苏轼：《苏轼诗集》，王文诰辑注，孔凡礼点校，北京：中华书局，1982年版，第24页。
③ 任半塘持此说，详见《唐声诗》（下），上海：上海古籍出版社，2006年版，第388页。
④ [宋] 黄庭坚：《山谷别集·跋柳枝词书纸扇》，《钦定四库全书》影印本。
⑤ [宋] 郭茂倩：《乐府诗集》，北京：中华书局，1979年版，第1140页。
⑥ [宋] 苏轼：《竹枝词并序》，见王利器、王慎之、王子今辑《历代竹枝词》，西安：陕西人民出版社，2003年版，第19页。

化、荆楚文化为其文化主源，巴文化、荆楚文化的交叉融合酝酿出具有独特个性的'巴楚文化'。"①因而最为稳妥的说法是："唐时竹枝的歌唱并非一地，更非仅为巴蜀。它实际上是遍布长江南北，并广布于湘鄂。包括巫山、奉节、建平、常德、吉首以至武陵、清江等地区。"②

最后，关于竹枝词的命名问题，大致包括以下两种说法：一种是和声说，即《唐音癸签》所记："有和声，七字为句。破四字，和云'竹枝'；破三字，又和云'女儿'。"③竹枝歌以"竹枝"和"女儿"为和声的特点使得不少学者论断其命名乃是由此而起，如傅如一、张琴在《民歌"竹枝"渊源——竹枝词新论之一》中以舜之二妃涕泪斑竹的神话推断竹枝命名之来历④。但题名取"竹枝"而不取"女儿"仍不见合理解释。王庆沅所撰《竹枝歌和声考辨》一文意从竹崇拜的角度辨证"竹枝"之来历，但其对于舍"女儿"而定"竹枝"的原因解释为竹枝歌的发现者刘禹锡"深谙'竹枝、女儿'和声的宗教涵义（刘氏本人即是个佛教信徒），在新词中慎重敲定而保留下来，并以其命名"⑤之说则太过主观。另外一种推断是以竹枝舞蹈，日本学者盐谷温在《中国文学概论讲话》中提到："所谓'竹枝'，所谓'女儿'，即是歌唱时众人相随和的声。在《词律》这样注释的。大概'竹枝'是歌者手拿竹枝以取拍子的。"⑥朱自清认为这一说法

---

① 萧放：《论巴楚文化的民俗特色》，见彭万廷、屈定富主编《巴楚文化研究》，北京：中国三峡出版社，1997年版，第241页。

② 张紫晨、杨昌鑫：《竹枝词与土家族民歌》，见张紫晨《张紫晨民间文艺学民俗学论文集》，北京：北京师范大学出版社，1993年版，第67页。

③〔明〕胡震亨：《唐音癸签》，上海：上海古籍出版社，1981年版，第139页。

④ 傅如一、张琴：《民歌"竹枝"溯源——竹枝词新论之一》，载《山西大学学报（哲学社会科学版）》，1993年第4期，第69—73页。

⑤ 王庆沅：《竹枝歌和声考辨》，载《音乐研究》，1996年第2期，第51页。

⑥〔日〕盐谷温：《中国文学概论讲话》，孙俍工译，上海：开明书店，1929年版，第151页。

"可解释《竹枝词》得名之由，但苦无佐证"①。此后，任半塘提出了关于此说的论证："'竹枝'命名之起因如何，尚不详。舞者手中或执竹枝，汉代似已有之；在唐舞，《拓枝》《柳枝》皆其类也。"并注曰："《汉书·礼乐志》载汉郊祀歌《天门》云：'饰玉梢以舞歌。'所谓'玉梢'，殊近竹枝。"②由此可知，这一论证也仅仅是一种推测而已。

2.关于竹枝词的流变问题

对于这一问题的研究，基本上认可由民歌而转入文人竹枝词的发展历程。竹枝词最早是以民歌的形式起源并广泛传播的，如唐代诗人顾况诗云："渺渺春生楚水波，楚人齐唱竹枝歌。与君皆是思归客，拭泪看花奈老何。"③顾况是唐代较早发现竹枝歌的文人，而且亲自创作《竹枝曲》："帝子苍梧不复归，洞庭叶下荆（一作楚）云飞。巴人夜唱竹枝后，肠断晓猿声渐稀。"④因此，《中国民间文学史》将其划归为"唐代民歌"，并认为："'竹枝词'唐时称为'竹枝'，也称之为山歌。"⑤其实，竹枝只是唐时流行山歌的一种，"'山歌'乃类名，不以《竹枝》为限"⑥。但从实际情况而言，竹枝确为唐代极具代表性的山歌，如白居易诗云："江果尝卢橘，山歌听竹枝。"⑦任半塘将竹枝的演唱分为两种：

---

① 朱自清：《中国歌谣》，上海：复旦大学出版社，2004年版，第92页。
② 任半塘：《唐声诗》（下），上海：上海古籍出版社，2006年版，第387页。
③ ［唐］顾况：《早春思归有唱竹枝歌者坐中下泪》，见［清］彭定求等编《全唐诗》，北京：中华书局，1960年版，第2971页。
④ ［唐］顾况：《竹枝曲》，见王利器、王慎之、王子今辑《历代竹枝词》，西安：陕西人民出版社，2003年版，第1页。
⑤ 祁连休、程蔷、吕微主编：《中国民间文学史》，石家庄：河北教育出版社，2008年版，第403页。
⑥ 任半塘：《唐声诗》（上），上海：上海古籍出版社，2006年版，第411页。
⑦ ［唐］白居易：《江楼偶宴赠同座》，见［清］彭定求等编《全唐诗》，北京：中华书局，1960年版，第4874页。

"《竹枝》之歌唱显分两种，曰野唱与精唱。野唱在民间，或祠神，或应节令，或闲情踏月，集体竞赛，'女唱驿'之地名，由此而得。精唱则向在朝市，入教坊，乃女伎专长，其人谓之'竹枝娘'，亦染竞赛风，赵燕奴所为，其最著者。他如士大夫之唱，有张旭、刘禹锡例。"①此说关于野唱部分的讨论当实，但关于精唱部分的论断尚有可讨论之余地。一来唐教坊曲中确存《竹枝子》之目，但并不载其内容，因此，后人认其为《竹枝》之别名，如清代王士禛认为："《竹枝》本名《竹枝子》，与《采莲子》《渔歌子》《山花子》《水仙子》《南乡子》《赤枣子》《生查子》等并列。今独去'子'字，但云《竹枝》。"②但是，根据敦煌写本《云谣集杂曲子》所记《竹枝子》的内容可知，两者体制相异，并非一事。任半塘考证了"《竹枝子》由《竹枝》孳乳而来"之不实，认为"《竹枝子》仅见于敦煌曲，乃杂言双叠。平仄兼叶之调不能早于《竹枝》"③，但实际上还是将两者视作一体："盛唐即有《竹枝》，《竹枝子》或由初、盛唐之《竹枝》来，与中唐之《竹枝》无干。"④此言谨慎，但稍显保守。由此推断，教坊所唱应多为《竹枝子》。二来士大夫之唱的情况也不相同。张旭唱竹枝仅见于《云仙杂记》所载："张旭醉后，唱竹枝曲，反复必至九回乃止。"⑤内容不详，无从论断。但是，刘禹锡亲闻竹枝歌唱而作词，并传于当地人继续演唱，此与张旭截然不同。这一点任半塘也认可："刘氏《竹枝》引言中曾称：辞成以后，'俾善歌者飏之'，史书则谓'武陵夷俚悉歌之'。足见其写此歌，乃取自民间，复还于民间。而

①任半塘：《唐声诗》（下），上海：上海古籍出版社，2006年版，第382页。

②［清］王士禛：《带经堂诗话》，张宗柟纂集、戴鸿森校点，北京：人民文学出版社，1963年版，第28页。

③任半塘：《唐声诗》（下），上海：上海古籍出版社，2006年版，第377页。

④任半塘：《唐声诗》（上），上海：上海古籍出版社，2006年版，第604页。

⑤［唐］冯贽：《云仙杂记》，《四部丛刊续编·子部》影印本。

九章之内容，或状山农辛勤，或喻人心险薄，或写水边情调，或申羁旅乡愁，都不离民间生活。唐代其他作家，凡拟民歌而还供民间采用者，亦尚有之，自与刘氏《竹枝》同效；但若白居易、元稹、李绅等集内，除不歌之'新乐府'外，别有'奉敕撰进'与'翰林应制'诸作，纯为封建统治者服务，则与刘氏《竹枝》供'裔倮悉歌'者，大异其趣。"①由此或可推断，任半塘所谓之野唱当为竹枝歌之本真面貌，而精唱一部分或来自民歌《竹枝》改编，另一部分或为教坊曲《竹枝子》。②当然，如果从另一个角度来论断，教坊曲《竹枝子》曲调哀怨，多诉离情别意，或为民歌"竹枝"发展而来。也就是说，流传于民间的竹枝歌与教坊传唱的竹枝歌有着极大的区别，而前者才为民俗生活的必需品。换言之，竹枝词之"词"本取"歌词"之意，最初是指竹枝歌的词，如《闻歌竹枝》中所云："巡堤听唱竹枝词，正是月高风静时。"③后来，竹枝歌为文人所闻，并开始进行采录和创作，最初仍能和乐而歌，但是随着形式和风格的改变而逐渐与歌舞分离，遂成文人竹枝词。

3.关于竹枝词的性质问题

由于竹枝词逐渐失去了对其演唱方式的记载，转而变为文本资料，其形式又比较特殊，内容与体制与诗、词密切相关，所以对于竹枝词的性质问题也充满争议。

首先从文体归属上来说，因其可以和乐而歌，可被归入词体；又因其

---

①任半塘：《唐声诗》（上），上海：上海古籍出版社，2006年版，《唐声诗总说》第5页。

②从根源上来讲，一切诗歌皆起源于民间，即如钟敬文在《绝句与词发源于民歌——中国文学史上的一个问题》一文中所言："中国诗歌体式，大都发源于民间的风谣。"因此，教坊曲也应受孕于民歌，此不赘述。详见钟敬文《钟敬文民间文学论集》（下），上海：上海文艺出版社，1985年版，第265—276页。

③［唐］蒋吉：《闻歌竹枝》，见王利器、王慎之、王子今辑《历代竹枝词》，西安：陕西人民出版社，2003年版，第6页。

形式多为七言绝句，又可被归入诗体。这一点从竹枝词作品的选录以及对于诗词的研究中便可得到印证：一来竹枝词可入诗集，如《全唐诗》，也可入词选，如《古今词统》；二来诗话中可讨论竹枝词，如《带经堂诗话》，词话中也可讨论，如《古今词话》。任半塘在《成都竹枝词·序》中提及："在唐，竹枝即称竹枝，无'竹枝词'说。"[①]要义当是论述唐代诗人多称"竹枝"，而仅以"竹枝词"为题，说明自己所作乃是竹枝歌之词。不过此说也确从本质上表明了其对于竹枝之词的认识，即"认《竹枝》在近体七绝之外，亦在词曲之外，较正确"[②]。也就是说，从严格意义上讲，竹枝词最初并非类似诗、词等的独立的文学形式，而是为竹枝歌所填之词。按照任半塘对于唐代诗歌之研究，此时的竹枝词乃为"声诗"，即"结合声乐、舞蹈之齐言歌辞"[③]。但是宋元之后，随着文人的介入，竹枝词的体制开始发生变化并形成定式，而逐渐文本化的过程也使其转变为一种诗体，即："若后世以七绝咏各地风土人情，名为《竹枝词》者……皆不过诗家袭用唐乐之曲名而已，完全主文，本不求有声、容。"[④]清人万树将《竹枝》编入《词律》时，以皇甫松和孙光宪的作品为例，而不载刘禹锡之《竹枝词》，即是看重前两者所作带有"竹枝""女儿"的和声："他人集中作诗，故未注此四字。此作词体，故加入也。"[⑤]也就是说，万树认为词是可以和乐的，故而将作为词之竹枝的演唱方式记录其中。虽然万树将可歌之竹枝词定义为词体而非声诗，但其所言大多数文人记录或者创作竹枝歌词时都不记其演唱方式当为事实，此抑或为竹枝词从歌词进而

---

① 杨燮等著，林孔翼辑录：《成都竹枝词·序》，成都：四川人民出版社，1982年版，第1页。
② 任半塘：《唐声诗》（下），上海：上海古籍出版社，2006年版，第392页。
③ 任半塘：《唐声诗》（上），上海：上海古籍出版社，2006年版，第46页。
④ 任半塘：《唐声诗》（上），上海：上海古籍出版社，2006年版，第47页。
⑤ ［清］万树编著：《词律》，上海：上海古籍出版社，1984年版，第62页。

转变为诗体的主要原因。

　　其次就其内容范围而言，文人的介入使得竹枝词慢慢脱离最初歌、乐、舞三位一体的民歌状态，成为具有相对固定的体制和风格的文学作品。虽然其作为民歌的地位与意义已然消失，但是竹枝词并未因此失去价值而退出历史舞台，反以另外一种形式产生了较大的影响，即从其内容出发，以状写风土为题材，发展成为极具价值的歌咏风俗的诗体。尤其是明清之后，竹枝词以泛咏风土的诗体形式而盛行于世，并逐渐成为风土诗中的翘楚。风土诗即是以描绘和议论风土人情、民间生活为主的诗作，其自不可能仅含竹枝词一体，诚如丘良任所言："竹枝词泛咏风土，而泛咏风土者非仅竹枝词。"①而从竹枝词的发展历程来看，也确实不断出现因吟咏风土而与竹枝词相类比，但并不以《竹枝词》为名者。宋代诗人杨万里作《圩丁词十解》时曾提到："余因作词以拟刘梦得《竹枝》、《柳枝》之声，以授圩丁之修圩者歌之，以相其劳云。"②表明自己效仿刘禹锡，而另命名之。元代诗人郭翼作《欸乃歌词》，也在序言中说明："请予言其状，如杜之歌《夔州》，禹锡之《竹枝》也。因制《欸乃》新词五章遗之。言固鄙俚，不能当古作者，然或远方怀其风俗，使歌之，亦足乐也。"③说明《欸乃》也是一种风俗诗。此后出现的诸如题名为《櫂歌》《杂咏》《杂事诗》《纪俗诗》等的诗体也是以吟咏风土人情为本，为风俗诗之类。但是，由于竹枝词发展较早、影响较大，使之逐渐成为风俗诗的代名词：一方面，不断有人模仿《竹枝词》而制《橘枝词》《桃枝词》《桂枝词》《松枝

---

①丘良任：《论风土诗》，载《暨南学报（哲学社会科学）》，1995年第1期，第90页。
②［宋］杨万里：《圩丁词十解》，见王利器、王慎之、王子今辑《历代竹枝词》，西安：陕西人民出版社，2003年版，第19页。
③［元］郭翼：《欸乃歌词并序》，见王利器、王慎之、王子今辑《历代竹枝词》，西安：陕西人民出版社，2003年版，第92页。

词》等，仍咏风土；①另一方面，虽不以《竹枝词》为名，但以七言绝句形式志风俗之诗皆被归为竹枝词之类。对于此点，周作人有一段比较清晰的论述：

> 案《刘梦得文集》卷九，竹枝词九首又二首，收在乐府类内，观小引所言，盖本是拟作俗歌，取其含义婉转，有淇濮之艳，大概可以说是子夜歌之近体化吧。由此可知七言四句，歌咏风俗人情，稍涉俳调者，乃是竹枝正宗，但是后来引申，咏史事，咏名胜，咏方物，这样便又与古时的图赞相接连，而且篇章加多，往往凑成百篇的整数，虽然风趣较前稍差，可是种类繁富，在地志与诗集中间也自占有一部分地位了。②

在这里，周作人简要地梳理了竹枝词的发展历程，并由此指出其主要内容、范围以及作为风俗诗的特色所在。也就是说，竹枝词具备一定的内容、形式和特点，从而使其成为风俗诗的代名词。正是在这一基础之上，周作人又对竹枝词进行了细分：一是所咏差不多全属历史地理性质的；二是诗情温丽中加入岁时风物的分子；三是以风俗人情为主者。在这三种竹枝词中，周作人认为第三种应该是用漫画手法写出的诗，带有诙谐的讽刺意味，才是真正好的风俗诗。③

---

① 胡怀琛在《中国民歌研究》中言及于此，并提到有人以《樱枝词》记录日本风俗。按此，当是去当地之风物而改"竹枝"之名。详见胡怀琛《中国民歌研究》，上海：商务印书馆，1925年版，第56—57页。

② 周作人：《关于竹枝词》，见周作人著，止庵校订《知堂乙酉文编》，石家庄：河北教育出版社，2002年版，第45页。

③ 周作人：《北京的风俗诗》，见周作人著，止庵校订《知堂乙酉文编》，石家庄：河北教育出版社，2002年版，第48—54页。

竹枝词这种包含地方风俗的文献性质受到了民俗学者的关注。早在二十世纪八十年代，钟敬文谈及浙江民俗学工作的时候，便将《瓯江竹枝词》《民国新年越中竹枝词》归为民俗历史文献①。董晓萍也将"竹枝词"与"风土记"、"岁时记"、"志怪"笔记、"水利簿"、"人物志"、"俚言解"并列为历史上已经形成的民俗文体文献②。对于这一点，萧放也有同样的定位，其将文献民俗分为两类："第一类是历代文化人的有关民俗的记录，如岁时记、风土记、地方民俗志、全国风俗志、笔记小说、竹枝词等；第二类是各种民众生活中实用的活态文献，如民间唱本、宝卷、水利册、碑刻、家谱、契约文书等。"③民俗学者对于竹枝词性质的认识奠定了从现代学科体系的意义之上将其定位于民俗诗的理论基础。

以上关于竹枝词的本体研究，主要提供了关于竹枝词的源流以及性质的总体信息，是从某一特定视角进行竹枝词研究的基础知识，尤其对于竹枝词的内容与文体的相关探讨，为从民俗文献的角度研究竹枝词奠定了基础。

二、竹枝词案例研究

竹枝词的历史悠久，因而保留了相当多可供研究的文本案例，诸位学者也从各自的视角出发，对某作者或是某地区的竹枝词进行了相关的研究。

---

①钟敬文：《浙江民俗学工作的历史、现状及今后应致力的事项》，见《钟敬文文集·民俗学卷》，合肥：安徽教育出版社，1999年版，第170—178页。

②董晓萍：《民俗文献史研究及其数字化管理系统》，载《河南社会科学》，2009年第6期，第152页。

③萧放：《中国历史民俗学的理论与方法论纲》，载《北京师范大学学报（社会科学版）》，2010年第2期，第37页。

鲁迅曾言："唐朝的《竹枝词》和《柳枝词》之类，原都是无名氏的创作，经文人的采录和润色之后，留传下来的。这一润色，留传固然留传了，但可惜的是一定失去了许多本来面目。"①由此可知，在竹枝词的流传过程中文人所起的作用有二：一是保存，使得民间歌谣可以为文字所载，留存于后世；二是改变，使得民间歌谣带有文人的色彩，风格迥异。当然，这两种作用也是利弊兼得，不可一概而论。但是单就竹枝词而言，唐代以刘禹锡为代表的文人还是起到了较为积极的作用，诚如任半塘所说："自后凡较进步之作家，咸知联系民间，模拟民间，已相率形成历史传统。"②唐代以刘禹锡为代表的文人依民间竹枝歌所制之词，又为民众广为传唱，影响甚大："竹枝之音，起于巴蜀。唐人所作，皆言蜀中风景，后人因效其体，于各地为之。"③后世各地文人纷纷拟作竹枝词，但只注重文本形式而忽略其作为民歌的本质，以致于使其最终完全脱离音乐，成为真正意义上的"文人竹枝词"④。从这一意义上讲，从作者的角度出发是研究竹枝词的一大倾向，比如对于刘禹锡《竹枝词》的相关研究⑤。这些研究多从文学视角出发，讨论或比较作家创作竹枝词的内容、思想以及风格特征。

宋元以降，吟咏风土人情便已成为竹枝词的主要内容，并且开始以

---

① 鲁迅：《门外文谈》，见《鲁迅全集》第六卷，北京：人民文学出版社，2005年版，第97页。

② 任半塘：《唐声诗》（上），上海：上海古籍出版社，2006年版，《唐声诗总说》第5页。

③ ［清］万树编著：《词律》，上海：上海古籍出版社，1984年版，第62页。

④ 需要说明的是，此处强调"文人竹枝词"是为与以演唱形式存在的竹枝歌词相区别，以厘清竹枝词的发展历史。事实上，"竹枝""竹枝歌""竹枝词"在具体使用上并没有如此严格意义上的分别。

⑤ 吴艳荣曾于2006年发表《近三十年竹枝词研究述评》一文，重点论述了竹枝词研究的现状。就其所统计，对于竹枝词的研究文章约有百篇，其中对于刘禹锡的《竹枝词》研究约占18%，详见《中南民族大学学报（人文社会科学版）》，2006年第5期，第165—169页。

"某地"和"某节日"命名，比如宋代杨万里的《峡山寺竹枝词五首》、宋代冉居常的《上元竹枝歌和曾大卿》以及元代杨维桢的《西湖竹枝词》等。到了明代，这一趋势更加明显，并逐渐形成竹枝词的地域性特征。由此，地方性竹枝词研究也成为一大趋势①。而此类研究一般有三种学术取向：一是从文学角度出发，研究地区性竹枝词的总体特征、风格以及艺术建构，比如程洁《上海竹枝词研究》②、张静文《清代北京竹枝词评析》③等；二是从历史学的角度出发，从竹枝词中提取相关的历史资料，比如王振忠《历史学视野中的竹枝词》④、小田《竹枝词之社会史意义——以江南为例》⑤等；三是从民俗学角度出发，提炼或解读竹枝词所描绘的民俗事象与民俗观念，比如行龙《竹枝词里的三晋社会》⑥、严奇岩《清代贵州民族墓葬类型及其特点——以竹枝词为分析文本》⑦、佐藤仁史《清末民初江南地方精英的民俗观——以"歌谣"为线索》⑧等。

竹枝词的文本案例研究中最为重要的成果有二：一是丘良任所撰《竹

①据吴艳荣《近三十年竹枝词研究述评》一文所统计，地方性竹枝词研究约占50%，详见《中南民族大学学报（人文社会科学版）》，2006年第5期，第165—169页。

②程洁：《上海竹枝词研究》，2010年华东师范大学博士论文。

③张静文：《清代北京竹枝词评析》，载《北京政法职业学院学报》，2008年第2期，第78—81页。

④王振忠：《历史学视野中的竹枝词》，载《中华读书报》，2006年3月1日，第004版。

⑤小田：《竹枝词之社会史意义——以江南为例》，载《学术月刊》，2007年第5期，第130—138页。

⑥行龙：《竹枝词里的三晋社会》，见行龙《走向田野与社会》，北京：生活·读书·新知三联书店，2007年版，第403—432页。

⑦严奇岩：《清代贵州民族墓葬类型及其特点——以竹枝词为分析文本》，载《贵州民族研究》，2010年第1期，第177—184页。

⑧〔日〕佐藤仁史：《清末民初江南地方精英的民俗观——以"歌谣"为线索》，载《中国社会历史评论》，2005年第1期，第283—299页。

枝纪事诗》①，二是王慎之、王子今所著《竹枝词研究》②。《竹枝纪事诗》一书主要是以时代为序，列举各个时期诸位作者的竹枝词文本并简要分析其中所记述与描绘的主要内容。由于当时的文本搜集程度所限，此书中涉及到的山东竹枝词文本仅包括本文研究中的一部分，但其中所透露出的理论火花却为本文研究竹枝词提供了极大的启示作用。比如，作者在分析孔尚任《燕九竹枝词》和赵柏岩《春明竹枝词》时都提到了竹枝词作为历史史料的价值③，而在分析杨米人《都门竹枝词》和富察明义《中顶竹枝词》时分别提出了竹枝词记述的漫画手法和侧笔手法④。从研究方式来看，《竹枝纪事诗》主要是按照作者或是成书的时代进行文本案例内容的解析与阐释，更多地关注竹枝词对于社会现实的记述与描绘的细节性问题。《竹枝词研究》一书是王慎之、王子今关于竹枝词研究的多篇论文汇集而成，从而更具有文本案例研究的专题倾向与价值。从研究向度来看，《竹枝词研究》一书中所汇编的研究成果既包括对于某位作者或是某个地区的竹枝词文本的深入分析，比如《论郑善夫〈竹枝词二首〉兼及明代浙闽交通》《陈廷敬及其〈云间竹枝五首〉》等，也包括利用多个竹枝词文本呈现某类社会生活事象的相关论述，比如《元人竹枝词记述的居庸道路》《明人竹枝词中有关"巴盐"的信息》《清代竹枝词所见女子"卜钱"风习》等。虽然研究的向度不同，但从主旨来看，《竹枝词研究》一书中的各篇论文皆是以竹枝词为历史文本资料，充分重视和探讨其中所记录与描绘的社会现实："竹枝词一般能够比较真切地反映较为广阔的社会层面的生活现实，其最可珍贵的价值，可能正在于研究者如果认真发掘，则一定可以在

---

① 丘良任：《竹枝纪事诗》，广州：暨南大学出版社，1994年版。
② 王慎之、王子今：《竹枝词研究》，济南：泰山出版社，2009年版。
③ 丘良任：《竹枝纪事诗》，广州：暨南大学出版社，1994年版，第107页、第287页。
④ 丘良任：《竹枝纪事诗》，广州：暨南大学出版社，1994年版，第174页、第195页。

这座社会史料的富矿中有所收获。"①尤其值得注意的是，在此书的研究成果中已经透露出利用竹枝词文本进行民俗研究的发展趋势，为竹枝词作为文献的民俗史料价值提供了一定的佐证。比如，该书中所收录的《说"饭局""片子"等兼及民俗语汇的复活和社会风习的重演》《竹枝词民俗史考议之一：压岁钱》《竹枝词民俗史考议之二：纸鬼》等都是对于民俗事象的探究与考证。但是，由于竹枝词本身"大抵详南而略于北"②的文本现实，该书中分析和探讨的主要对象还是以流传于南方的竹枝词为重。因此，《竹枝词研究》一书不仅为本文从民俗学的角度探讨竹枝词文本的相关内容与形式提供了一定的理论视角与方法，也为本文着重研究山东地区的竹枝词文本创造了契机。

　　竹枝词的文本案例研究虽然貌似繁盛，但相对于竹枝词的数量来说依然呈现不对称的态势，且其中多为描述和分析，极少有对于某作者或某地竹枝词新颖且具有深意的学术性探讨。以京津竹枝词为例，据《中华竹枝词全编》统计现存元代至民国初期的京津竹枝词约四千四百多首③，但利用其为资料的学术成果并不多见，对其进行专门研究者更是未见。

　　纵观竹枝词研究的学术史可知，由于内容和性质的独特之处，竹枝词成为众多学科关注的对象。但也正是由于这些原因，使得对于竹枝词的民俗文献价值认识不足，造成从民俗学角度挖掘竹枝词功能与意义的研究成果并不显著。在这一意义之上，从梳理竹枝词的发展历史中发现其性质的转变并最终将其定位为民俗文献或可起到一定的启示作用，从而也使得竹

---

①王慎之、王子今：《竹枝词研究》，济南：泰山出版社，2009年版，第4页。

②［清］杭世骏：《汪沆〈津门杂事诗〉序》，见王利器、王慎之、王子今辑《历代竹枝词》，西安：陕西人民出版社，2003年版，第987页。

③此统计结果根据《中华竹枝词全编》所得，丘良任、潘超、孙忠铨等编，北京：北京出版社，2007年版。

枝词真正为民俗学所重视，在最大程度上发挥其作为民俗学学术研究资料库的功用。

第二节　歌谣研究

由于本文的研究对象竹枝词最初是以民歌的形式产生并流传的，因而对于歌谣的搜集、整理以及学术研究工作也是本文需要关注的主要问题之一。我国现代科学意义上的民俗学发端于"五四"时期的歌谣学运动，其与本文的研究对象与研究视角直接相关，而此后民俗学界对于民间歌谣的探讨与研究也为本文讨论竹枝词提供了必要的帮助。

一、歌谣学运动

在我国，歌谣有着悠久的历史传统。先秦时期，民间歌谣已经于口头流传于世，《左传》《战国策》等书中皆有记载。汉代正式设置乐府，专门收集民间歌谣。宋代郭茂倩编选《乐府诗集》时辑成《杂歌谣辞》，收录唐五代之前的谣谚百余则。此后，明代杨慎《古今风谣》、清代杜文澜《古谣谚》皆是专门辑录民间歌谣的著作。但是，对于歌谣具有学术价值的全面搜集整理工作始于二十世纪初北京大学的歌谣征集活动，这也是我国民俗学的开端。

一九一八年二月北京大学歌谣征集处成立，《北京大学日刊》正式发表了向全国征集歌谣的简章。此次征集共收歌谣一千一百余章，经编选后利用一年的时间在《北京大学日刊》以《歌谣选》之题刊发了一百四十八首。一九二〇年北京大学歌谣研究会成立，同时创办《歌谣周刊》继续征集和刊发各地采集而来的民间歌谣以及关于歌谣的学术研究成果，这一行动在学术界具有十分重要的意义："'五四'前后的歌谣学，是现代科学的产物。主持者和参与者的对待这项工作的态度和所用的方法，都大体上说明了这点。"①这一举措同时也奠定了中国民俗学发展的基础："作为中国现代民间文艺学史上的第一个流派，征集和研究流传于下层老百姓中间、向来不登大雅之堂、不为圣贤文化所承认的歌谣、谚语、俚语等口碑文学在中国文化史上的思想启蒙意义，应当得到充分的估价。"②也就是说，虽然发起于二十世纪初的歌谣学运动以征集近代歌谣为主，但由其所倡导的民间文化指向以及理论的随之发展和学术地位的逐渐巩固而成为中国民俗学的发端。歌谣学运动产生了数种歌谣研究的成果，大多集中在对于歌谣的辑录以及歌谣基本理论的探讨之上，周作人、朱自清、胡适、钟敬文等学者都为歌谣征集和研究工作作出了巨大的贡献。

周作人在《歌谣》一文中提到："民歌是原始社会的诗，但我们的研究却有两个方面，一是文艺的，一是历史的。"③尤其指出"历史的研究一方面，大抵是属于民俗学的，便是从民歌里去考见国民的思想，风俗与迷信等，言语学上也可以得到多少参考的材料"④。周作人的这一提法是从民歌的基础上提出的大致方向，着重强调了民俗学的研究视角，从而为本文研究竹枝词提供了大体的思考框架，从文艺学与民俗学的双重视角关照竹枝词，但将关注重点置于竹枝词与民俗生活的关系探讨之上。

---

①钟敬文：《"五四"前后的歌谣学运动》，见《钟敬文民间文学论集》（上），上海：上海文艺出版社，1982年版，第368页。

②刘锡诚：《北大歌谣研究会与启蒙运动》，载《民间文化论坛》，2004年第3期，第59页。

③周作人：《歌谣》，见钟敬文编《歌谣论集》，上海：北新书局，1928年版，第32页。

④周作人：《歌谣》，见钟敬文编《歌谣论集》，上海：北新书局，1928年版，第33页。

胡适《歌谣的比较的研究法的一个例》[①]一文借用民间故事中的"母题"概念，提出运用比较的研究法对民间歌谣进行研究，并从实践的角度探究了"到丈人家里，看见了未婚的妻子"这一母题之下的各地民歌。这一成果为研究叙事歌谣提供了最为直接的范式，具有最为直接的方法论意义与价值，同时也为本文研究不同时空内的竹枝词文本的同异关系提供了思路。

常惠在《我们为什么要研究歌谣》[②]一文中提出"民俗诗"的概念，虽然没有进行详细的说明，但从其论述可知，其所谓"民俗诗"即与民间歌谣类同。这一概念的提出，为本文发现竹枝词的民俗文献性质并确立其在民俗文献中的特殊地位与价值奠定了理论基础，并为最终将竹枝词定义为民俗诗提供了基本的概念认识和理论要点。

朱自清的《中国歌谣》[③]一书大量引用《歌谣周刊》搜集的歌谣文本，探讨歌谣的起源、演进、分类等问题，基本形成了歌谣学术研究的理论框架。其中，《歌谣的历史》一章从《诗经》写起，分别论述了乐府、南北朝民歌、竹枝词、粤歌、小曲以及徒歌等各个历史阶段出现的歌谣。虽然仅简单提及竹枝词，但从其归类可以看出，竹枝词的性质被定位为唐代歌谣。如果仅就时代而言，这一定位是确切的，因为唐代竹枝词尚可和乐而唱。但是，明清以后竹枝词逐渐失却声容，更多地表现出"谣"的特征和"诗"的特征，已经发生了相当大的变化，因而对于后世流传的竹枝词性质尚具讨论的价值。虽然如此，朱自清的研究对本文探讨竹枝词的演变历

---

① 胡适：《歌谣的比较的研究法的一个例》，见钟敬文编《歌谣论集》，上海：北新书局，1928年版，第119—132页。

② 常惠：《我们为什么要研究歌谣》，见钟敬文编《歌谣论集》，上海：北新书局，1928年版，第303—314页。

③ 朱自清：《中国歌谣》，上海：复旦大学出版社，2004年版。

程也提供了重要的知识背景。

　　钟敬文作为民俗学学科的奠基人之一，对于民间歌谣的研究具有极高的学术水平与实践价值。在其早期撰写的《中国民谣机能试论》①一文中，钟敬文从歌谣的社会现实功能出发，强调歌谣产生的社会背景以及现实意义，注重其对于新诗的影响以及作为学术研究的资料价值。钟敬文认为："民谣，它绝不是一种仅以爱美的或和现实生活无关系而发生及发展的东西。反之，它正具有非常功利的性质。"②这一思想在其随后的学术研究中得以补充和继续发展。在关于晚清民间文艺学与民间文学的一系列文章中，钟敬文着重论述了晚清革命知识分子对于歌谣的认识与利用，其中特别提及梁启超《台湾竹枝词》的创作是利用民间形式进行教育的典型实践③。这一点对于本文研究竹枝词的现实功用有着极大的启发意义。失却声容的竹枝词虽为文人创作，但从其内容与体例来看属于作者以理想的方式渲染现实生活，是对民俗生活的美学表达。此外，在《晚清改良派学者的民间文学见解》④一文中，钟敬文还简要论述了报章刊登民间文学的原因、目的与功能的问题。这一点不仅对于本文搜集与整理竹枝词文本提供了方向，同时也为论述竹枝词的记述立场拓展了思路。

　　随着近代"五四"时期新文化思潮而逐渐产生并兴盛的歌谣学运动，是现代科学意义上对于歌谣的相对比较全面的搜集、整理以及研究工作的

---

　　①钟敬文：《中国民谣机能试论》，见《钟敬文民间文学论集》（下），上海：上海文艺出版社，1985年版，第252—264页。

　　②钟敬文：《中国民谣机能试论》，见《钟敬文民间文学论集》（下），上海：上海文艺出版社，1985年版，第263页。

　　③关于这一点，详见《晚清改良派学者的民间文学见解》，《钟敬文民间文学论集》（上），上海：上海文艺出版社，1982年版，第335—336页。

　　④钟敬文：《晚清改良派学者的民间文学见解》，见《钟敬文民间文学论集》（上），上海：上海文艺出版社，1982年版，第338—340页。

第一次实践过程，具有多种学科的研究意义。对此，钟敬文认为"五四"前后对于歌谣的批评、研究和鉴赏等，文艺学观点无疑是它的一个重要方面。自然，它还有民俗学、社会学、语言学等学科方面的意义。而作为中国民俗学的开端，歌谣学运动为民俗学的发展积累了大量可资参考的文字资料，也汇集了一部分学者从不同角度进行民俗学方面研究的可观成果。

二、歌谣研究现状

自歌谣学运动以来，我国学术界尤其是民俗学界一直保持着对于民间歌谣的兴趣，不断出现关于民间歌谣的文本整理与学术研究成果，而且追随着一部分民俗学开创者的研究方向，现代学者对于民间歌谣的搜集与探讨也逐渐展开并深入，从而得到很大程度的拓展。

1.文本整理工作方面

逯钦立编辑、校订《先秦汉魏晋南北朝诗》[①]，按照时代顺序整理、考订自先秦至隋代的诗歌，并将当时的歌谣俗语辑录于各个时代之中，涉猎广泛且考证详实，是研究唐之前歌谣的重要参考资料。张守常所辑《中国近世谣谚》[②]是在清代杜文澜《古谣谚》的基础之上进行补录和续录，搜集广泛、资料全面、成果显著。随着中国民俗学学科的逐渐发展与成熟，在全国范围内分县、市、地区进行了民间文学的集成工作，其中也包括对于民间歌谣的搜集与整理，是在现代科学理论指导下进行的歌谣辑录。此外，由中华人民共和国文化部民族民间文艺发展中心进行搜集的"中国民族民间文艺集成"，所出成果是迄今为止关于民间歌谣最为全面的文字资料。

---

①逯钦立辑校：《先秦汉魏晋南北朝诗》，北京：中华书局，1983年版。
②张守常辑：《中国近世谣谚》，北京：北京出版社，1998年版。

2.学术研究工作方面

综观我国现代学者对于歌谣的研究，主要从以下两方面进行：从内容来看，以古代歌谣为中心的研究更加深入，同时对于现代歌谣以及少数民族的歌谣进行了开拓性的学术研究工作；从方法来看，对于文本的分析逐渐拓展，并以民俗志的方式进行田野考察，从而加深对于歌谣的社会语境研究。

程蔷、董乃斌《唐帝国的精神文明——民俗与文学》①是以历史民俗学和文学史的双重视角探讨唐代民俗与文学的关系的著作，具备极高的学术水平与价值。作者认为以民俗的视角研究唐代文学收获良多，并从一定意义上界定了生活与文学的关系：

> 文学是人学。人的本质在于他的社会性，在于他作为一切社会关系总和的根本特性。因此，表现人的喜怒哀乐，反映人的命运际遇的文学，只能以人的社会性存在和实际的社会生活为源泉，而且是唯一取之不竭、用之不尽的源泉。②

这一点对于本文研究由文人创作的竹枝词与民俗生活的关系提供了极大的理论基础与实践参考。尤其是书中《民间文学与技艺篇》专门论及"民间歌谣谚语"，其将竹枝词列入西南民歌的范围之内，探讨竹枝词与民众日常生活风气的关系。③虽然时代和地区与本文的研究有一定的距离，但仍然是探讨竹枝词性质与功能可资借鉴的阐释方法，因而对于本文

① 程蔷、董乃斌：《唐帝国的精神文明——民俗与文学》，北京：中国社会科学出版社，1996年版。

② 程蔷、董乃斌：《唐帝国的精神文明——民俗与文学》，北京：中国社会科学出版社，1996年版，第9页。

③ 程蔷、董乃斌：《唐帝国的精神文明——民俗与文学》，北京：中国社会科学出版社，1996年版，第532—542页。

研究具有直接的启示作用。对于"文学即人学"的命题，吕微在讨论歌谣运动的目的与意义时也曾经提出："人学——也始终直面着人之自由存在的意义世界，文学永远是对人的存在意义即人生价值的追问。正是基于这一理解，中国民间文学-民俗学在其起源处就已经设定了自己的双重使命，即：对存在者存在性质的学术研究与对存在者存在意义的文学式的思想追问——这不能不说是本土学术的伟大之处，中国民俗学的确有着伟大的开端。"①从这一角度出发，由于竹枝词的特殊性质便使得文学视角成为研究中不可回避的问题，其不仅仅能够清晰地表明竹枝词的文本特征，也能够通过探讨竹枝词透露的主体意识而生发出关于历史与生活的思想追问。

董晓萍与美国学者欧达伟（R. David Arkush）合著的《乡村戏曲表演与中国现代民众》②一书是以华北民间戏曲的文本资料《定县秧歌选》为主要研究对象，结合实地考察和田野访谈的方式，进而探讨中国现代民众的观念与思想。这一研究模式是从民间文学与民间艺术的层面切入探讨民俗生活与民众思想的典范。如作者所言，该书的基本工作方法是：

> 以《定县秧歌选》为入口，对书中所记录的秧歌戏后来60年的流传情况做调查，重点对《定县秧歌选》出版后至1949年的当地秧歌戏的流传做专项调查；再从《定县秧歌选》的表演者、表演环境、地方老人的回忆和观众的现场反应、民间艺人传记等"活"文化的角度，分析可从秧歌中获得的现代民众观念。③

①吕微：《民间文学-民俗学研究中的"性质世界"、"意义世界"与"生活世界"——重新解读〈歌谣〉周刊的"两个目的"》，载《民间文化论坛》，2006年第3期，第19页。

②董晓萍、〔美〕欧达伟（R. David Arkush）：《乡村戏曲表演与中国现代民众》，北京：北京师范大学出版社，2000年版。

③董晓萍、〔美〕欧达伟（R. David Arkush）：《乡村戏曲表演与中国现代民众》，北京：北京师范大学出版社，2000年版，第8页。

　　这一方法虽然并不是针对民间歌谣或是民间诗歌的专题探讨，但是这种将文本与田野相结合的工作方法为本文进行竹枝词的实地考察提供了一定的思路：第一，对竹枝词记录的民俗事象进行现实情况的调研，厘清文本记述与民俗生活的互动关系以及变迁过程；第二，对竹枝词的写作主体、记述环境及关注对象进行重点关照，从文本中解读社会文化背景与民众思想观念。

　　谢贵安《中国谣谚文化——谣谚与古代社会》[①]是研究中国古代歌谣比较系统和全面的通论式专著，其探讨了古代谣谚的哲理内容、历史经验以及生活知识等，是对谣谚文本进行深入分析的学术著作。该书通过谣谚内容透析社会生活的方式，为本文研究竹枝词文本中所描绘的民俗生活提供了一定的启示和帮助。

　　杨民康《中国民歌与乡土社会》[②]主要论述传统民歌与宗教信仰、人生礼仪、婚姻恋爱、家庭宗族等社会生活的关系，并以乡土社会为基本环境进而探讨民歌在中国社会的变迁过程与现实功用。书中《城乡社会民歌的一体化格局》一章讨论了民歌在城乡社会呈现的不同特征与文化功能，这一点对于本文研究主要以城市为社会文化语境的竹枝词具有一定的启发意义。

　　现代歌谣研究的成果纷繁，并从多个角度对古代歌谣文本、近代歌谣文本以及少数民族歌谣分布等进行了相对深入的学术性探讨，这些是本文研究最初以民歌形式流传的竹枝词不能回避的重要参考资料，并为本文研究竹枝词的传承提供了大致的脉络与方向。

　　通过以上对于近代歌谣学运动的简单介绍和对歌谣研究现状的概要分析可以看出，歌谣研究的重点一般集中于民歌与民谣两方面，而两者的本

---

①谢贵安：《中国谣谚文化——谣谚与古代社会》，武汉：华中理工大学出版社，1994年版。
②杨民康：《中国民歌与乡土社会》，长春：吉林教育出版社，1992年版。

质区别在于是否可以和乐而歌。如果仅就竹枝词一体而言，其是由民歌转入民谣，逐渐失去了原本的乐歌性质，并在此基础上成为仅以文本形式流传的文献资料。而就本文研究的主要对象——山东竹枝词来说，其主体为明清时期的文本，因而本文研究主要从"谣"的特点出发，即主要关注其作为文献的性质。此外，由于竹枝词又与其他民谣体例有所区别，其文本的固定形式为七言绝句体，加之文人的直接介入与影响，因而更容易被称为"诗"。因此，本研究对于竹枝词性质基本限定为"诗体"，并尝试阐明其作为谣俗传统的继承与开新的现实特征。

第三节　民俗文献研究

在人文科学领域，文献是研究工作必不可少的资料与手段之一。作为"一门以民间风俗习惯为研究对象的人文科学"[1]，民俗学更是离不开数千年积累并流传下来的文献资料。我国是一个拥有悠久文化传统的国家，也是一个保存着丰富文字资料的国家。对于我国的民俗学学科发展来说，民俗文献是十分重要的研究基石，而纵观民俗学科的发展历史和研究历程，可以清楚地发现，在学科视域之下，民俗文献研究大致呈现两种态势：一是民俗文献理论研究，即讨论民俗文献的定义、范围、研究方法和研究意义等基本理论问题；二是民俗文献专类研究，即在某种标准之下考察某特定范围之内或是某种特殊性质的民俗文献，从个案的角度阐释民俗文献的内容与价值。

---

①钟敬文主编：《民俗学概论》，北京：高等教育出版社，2010年版，第1页。

一、民俗文献理论研究

鉴于民俗学研究民间传承的性质特征，文献资料的价值早已为学界认可。钟敬文早期进行民俗研究时便已经提出文献资料的重要意义："对于中国几千年来的、多民族的、风俗发展的历史资料，应该重视并进行整理研究，这就是中国民俗史。"[①]这是其对于民俗文献的初步认识，随着理论研究的深入，钟敬文对民俗文献有了更加深刻的理解。在《民俗文化学发凡》[②]一文中，钟敬文详细阐释了民俗文化学体系的架构，其中即包括"描述民俗文化学"一支，并着重指出我国历史典籍中存在记录民俗的资料，比如《风俗通义》《荆楚岁时记》《东京梦华录》等都是值得民俗学者重视的珍贵民俗文献。钟敬文不仅将文献视作民俗资料的载体，更从方法论的视角出发，提出采用文献学方法的意义并肯定了从文献入手进行民俗文化研究的成果与价值。在《建立中国民俗学派》一书中，钟敬文首次提出了"民俗志"的概念并赋予其重要意义："民俗志是很重要的。民俗学的理论，是从实际中来的。这里所说的实际，不外两个方面：一是民俗学者从事田野作业，直接获得有关民众的知识；一是学者通过他人记录的民俗志来间接地认识研究对象。"[③]在这一基础之上，钟敬文再一次表述了对民俗文献的认识，并将其与民俗志概念紧密联系："中国古代的民俗文献还有一个特点，就是从回忆的角度来记录民俗。大家想想看，许多古代的

---

① 钟敬文：《民俗学的历史、问题和今后的工作》，见钟敬文著，连树声编纂《钟敬文文集·民俗学卷》，合肥：安徽教育出版社，1999年版，第74页。

② 钟敬文：《民俗文化学发凡》，见钟敬文著，董晓萍编《民俗文化学：梗概与兴起》，北京：中华书局，1996年版，第3—35页。

③ 钟敬文：《建立中国民俗学派》，哈尔滨：黑龙江教育出版社，1999年版，第45—46页。

民俗志著作，像南朝的《荆楚岁时记》、宋代的《梦粱录》和现代的《杭俗遗风》等是怎么写出来的呢？"①在这里，钟敬文将民俗文献与民俗志等同，阐释了民俗文献的记述特点及民俗学价值，从而首次为其厘定了学科地位。

张紫晨从历史发展的角度出发，提出我国民俗文献的产生与形成是建立在古典文献学的基础之上的，并将民俗文献的萌芽追溯至唐代以来较大规模的类书对于民俗的记述与辑录。②由此，张紫晨在其著作《中国民俗学史》一书中分门别类地探讨了各类文字资料对于民俗的记述情况，并从历史的脉络进一步厘清了民俗文献的发展情况。

董晓萍从方法论的角度出发，将民俗志分为"田野民俗志"和"文献民俗志"，并在《田野民俗志》③一书中详细论证了两者的差别以及各自的功能与价值。这一分野也更加明确了民俗文献的文字资料性质。而在这一视角之下，董晓萍提出建构民俗文献史的学科构想："中国民俗文献史的任务，在于初步地、框架式地描述和构建出一个区别于上层精英典籍文献的中、下层文化史料体系。它的内容，不是对民俗事象做文学编辑、历史编年或一般的资料长编，而是建立一个可供民俗学研究的学术资料系统。它不再按照上层书面文献史的样式，而是根据民俗自身的表达方式、传承形态和分布规律，确立体系框架。"④针对这一目标，董晓萍进一步深化理论思想，界定民俗文献史的概念与分期原则，并根据全球化与现代化语境，提出了使用数字化技术管理民俗文献的崭新途径，为民俗文献的研

---

①钟敬文：《建立中国民俗学派》，哈尔滨：黑龙江教育出版社，1999年版，第15页。

②关于这一点，详见张紫晨《中国民俗学史》，长春：吉林文史出版社，1993年版，第306—309页。

③董晓萍：《田野民俗志》，北京：北京师范大学出版社，2003年版。

④董晓萍：《民俗文献史：现代化与民族性》，载《广西民族学院学报（哲学社会科学版）》，2003年第4期，第87页。

究方法拓宽了道路。[①]

萧放从学科体系建设的角度出发，将文献民俗志纳入到历史民俗学的研究任务之中，并进一步确立了民俗文献的范畴："民俗文献既重视传统的文献典籍，注意利用其中的有效信息，同时根据民众生活的实际，放开眼界，关注民众生活中非典籍形式却具有重要生活服务价值的民俗生活文献。"[②]这一认识不仅仅明确了文献民俗志在民俗学科尤其是在历史民俗学方向内的重要地位，更提出了"非典籍形式的民俗生活文献"的概念，扩充了民俗文献的范围，并强调了民俗文献与民俗生活的重要关系。

对民俗文献概念作出阐释的还有青年学者张勃，其在《民俗学视野下历史民俗文献研究的意义》一文中提出民俗文献概念的主体性倾向："作为记录或反映民俗事象、民俗生活、民俗知识、民俗观念的书面材料，历史民俗文献并非一种不言自明的存在，而是人为界定的结果。换句话说，一种文献之能够被界定为历史民俗文献，不仅取决于它本身，而且取决于甚至可以说主要取决于学者们看待它的眼光。"[③]这里所谓的历史民俗文献依然处于历史民俗学的视域之下，主要指以典籍形式存在的文字资料，却因为纳入了学者的主观标准而从另外一个方向扩展了民俗文献的范畴。

此外，李道和《民俗文学与民俗文献研究》[④]一书中提及"民俗文献"一词，但并没有详细说明"民俗文献"这一概念的使用原则。就选择范围来讲，李道和将神话、诗歌等形式列入"民俗文学"的类目，而将诸

---

① 关于这一点，详见董晓萍《民俗文献史研究及其数字化管理系统》，载《河南社会科学》，2009年第6期，第151—153页。

② 萧放：《中国历史民俗学的理论与方法论纲》，载《北京师范大学学报（社会科学版）》，2010年第2期，第37页。

③ 张勃：《民俗学视野下历史民俗文献研究的意义》，载《民俗研究》，2010年第2期，第158页。

④ 李道和：《民俗文学与民俗文献研究》，成都：巴蜀书社，2008年版。

如《荆楚岁时记》之类的文本纳入"民俗文献"的名下，鲜明地透露了其对于"文学"和"文献"的取舍还是从一个最为保守的角度出发。

关于民俗文献的理论研究，奠定了从民俗学角度研究以文本形式存在的竹枝词的理论基础，为确立其民俗文献性质提供了恰当的证据，并对讨论竹枝词的民俗学价值与意义起到了有益的启发作用。

二、民俗文献专类研究

我国的历史文化传统悠久，因而具有十分丰富的民俗文献资料。于此，钟敬文曾言："清理中国各民族的民俗文化财富的工作，包括清理历史上流传下来的各民族的民俗文化事象，历代文人学者对这些事象所作的一些记录（民俗志）及其考察、谈论民俗事象的理性认识资料（理论史）。这些都是祖宗留下来的宝贵财富，应该做总结、做清理，使之成为一种历史文化的重要文献。"[①] 而这一任务无疑成为民俗学者学术追求的方向之一，因而对于民俗文献的专类研究成果层出不穷。

钟敬文进行民俗学研究的起步阶段即是通过对民俗文献的着力探讨而获得民俗学的相关资料和理论认识，其最早从民俗学的角度阐释了《山海经》的民俗文献性质并从中获取了古代民众的生活知识[②]。

张紫晨从民俗学史的角度出发，分时期地探讨了史书、农书、杂记、乐论、方志、游记等各类文字资料作为民俗文献的价值与意义[③]，为研究某

---

① 钟敬文：《建立中国民俗学派》，哈尔滨：黑龙江教育出版社，1999年版，第35页。
② 关于这一研究，详见《〈山海经〉是一部什么书——〈山海经研究〉的第三章》，《钟敬文民间文学论集》（下），上海：上海文艺出版社，1985年版，第329—341页；《我国古代民众的医药学知识——〈山海经之文化史的研究〉中的一章》，钟敬文著，连树声编纂《钟敬文文集·民俗学卷》，合肥：安徽教育出版社，1999年版，第191—211页。
③ 关于这些研究，详见张紫晨《中国民俗学史》，长春：吉林文史出版社，1993年版。

一专门类别的民俗文献提供了可资借鉴的视角与方法。

萧放《〈荆楚岁时记〉研究——兼论传统中国民众生活中的时间观念》①一书是民俗学界第一次对某种特定内容的民俗文献作系统的学术探讨，其运用民俗学与文献学结合的双重视角，探讨了《荆楚岁时记》的版本、体例等相关文献特征，并从文本中深描民众的岁时生活和时间观念，提供了研究专类民俗文献的典型模式。其中对于文本记述的探讨具有很大的启示意义：首先，在继承钟敬文的思想下对民俗著述的方式进行了民俗记录与民俗辑录的分野，并认为前者具有更重要的学术意义；其次，从记述立场的角度对民俗记录进行了区别，认为亲身经历的民俗生活记录是更为重要的民俗记录。②这种探讨使得民俗文献的价值问题更具研究意义。此外，对于《荆楚岁时记》版本和体例的研究是首次从文本文体的角度讨论民俗文献的记录性质和特征问题，这也成为研究某一特定类别民俗文献可资借鉴的范式。

此外，郭必恒对于历史文献《史记》的研究③、庞建春对于票友回忆录《汉剧在武汉六十年》的研究④等，都从不同程度上扩充了民俗学研究文献的领域，提供了从民俗学角度进行文献研究的方法，并在一定程度上深化了民俗文献研究的理论。

除此之外，国外汉学家也对中国民俗文献研究作出了一定程度上的贡献。法国学者葛兰言（Marcel Granet）以《诗经》为蓝本来认识中国古代的

①萧放：《〈荆楚岁时记〉研究——兼论传统中国民众生活中的时间观念》，北京：北京师范大学出版社，2000年版。

②萧放：《〈荆楚岁时记〉研究——兼论传统中国民众生活中的时间观念》，北京：北京师范大学出版社，2000年版，第235—236页。

③郭必恒：《〈史记〉之民俗学研究》，2002年北京师范大学博士论文。

④庞建春：《票友回忆录的民俗文献价值——以〈汉剧在武汉六十年〉为例》，载《民族艺术》，2003年第4期，第83—88页。

民俗信仰①，英国学者杜德桥（Glen Dudbridge）以《妙善传说》的不同写本探讨文献的流播②，美国学者欧达伟（R. David Arkush）通过二十世纪初至一九四九年一段时间内华北地区的秧歌选本透视中国民众的思想意识③，等等。这些研究成果应用多种民俗文献分别从不同角度反映了外国人对于中国"异文化"的认识和理解，也为中国民俗文献研究提供了比较新颖的视角和方法。

关于民俗文献的专类研究，分别从文本的性质、特点出发，采用不同视角和模式进行探讨。虽然关注的对象和研究的重点皆有所不同，但都为同样作为民俗文献的竹枝词研究拓宽了视野，提供了帮助。

纵观关于民俗文献研究的学术史，对于民俗文献的专类研究立意深刻、成果繁盛，这与我国民俗文献资料丰富的现状紧密相关。但是，也正是由于民俗文献的丰富性导致无法在短时间内对各类民俗文献作更为详尽的整理和研究，因而直接造成民俗文献理论研究的相对薄弱。以竹枝词为研究对象，是对民俗文献专类研究的又一次尝试，希望借此确立民俗诗的民俗记述范式，为民俗文献的理论研究添砖加瓦。

---

① 〔法〕葛兰言（Marcel Granet）：《古代中国的节庆与歌谣》，赵丙祥、张宏明译，桂林：广西师范大学出版社，2005年版。

② 〔英〕杜德桥（Glen Dudbridge）：《妙善传说——观音菩萨缘起考》，李文彬等译，台北：巨流图书公司，1990年版。

③ 〔美〕欧达伟（R. David Arkush）：《中国民众思想史论——20世纪初期～1949年华北地区的民间文献及其思想观念研究》，董晓萍译，北京：中央民族大学出版社，1995年版。

第一章　竹枝词小史

　　竹枝词，应属民间文学的一支，其内容庞杂，风格谐趣，形式固定，广为历代民众所接受和传承。竹枝词作为我国古代文献资料的重要组成部分，具有相当重要的研究价值和意义。竹枝词的发展，经历了由歌而词、由词而诗的过程，期间于民众的传唱和文人的提炼中不断变化，逐渐形成了以咏风土、诉民情为主要内容的"韵文的风土志"①。

---

　　①此乃周作人语，其在《关于竹枝词》中提及："韵文的风土志一类的东西，这是些什么呢？《两都》《二京》，以至《会稽三赋》，也都是的，但我所说的不是这类大著，实在只是所谓竹枝词之类而已。"

第一节 从"竹枝"到"竹枝词"

竹枝词发端于民间，早期以民歌"竹枝"的形式流播于世，后被文人发现、记录并加以润色，才逐渐成为文本化的"竹枝词"。

一、凄凉古竹枝

民歌"竹枝"，是竹枝词的早期形式，其起源时间众说纷纭、起源地点也颇有争议。比较稳妥的说法是，民歌"竹枝"广泛盛行于唐代，传唱范围极广："遍布长江南北，并广布于湘鄂。"[①]

竹枝歌多以集体的歌唱方式流传，其特点大概有三：

一是演唱时有和声，即《唐音癸签》所记："有和声，七字为句。破四字，和云'竹枝'；破三字，又和云'女儿'。"[②]也就是说，竹枝歌每句七个字，唱完前三个字之后和声"竹枝"，而唱完后三个字之后和声为"女儿"，其具体形式如下：

> 槟榔花发（竹枝）鹧鸪啼（女儿），
> 雄飞烟瘴（竹枝）雌亦飞（女儿）。

---

①张紫晨、杨昌鑫：《竹枝词与土家族民歌》，见张紫晨《张紫晨民间文艺学民俗学论文集》，北京：北京师范大学出版社，1993年版，第67页。

②［明］胡震亨：《唐音癸签》，上海：上海古籍出版社，1981年版，第139页。

木棉花尽（竹枝）荔枝垂（女儿），
千花万花（竹枝）待郎归（女儿）。

芙蓉并蒂（竹枝）一心连（女儿），
花侵褊子（竹枝）眼应穿（女儿）。

筵中蜡烛（竹枝）泪珠红（女儿），
合欢桃核（竹枝）两人同（女儿）。

斜江风起（竹枝）动横波（女儿），
劈开莲子（竹枝）苦心多（女儿）。

山头桃花（竹枝）谷底杏（女儿），
两花窈窕（竹枝）遥相映（女儿）。

[唐] 皇甫松《竹枝》

　　二是与乐舞一体，即如刘禹锡所见："里中儿联歌竹枝，吹短笛击鼓以赴节。歌者扬袂睢舞，以曲多为贤。"[1]由此可见，唱竹枝歌时，常常会以笛声、鼓声伴奏，而歌者也会随之起舞。朱自清据此而认为："（竹枝）歌有乐器，有舞容，与后之山歌仅为徒歌者不同。"[2]因此，竹枝歌之完备

---

　　①[唐]刘禹锡：《竹枝词九首并引》，见王利器、王慎之、王子今辑《历代竹枝词》，西安：陕西人民出版社，2003年版，第2页。
　　②朱自清：《中国歌谣》，上海：复旦大学出版社，2004年版，第91页。

体制当为一种以歌、乐、舞三者合一的民歌形式①。

三是声调哀怨，即如唐诗中所云："幽咽新芦管，凄凉古竹枝。"诗人白居易于多处听见竹枝歌，深得其中风味，因而在他的诗中都提及竹枝歌乃愁苦之音：

> 瞿塘峡口水烟低，白帝城头月向西。
> 唱到竹枝声咽处，寒猿暗鸟一时啼。
>
> 竹枝苦怨怨何人，夜静山空歇又闻。
> 蛮儿巴女齐声唱，愁杀江楼病使君。
>
> 巴东船舫上巴西，波面风生雨脚齐。
> 水蓼冷花红簇簇，江蓠湿叶碧凄凄。
>
> 江畔谁人唱竹枝，前声断咽后声迟。
> 怪来调苦缘词苦，多是通州司马诗。

[唐] 白居易《竹枝词》四首

---

① 在《唐声诗·竹枝（二）》中，任半塘先生根据竹枝歌的这种特点也试图推测"竹枝"之名乃是因其演唱之时舞竹枝："'竹枝'命名之起因如何，尚不详。舞者手中或执竹枝，汉代似已有之；在唐舞，《柘枝》《柳枝》皆其类也。或因眼前景物而起兴，或无竹枝，则以花枝代。——凡此，在刘禹锡、刘商、薛能等诗内均有足征。北宋黔南民间之《竹枝》歌舞，黄庭坚颇有描写；南宋时夔州人于《竹枝》之踏歌犹盛行，而特名之曰'蹋碛'——凡此，必皆承唐风，仍俟考。"日本学者盐谷温亦在《中国文学概论讲话》中持此观点，认为竹枝大概是歌者执以节歌的。或为一说，亦无确证。

以和声方式演唱，伴以音乐和舞蹈，曲调幽怨，这是唐代作为民歌之竹枝的主要特点。竹枝歌的这些特点在民间生活中得到充分的发挥，使其既能够从个体的角度抒情表意，而且能够承担一定的社会功能，从而真正成为民间生活不可或缺的一部分。

首先，作为民间歌谣，竹枝几乎人人可歌、时时可歌、处处可歌。这一点从唐代诗人的描述中便可得知，举例如下：

> 江南江北望烟波，入夜行人相应歌。
>
> 桃叶传情竹枝怨，水流无限月明多。
>
> [唐]刘禹锡《堤上行三首》其二

> 巴童巫女竹枝歌，懊恼何人怨咽多？
>
> 暂听遣君犹怅望，长闻教我复如何！
>
> [唐]白居易《听〈竹枝〉赠李侍御》

> 天晴露白钟漏迟，泪痕满面看竹枝。
>
> 曲终寒竹风袅袅，西方落月东方晓。
>
> [唐]刘商《夜听严绅巴童唱〈竹枝歌〉》

> 向南渐渐云山好，一路唯闻唱竹枝。
>
> [唐]张籍《送枝江刘明府》

由此可知，竹枝歌几乎老少皆宜，男女皆唱，用以感怀、抒情，这也是民歌最主要的功用所在。

其次，竹枝歌会在某些特定的场合演唱，使其具备一定的社会意义，成为所谓的"仪礼歌"①。刘禹锡发现竹枝歌时即是在以其祭神之际：

> 禹锡贬连州刺史，未至，斥朗州司马。州接夜郎诸夷，风俗陋甚，家喜巫鬼，每祠，歌《竹枝》，鼓吹裴回，其声伧儜。禹锡谓屈原居沅、湘间作《九歌》，使楚人以迎送神，乃倚其声，作《竹枝辞》十余篇。于是武陵夷俚悉歌之。
>
> 《新唐书·刘禹锡传》

从刘禹锡的诗作中也可以得到歌唱竹枝用以祭神的信息："汉家都尉旧征蛮，血食如今配此山。曲盖幽深苍桧下，洞箫愁绝翠屏间。荆巫脉脉传神语，野老婆娑起醉颜。日落风生庙门外，几人连蹋竹歌还。"②"竹歌"即是竹枝歌，刘禹锡在庙门外观看赛神时，听到人们都是唱着竹枝歌的，由此便可知竹枝歌的特殊功用。而刘禹锡也将自己所作的九首竹枝歌词传于当地人用以祭神："唯有九歌词数首，里中留与赛蛮神。"③

竹枝歌也可用以欢宴娱乐，这一点可以通过史料得以考证，如《中朝故事》所记："瞻唱竹枝词送李庾：'蹑履过沟（竹枝）恨渠深（女儿）'。庾慊怒，乃上酒于瞻。瞻命庾酬唱，庾云'不晓词间音律'。"④或因如此，许多歌伎善唱竹枝歌，如"娟楼两岸临水栅，夜唱竹枝留北客"⑤"楚管能

---

①钟敬文主编：《民俗学概论》，上海：上海文艺出版社，1998年版，第273页。

②［唐］刘禹锡：《阳山庙观赛神》，见［清］彭定求等编《全唐诗》，北京：中华书局，1960年版，第4913页。

③［唐］刘禹锡：《别夔州官吏》，见《刘禹锡集》整理组点校，卞孝萱校订《刘禹锡集》，北京：中华书局，1990年版，第571页。

④［南唐］尉迟偓：《中朝故事》，清南陵徐氏刊本。

⑤［唐］张籍：《江南行》，见［清］彭定求等编《全唐诗》，北京：中华书局，1960年版，第4288—4289页。

吹柳花怨，吴姬争唱竹枝歌"①"却教鹦鹉呼桃叶，便遣婵娟唱竹枝"②。

竹枝，随时随地可歌，人人皆可吟唱，既可纪实，也可抒情，这是其作为民歌的独特魅力。

二、文人竹枝词

竹枝词之"词"本取"歌词"之意，最初是指竹枝歌的词，如《闻歌竹枝》中所云："巡堤听唱竹枝词，正是月高风静时。"③后来，竹枝歌为文人所闻，并开始进行采录和创作，最初仍能和乐而歌，但是随着形式和风格的改变而逐渐与歌舞分离，遂成文人竹枝词。

相对于民歌竹枝而言，文人竹枝词有其自身的特点：

一是体制固定。作为民歌的竹枝本有二体：一是七言二句式，如前所举皇甫松之《竹枝》六首；二是七言四句式，如前所举白居易之《竹枝词》四首。但是，文人拟作多取后者，近七言绝句，使之成为竹枝词的主要体式，此或为刘禹锡影响之大所造成。据《历代竹枝词》所录，唐宋时期文人所作之竹枝词共存一百五十八首④，其中仅有皇甫松六首竹枝词为七言二句式。由此可见，自宋代开始，竹枝词的体制已经逐渐向七言四句式倾斜。另外，参考书中所辑录宋代以后之竹枝词作品可得，以七言二句为

---

①［唐］杜牧：《见刘秀才与池州妓别》，见［清］彭定求等编《全唐诗》，北京：中华书局，1960年版，第5967页。

②［唐］方干：《赠赵崇侍御》，见［清］彭定求等编《全唐诗》，北京：中华书局，1960年版，第7498页。

③［唐］蒋吉：《闻歌竹枝》，见王利器、王慎之、王子今辑《历代竹枝词》，西安：陕西人民出版社，2003年版，第6页。

④此中包括宋代诗人贺铸的九首五言四句式竹枝词，但其自认为是"戏为之"，且以"变竹枝"命名，足见其不以自作为竹枝词之正格。另外，同样是五言四句式，清代史夔将自己所作称为"小竹枝"，小即小在字数而非句数，或可为旁证。

体的于题目后加"句"，即视作竹枝词其中两句。因此，文人竹枝词应是以七言四句为固定体制。

二是题材广泛。作为民歌的竹枝本作哀怨之音，兼述风物。唐宋文人在保留这一特点的基础之上，拓宽了竹枝词的取材范围，使其风格逐渐发生变化："《竹枝》本夜郎之音。依声制辞，实起刘朗州。辞若鄙陋，而发情止义，有风人骚子之遗意。"①也就是说，因为文人的介入，竹枝词开始带有文学色彩，比如刘禹锡所作："山上层层桃李花，云间烟火是人家。银钏金钗来负水，长刀短笠去烧畲。"②该词以通俗易懂的语言描述秀丽的山中风光，又以精心选择的物象突出表现民众的农耕生活，真切地显现了文人"取之于民、还之于民"的作用。③而同样描绘畲乡生活，宋代诗人范成大的竹枝词又表现出了另一特点："百衲畲山青间红，粟茎成穗豆成丛。东屯平田秔米软，不到贫人饭甑中。"④该词在描述畲山风物的同时，又表达了文人对于剥削和压榨现象的愤恨之情。可见，竹枝词在文人笔下又具备了讽喻的作用。时至元代，文人大规模唱和更是给竹枝词拓宽了诗境："前元杨维桢氏寓居湖上，日与郯韶辈留连诗酒，乃舍泛语为清唱，赋《西湖竹枝词》。一时从而和者数百家，虽妇人女子之作，亦为收录。其山水之胜，人物之庶，风俗之富，时代之殊，一寓于词，各见其

---

①［元］杨维桢：《西湖竹枝词》，见王利器、王慎之、王子今辑《历代竹枝词》，西安：陕西人民出版社，2003年版，第64页。

②［唐］刘禹锡：《竹枝词九首并引》，见王利器、王慎之、王子今辑《历代竹枝词》，西安：陕西人民出版社，2003年版，第3页。

③钟敬文先生对于刘禹锡的《竹枝词》也有较高评价，他在《民俗学与古典文学——答〈文史知识〉编辑部同志访问的谈话记录》中说到："（刘禹锡的《竹枝词》）虽为七言四句体，但内容、韵律都和当时文人所作的七言绝句不一样，有着很浓厚的民间特点和地方色彩。"

④［南宋］范成大：《夔州竹枝歌九首》，见王利器、王慎之、王子今辑《历代竹枝词》，西安：陕西人民出版社，2003年版，第16页。

意。"①《西湖竹枝集》共收作者一百二十多位，作品近两百首，并出版发行，足见竹枝词之受欢迎程度，也从一个侧面上反映了文人竹枝词的地位和价值。

自宋代开始，竹枝歌开始慢慢发生变化，并逐渐失去其演唱的形式。②到了元代，更是转入文人之大规模唱和，而完全脱离歌舞，这当是竹枝歌之一大缺憾，但也是文人竹枝词发展之一大契机。

第二节　从竹枝词到风俗诗

从发现、采录到创作，文人的介入使得竹枝词慢慢脱离最初歌、乐、舞三位一体的民歌状态，成为具有相对固定之体制和风格的文学作品。虽然其作为民歌的地位与意义渐失，但是竹枝词并未因此失去价值而退出历史舞台，反以另外一种形式产生了较大的影响：

> 按一般诗调在断绝声容以后，即退入徒诗，而生命遂止。不比长短句词调，虽失声乐，因文人从其形式上另得意趣，仍"倚声填辞"不已。独有《竹枝》，在诗调中，与他调不同，于失却声容后，其名称仍续有一段"主文"之生命，且绵亘千年之久。正为状写风土已成

----

①［元］杨维桢：《西湖竹枝集·序》，见王利器、王慎之、王子今辑《历代竹枝词》，西安：陕西人民出版社，2003年版，第66页。

②任半塘先生在《唐声诗·杂歌与声诗》中曾提及竹枝唱法至宋之变，杨晓霭教授更是在《〈竹枝〉歌唱在宋代的变化与〈竹枝歌〉体》一文中提出所谓"《竹枝歌》体"以代宋时文人拟作仿歌谣性质的作品。而这些特点都已不是竹枝最初作为民歌时所具备的。

为一种特殊内容，时地虽迁，文人仍乐用不辍，然而字句之外，亦终限于名称而已。

任半塘《唐声诗·竹枝（二）》

从这段论述可以得出，文人竹枝词虽然不再具备声诗的特点（即可和乐而歌），却由其内容出发，以状写风土为题材，发展成为极具价值的风俗诗体。

一、竹枝词泛咏风土

竹枝词脱胎于民歌，这是竹枝词吟诵风土的根源所在。民歌与风俗之间本就有着无法割断的联系，很多民歌即是因风俗而产生和存在，比如前面所论之竹枝。虽然经文人润色后，竹枝词风格和内容有所改变，但其作为精神本质之民间特色并未受到很大的冲击。[①]吟诵风土人情，当是竹枝词不失本色的唯一证据，也是其能在失却声容之后继续得以繁盛的最主要原因。

宋元以降，吟咏风土人情便已成为竹枝词的主要内容，并且开始以"某地"和"某节日"命名，比如宋代杨万里的《峡山寺竹枝词五首》、宋代冉居常的《上元竹枝歌和曾大卿》以及元代杨维桢的《西湖竹枝词》等。到了明代，这一趋势更加明显，并逐渐成为竹枝词泛咏风土的代表性特点。

竹枝词因其描绘各地风情，从而形成地域性的特征：一方面，用地名

---

①于此，刘航在《中唐诗歌的民俗观照》一书中认为"民歌竹枝咏风俗，本来只是偶一为之，刘禹锡却敏锐地抓住这一初露之端倪大做文章，将巴蜀风俗刻画地细致入微"。此说承认刘禹锡对于竹枝词之贡献，但未厘清民歌与风土之密切关系而断定"竹枝咏风俗为偶然"则太过武断。

冠之竹枝词，使其更具地方特色；另一方面，竹枝词亦被收入地方文献，成为地方性知识读物。以《历代竹枝词》所收明代竹枝词为例，具体情况如下：

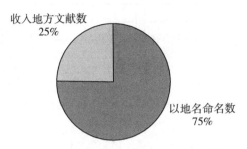

图1.1 明代竹枝词与地域相关性统计图[①]

由此可以看出，为方便纪咏风土，竹枝词逐渐开始以题分类，从而极具地域特色。而图1.1中所及包括唐时便已开始盛行竹枝民歌的主要地域（即巴、楚之地），也包括后来传唱之地（如京、粤等）。在这些地域中，既有北京、上海、广州等大都市，也有嘉善、明洲（现属浙江省宁波市）等小城镇。由此不仅可知竹枝词流行范围之广，而且可见其泛咏各地风土之本质。

此外，竹枝词吟咏风土的内容极为广泛，地理、山水、物产、历史、神话、节日、政治、民生等等皆可入诗，成为一幅真正意义上的世俗生活百态图。下面仍以《历代竹枝词》所收明代竹枝词为例，单取其中所录之岁时节日信息进行简单统计，具体情况如下：

---

①需要说明的是，此统计以《历代竹枝词》目录为准，计"篇"而不计"首"；地名以具体地名为准，而不计诸如"江边""舟中"之类泛泛之名；地方文献以地域为准，包括史志类以及《西湖竹枝集》专书。

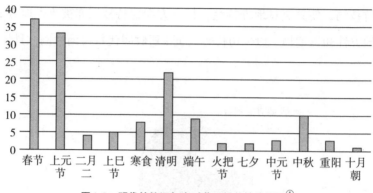

图1.2　明代竹枝词与岁时节日相关性统计图①

由图1.2可见，竹枝词所载岁时节日不仅仅涵盖了我国汉族的传统节日中的大部分②，甚至记录了少数民族的节日，即农历六月二十四日举行的火把节。沿袭宋制，明代也多有以节日命名的竹枝词，如《雷州上元竹枝词》《寒食竹枝词》《新岁竹枝词》等。

从以上分析中可以得出，清人王士禛之"《竹枝词》则泛言风土"③之语并非妄断。也正是因为吟咏风土，使得失却声容的竹枝歌词以诗体的形式留存下来，并且得以最大程度的发展和传播。

二、以竹枝词为中心的风俗诗

明清之后，竹枝词以泛咏风土的诗体形式而盛行于世，并逐渐成为风

①此图所列之数目以确切提及岁时节日名称为准，兼收一部分明显表现节日习俗之作。
②其中，三月三的上巳节以及十月初一的十月朝在当代大多数地方都已经不为所传。
③王士禛：《带经堂诗话》，张宗枏纂集、戴鸿森校点，北京：人民文学出版社，1963年版，第35页。

俗诗中的翘楚。风俗诗（也可称为风土诗）[①]即是以描绘和议论风土人情、民间生活为主的诗作，其自不可能仅含竹枝词一体。周作人曾简要地梳理了竹枝词的发展历程，并由此指出其主要内容、范围以及作为风俗诗的特色所在。也就是说，以竹枝词为中心的风俗诗具备一定的形式和特点，从而使其成为泛咏风土的代表。

其一，语言直白、通晓，可采俚语俗言。[②]这一特点使竹枝词保持了其来源于民间生活的精神本质，从而大大拓宽了风俗诗的创作群体和接受群体，从而成为广受欢迎的民间诗体。例如，明代文人邝璠所作《题农务女红之图》之三十一首竹枝词便是因图制词（即如前周作人所言），力求以简单明了的语言给民众介绍旧时有关耕织的知识："因更易数事，系以吴歌，其事既易知，其言亦易入，用劝于民，则从厥攸好，容有所感发而兴起焉者。"[③]除此之外，还有两种语言所作之竹枝词值得注意：一是少数民族语言，比如清代林则徐所作《回疆竹枝词》；一是外来语言，比如清代杨勋所作《别琴竹枝词》（注：别琴即为洋泾浜英语）。两者皆是用汉语字体表音，既含异趣，又不失民间特色，有异曲同工之妙。

其二，以七言绝句为体，并形成组诗。这一特点当肇始于唐宋，发展于元代，兴盛于明清。唐时，刘禹锡作《竹枝词》因效仿屈原《九歌》也成九首。唐宋之间，竹枝词多以组诗出现，数量从每篇二首到十首不等。至元代，杨维桢辑录并出版各地文人唱和之作《西湖竹枝集》，共收近两

---

①风俗诗，也可以称为风土诗，施蛰存和丘良任先生都称为"风土诗"，而周作人则两种名称并提。事实上，风土诗与风俗诗之名差别甚微，两者可换用，但考虑在民俗学的范围内使用"风俗诗"更为妥当，并切合题意。

②这一特色首当归功于刘禹锡，其所作《竹枝词九首》其一有"花红易衰似郎意，水流无限似侬愁"一句，其中"侬"即是当地方言。

③邝璠：《题农务女红之图》，见王利器、王慎之、土子今辑《历代竹枝词》，西安：陕西人民出版社，2003年版，第181页。

百首关于西湖的竹枝词，对后世影响甚大。[①]自明代起，开始出现数十首竹枝词的组诗，比如吕及园所作之《滇南竹枝词》。该组竹枝词共二十二首，分列"总起""天时""地利""民家妇""夷人""三教堂""物产""工作""花卉""果品""畜产""元旦""上元""二月二三月三""端午""五月十三""六月二十四""中秋""重九""十月朝""除夕""总结"。叙述之详细、周道自不在话下。之后，组诗体制继续扩充，以至百首（有时亦称百咏），比如明代徐之瑞《西湖竹枝词》、清代朱彝尊《鸳鸯湖櫂歌》等篇。因此可推断，七言组诗的形制极其利于泛咏风土："七字吟成，泻出三潭荷露；百篇赋就，吹来九里松涛。"[②]

其三，竹枝词后附以注文，使其描述更为清晰、详尽。自明代起，常见文人于词中加注的情况[③]，比如钱秉镫所作《南海竹枝词》其中一首："城中高髻学吴妆，浅发齐眉赚阮郎。惯把秦筝弹数弄，罗襟验取袖儿香。"后附注曰："粤女将嫁，每留发寸余覆额作娇小态。亦多腋气，谓之袖儿香。媒氏以罗巾试腋，送客验其有无。"[④]作者借词后之注解释原文中的两种婚嫁习俗，使得读词之人更易理解。此时的注文乃用寥寥数语加以说明，仍显简单。之后，随着竹枝词的发展和传播，注文也开始发生变化，或是引经据典、或是加以评论，叙述详尽，提供的信息也越来越多，诚如施蛰存先生所言："竹枝词起源于中唐诗人刘禹锡。他那十多首竹枝词，还只是民歌

---

①杨维桢本人所作竹枝词也以十首七言绝句的组诗形式出现，数目并不算大。基于此，组诗数目不断扩大的原因当归究为其所辑录之《西湖竹枝集》影响之大。

②孙乔年：《西湖竹枝词·序》，见王利器、王慎之、王子今辑《历代竹枝词》，西安：陕西人民出版社，2003年版，第1255页。

③在《历代竹枝词》中首次出现注文的是元代杨维桢之《西湖竹枝歌》，但实为他人为之注，因此，不将其讨论在内。

④钱秉镫：《南海竹枝词》，见王利器、王慎之、王子今辑《历代竹枝词》，西安：陕西人民出版社，2003年版，第313页。

风格的诗，还没有浓厚的民俗学意义。宋元以后，出现了各种地方性竹枝词，往往是数十首到一二百首的大规模组诗。每首诗后附有注释，记录了各地山川、名胜、风俗人情，以至方言、俚语。这一类的竹枝词，已不是以诗为主，而是以注为主了。这些注文，就是民俗学的好资料。"①对于这一点，周作人也持相同意见："百咏之类当初大抵只是简单的诗集，偶尔有点小注或解题，后来注渐增多，不但说明本事，为读诗所必需，而且差不多成为当然必具的一部分，写得好的时候往往如读风土小记，或者比原诗还要觉得有趣味。"②可见，注文已然成为风俗诗描绘风土人情的有力助手。

第三节 竹枝词的民俗学价值

以竹枝词为中心的风俗诗数量繁多、内容丰富、取材广泛、语言通晓，且颇具地域色彩和乡土气息，应当是民俗学研究的重点取材对象之一。但遗憾的是，当今所见研究文章数量并不多，并且方向多集中于竹枝词的源流考辨以及对某人、某地之竹枝词的专项研究上，缺乏真正从民俗学角度的考察。③

---

① 施蛰存：《关于"竹枝词"》，见陈子善、徐如麒编选《施蛰存七十年文选》，上海：上海文艺出版社，1996年版，第726页。

② 周作人：《关于竹枝词》，见吴平、邱明一编《周作人民俗学论集》，上海：上海文艺出版社，1999年版，第248页。

③ 吴艳荣曾于2006年在《中南民族大学学报（人文社会科学版）》上发表《近三十年竹枝词研究述评》一文，重点论述了竹枝词研究的现状。就其所统计，对于竹枝词的研究文章约有百篇，其内容主要包括论刘禹锡《竹枝词》研究（约占18%）、考辨竹枝词源流（约占10%）以及地方性竹枝词研究（约占50%），另有20%因质量不高而不足以论。

周作人在《关于竹枝词》一文中曾引用自己在《十堂笔谈》的话来说明从民俗学角度研究竹枝词的重要性：

> 我的本意实在是想引诱读者，进到民俗研究方面去，使这冷僻的小路上稍为增加几个行人，专门弄史地的人不必说，我们无须去劝驾，假如另外有人对于中国人的过去与将来颇为关心，便想请他们把史学的兴趣放到低的广的方面来，从读杂记的时候起离开了廊庙朝廷，多注意田野坊巷的事，渐与田夫野老相接触，从事于国民生活史之研究，此虽是寂寞的学问，却于中国有重大的意义。
>
> 周作人《关于竹枝词》

周作人生活之时，科学意义上的中国民俗学刚刚开始建立①，其作为发起人之一，十分重视民俗之于中国社会的重要意义，并且大力呼吁有识之士对于杂记、竹枝词之类纪录田间野巷之事的材料进行民俗方面的研究。可惜的是，迄今为止，中国民俗学蓬勃发展，取得了较大的成绩，但是周作人十分重视的竹枝词研究仍然处于起步阶段。究其原因，当是对于竹枝词的定位不明，没有真正认识到其作为风俗诗的意义和价值。因此，从竹枝词的发展历程出发而最终将其定为风俗诗是对其进行民俗学研究的首要前提。在这一前提之下，对竹枝词的探索便可具备民俗学之价值。

首先，竹枝词泛咏风土，因而保存了丰富的民俗资料，即如唐圭璋先生所言："内容则以咏风土为主，无论通都大邑或穷乡僻壤，举凡山川胜迹，人物风流，百业民情，岁时风俗，皆可抒写。非仅诗境得以开拓，且

---

①董晓萍教授在《民俗学概论》第十四章《中国民俗学史略》中提到："科学意义上的中国民俗学产生于'五四时期'。"

保存丰富之社会史料。"①也正是从这一意义上，竹枝词乃为民俗学提供了相当繁富的材料和信息。现根据民俗之范围，简要举例如下：

表1.1 竹枝词民俗类目示例表②

类目	内容	示例
物质生产民俗	农业民俗	边天春事近为农，野烧荒荒二月风。 千里火云吹不断，满城都在夜光中。③
	狩猎、游牧和渔业民俗	湖岸茸茸幽草生，长桥短艇望纵横。 八尺苧麻缝作网，网得银鱼春雪明。④
	工匠民俗	珠孃姊妹似双珠，珠食珠衣一事无。 来岁百花成蜜后，花船同嫁媚川都。 南汉设媚川都，以采珠为职。⑤
	商业与交通民俗	水落焦湖地势宽，荡舟陆地洵奇观。 长年三老船头坐，凭仗刘家黑牡丹。 每逢焦湖水落，舟航俱用牛挽，土人谓之"陆地行舟"。⑥

———————

① 丘良任：《竹枝纪事诗·唐序》，广州：暨南大学出版社，1994年版，第1页。

② 此表所录之民俗类目及内容乃取自钟敬文先生主编的《民俗学概论》，因竹枝词资料繁多，每项只取一首，多从清代前期摘录，即《历代竹枝词》之《乙编》"清顺治康熙雍正朝"。目的在于呈现竹枝词中民俗资料之丰盛，暂时不作深入分析。

③ 方观承：《卜魁竹枝词二十四首》，见王利器、王慎之、王子今辑《历代竹枝词》，西安：陕西人民出版社，2003年版，第939页。

④ 王士禄：《莺脰湖渔歌二首》，见王利器、王慎之、王子今辑《历代竹枝词》，西安：陕西人民出版社，2003年版，第463页。

⑤ 查嗣瑮：《广州竹枝词》，见王利器、王慎之、王子今辑《历代竹枝词》，西安：陕西人民出版社，2003年版，第726页。

⑥ 邵陵：《庐州竹枝词》，见王利器、王慎之、王子今辑《历代竹枝词》，西安：陕西人民出版社，2003年版，第519页。

（续表）

类目	内容	示例
物质生活民俗	饮食民俗	新澄橡粉包蒸栗，石蟹酥烹杏子油。 饱饭春山三月暮，樱桃未熟摘羊球。①
	服饰民俗	越罗衫子五铢轻，细褶宫裙百叠成。 虀剌云头盘线巧，镂花高底步莲生。②
	居住建筑民俗	到此宁教心不灰，非风即雪更尘埃。 氈帷几处山坳里，一似生人在夜台。 夷民所处尽蒙古包，多在山坳中，以避风雪。 上尖，下圆，顶微平，围以白氈，浑似墓冢。③
社会组织民俗	宗族组织民俗	餐风宿水等闲过，不出江洋居有那。 十叶相传渔世业，故家乔木又何多。 吴县渔册，张文彦、张荣先等八户皆九代十代。 阳湖县渔册，薛祖衡、薛以忠、蒋文兴、陆加善等二十二户皆七代八代。④
	社团和社区组织民俗	队队番夷作活来，连村绕舍总成堆。 明年二月锦江口，负米呼牵打伴回。 威、茂蛮人至冬月俱褯负而至，为人作活。一交二月，即买猪、米，结伴归去。彼处常寒，难禁内地之热也。⑤
岁时节日	春节	太平节事忽匆匆，新换桃符捉对红。 要问春从何处到，开元寺里一声钟。⑥

---

① 张实居：《山中竹枝词》，见王利器、王慎之、王子今辑《历代竹枝词》，西安：陕西人民出版社，2003年版，第430页。

② 周文燨：《闽中竹枝》，见王利器、王慎之、王子今辑《历代竹枝词》，西安：陕西人民出版社，2003年版，第524页。

③ 姚兴滇：《塞外竹枝词》，见王利器、王慎之、王子今辑《历代竹枝词》，西安：陕西人民出版社，2003年版，第967页。

④ 吴庄：《罛船竹枝词》，见王利器、王慎之、王子今辑《历代竹枝词》，西安：陕西人民出版社，2003年版，第905页。

⑤ 陆箕永：《绵州竹枝词十二首并序》，见王利器、王慎之、王子今辑《历代竹枝词》，西安：陕西人民出版社，2003年版，第793—794页。

⑥ 张学举：《癸酉除夕竹枝词》，见王利器、王慎之、王子今辑《历代竹枝词》，西安：陕西人民出版社，2003年版，第944页。

（续表）

类目	内容	示例
岁时节日	元宵节	祸克式才停礼部，旃檀打鬼又萧条。 正阳门外鱼龙甚，火树黏天照走桥。 祸克式，华言舞也，俗转呼为莽式，盖象功之乐，每岁除夕供御。先是以岁暮三、六、九日肆于春官，都人得纵观焉。过岁则罢。旃檀，寺名。元旦后，番僧持组铃扇鼓，聚众念吽，共逐一人，名曰打鬼，盖驱傩之意。京师元夕，男女皆出游，名曰"走桥"。①
	清明节	清明佳节柳条拖，放学儿郎手折多。 早送爷娘上坟去，好寻闲处打陀螺。②
	端午节	郊西竞渡喜新晴，彩缕朱丝照眼明。 二六少年摇桨急，绮罗两岸不胜情。③
	中秋节	中秋云净碧天清，处处红颜达晓行。 今夜姮娥欣有伴，飘香坠粉满江城。④
	重阳节	茱萸湾口夕阳斜，孤梦扁舟宿水涯。 听彻悲笳人不起，邗江九日客思家。⑤
人生仪礼	诞生仪礼	南山佛子现真身，相约小姑去求娠。 蜡泪香灰多记取，定光帐里摸麒麟。⑥

---

① 蒋仁锡：《燕京上元竹枝词十二首》，见王利器、王慎之、王子今辑《历代竹枝词》，西安：陕西人民出版社，2003年版，第776页。

② 李孚青：《都门竹枝词》，见王利器、王慎之、王子今辑《历代竹枝词》，西安：陕西人民出版社，2003年版，第672页。

③ 杜溎：《端午竹枝辞》，见王利器、王慎之、王子今辑《历代竹枝词》，西安：陕西人民出版社，2003年版，第437页。

④ 程世绳：《江汉竹枝词三首》，见王利器、王慎之、王子今辑《历代竹枝词》，西安：陕西人民出版社，2003年版，第796页。

⑤ 范廷瓒：《芜城竹枝词》，见王利器、王慎之、王子今辑《历代竹枝词》，西安：陕西人民出版社，2003年版，第851页。

⑥ 林嗣环：《虎林竹枝词》，见王利器、王慎之、王子今辑《历代竹枝词》，西安：陕西人民出版社，2003年版，第450页。

（续表）

类目	内容	示例
人生仪礼	成年仪礼	纤纤指细玉抽芽，三五初交点点瑕。 墙上空怜小垂手，回风如卷落梅花。 女十五，黥手指背，墨点如梅花。①
	婚姻仪礼	驱马牵羊载酒尊，委禽礼物剧阗喧。 双环却闭缘何故，要待阿翁亲款门。 纳采日，必亲翁跪门，女家乃出迎。②
	丧葬仪礼	烟漫雾障晷冥冥，佛号仙音降爽灵。 新故坟头新故鬼，醉听弦管饱听经。 丧事尚佛老，祭以俗节，尤重墓祭，士大夫家始用金鼓。闾阎好事者慕之。③
民俗信仰	信仰对象	迎虎迎猫载圣经，祈年赛社岂无灵。 由来戏事关农事，前队先迎五谷瓶。 灯作瓶式，绘五谷而封其口，取五谷丰登意。④
	信仰媒介	良医不信信邪巫，疫鬼何曾仗剑驱。 香火朝昏勤奉祀，室中三尺木书符。 俗尚鬼，疾疫则巫进医退。每有祈禳，必令道士立符，用木三尺许，书符其上，安立室中，祀以香火。⑤

---

① 徐葆光：《中山竹枝词》，见王利器、王慎之、王子今辑《历代竹枝词》，西安：陕西人民出版社，2003年版，第792页。

② 卢见曾：《杭霭竹枝词》，见王利器、王慎之、王子今辑《历代竹枝词》，西安：陕西人民出版社，2003年版，第813页。

③ 梁逸：《信州竹枝词》，见王利器、王慎之、王子今辑《历代竹枝词》，西安：陕西人民出版社，2003年版，第817页。

④ 杨锡恒：《艾河元夕竹枝词》，见王利器、王慎之、王子今辑《历代竹枝词》，西安：陕西人民出版社，2003年版，第780页。

⑤ 梁逸：《清江竹枝词》，见王利器、王慎之、王子今辑《历代竹枝词》，西安：陕西人民出版社，2003年版，第817页。

（续表）

类目	内容	示例
民俗信仰	信仰表现方式	纸旗百队赛龙王，报导前村麦子黄。 四雨三风不休歇，竿头嘱付扫晴娘。 祈雨时，小儿执纸旗歌麦子黄。雨不止，又剪纸为扫晴娘。①
民间科技	民间科学知识	甲子晴明百谷宜，田家占候已先知。 新图更判流年好，征鼓来祈八蜡祠。 八蜡祠在斜塘镇，禾俗，农家新正贴流年图，以占节候。②
	民间工艺技术	归人万里望丘为，白酒黄壶瓠作厄。 来往棹歌无不可，西溪东泖任吾之。 丘为，郡人，王维送之诗云："五湖三亩宅，万里一归人。"里中黄元吉冶锡为壶，极精致。近日乡人多用匏樽。西溪在府城西三里，鲍恂所居。东泖在平湖。③
	民间医学	华灯昨夕过元宵，翠袖争趋玉栋桥。 艾炙石狮能却病，猱犿个个不曾饶。④
民间口头文学	口头散文 叙事文学	徐福当年采药余，传闻岛上子孙居。 每逢卉服兰阇问，欲乞嬴秦未火书。⑤
	民间诗歌	细碾油菔和粪担，长锄两两复三三。 山歌漫唱齐声应，打赌争先去种蓝。⑥

---

① 马世俊：《竹枝词仿徐渭体咏长安景物》，见王利器、王慎之、王子今辑《历代竹枝词》，西安：陕西人民出版社，2003年版，第512页。

② 朱麟应：《续鸳鸯湖櫂歌一百首》，见王利器、王慎之、王子今辑《历代竹枝词》，西安：陕西人民出版社，2003年版，第952页。

③ 朱彝尊：《鸳鸯湖櫂歌》，见王利器、王慎之、王子今辑《历代竹枝词》，西安：陕西人民出版社，2003年版，第629页。

④ 张令仪：《燕台竹枝词》，见王利器、王慎之、王子今辑《历代竹枝词》，西安：陕西人民出版社，2003年版，第545页。

⑤ 林麟焻：《竹枝词》，见王利器、王慎之、王子今辑《历代竹枝词》，西安：陕西人民出版社，2003年版，第535页。

⑥ 李启芃：《邑竹枝词四首》，见王利器、工慎之、工子今辑《历代竹枝词》，西安：陕西人民出版社，2003年版，第542页。

（续表）

类目	内容	示例
民间语言	常用型民间熟语	新裁衫子越溪绫，雅样梅花间裂冰。 微带几分香汗湿，连朝天气木樨蒸。 吴人呼八月天气为"木樨蒸"。①
	特用型民间熟语	三条玉带两条犀，争访金鸡梦白鸡。 高冢累累羊虎尽，塘南塘北乱乌啼。 "学绣东，三塔西，一只金母鸡，有人寻得者，三条玉带两条犀。"堪舆家诀也。里中著姓营葬多于是，究未有葬此穴者。②
民间艺术	民间音乐	短笛无腔听牧童，山隈随意爱春风。 朝朝听叱红泥狭，预卜丰源十倍丰。③
	民间舞蹈	一双红袖舞纷纷，软似花枝乱似云。 自是擎身无妙手，肩头掌上有何分。④
	民间戏曲	秧歌初试内家装，小鼓花腔唱凤阳。 如蚁游人拦不住，纷纷挤过蹴球场。⑤
	民间工艺美术	推山掐水米家灯，摹仿黄徐顾陆能。 愈变愈奇工愈巧，料丝图画更新兴。 京师米灯，用铁线掐成，衬以细绢，粘贴其上。⑥

---

① 黄任：《山塘口占》，见王利器、王慎之、王子今辑《历代竹枝词》，西安：陕西人民出版社，2003年版，第735页。

② 谭吉璁：《鸳鸯湖櫂歌和韵丙辰》，见王利器、王慎之、王子今辑《历代竹枝词》，西安：陕西人民出版社，2003年版，第636页。

③ 蒲松龄：《淄川竹枝词四首》，见王利器、王慎之、王子今辑《历代竹枝词》，西安：陕西人民出版社，2003年版，第538页。

④ 孔尚任：《平阳竹枝词五十首》，见王利器、王慎之、王子今辑《历代竹枝词》，西安：陕西人民出版社，2003年版，第659页。

⑤ 袁启旭：《同咏燕九竹枝词》，见王利器、王慎之、王子今辑《历代竹枝词》，西安：陕西人民出版社，2003年版，第516页。

⑥ 高士奇：《灯市竹枝词》，见王利器、王慎之、王子今辑《历代竹枝词》，西安：陕西人民出版社，2003年版，第655页。

（续表）

类目	内容	示例
民间游戏娱乐	民间游戏	黄皮柚子贱如泥，争赏中秋月底携。 青粉墙黏纸番塔，笑他儿女斗糖鸡。 中秋以纸画塔黏壁间，名"纸番塔"。儿女以糖为鸡相戏。①
	民间竞技	芳草裙腰绿尚微，少年赌射马如飞。 银貂日暮宫墙外，一道玉河春鸭稀。②
	民间杂艺	长竿短索六街连，帖地掀风色艺全。 一似天魔初舞罢，粉香吹过冀云边。 南方走索者多少妇，近京师亦时有云。③

由此表可知，竹枝词对于民间生活的记录可谓方方面面，而这些丰富的社会民俗资料可弥补史志记载之不足，也成为诸多文人采录、创作竹枝词的目的之一：能使古今事迹不致失传。

其次，以竹枝词为中心的风俗诗为民众之精神活动的产物，因而带有明显的主观色彩，从而可以探究其民俗观念和心理。

一方面，竹枝词描绘民间生活以"实录"为原则，不做过多的修饰、整饬，因而能够透露出普通民众对于生活习俗之观念和认识。举个例子：

百年托命在浮舟，物化偏能遂首邱。

湖上青山好埋骨，羞他水葬用棉兜。

---

① 徐振：《珠江竹枝词十二首》，见王利器、王慎之、王子今辑《历代竹枝词》，西安：陕西人民出版社，2003年版，第745页。

② 文昭：《京师竹枝词十二首》，见王利器、王慎之、王子今辑《历代竹枝词》，西安：陕西人民出版社，2003年版，第723页。

③ 文昭：《踏镫竹枝词》，见王利器、王慎之、王子今辑《历代竹枝词》，西安：陕西人民出版社，2003年版，第723页。

渔家坟墓都在湖滨山上，不作水葬。吴凝甫《西湖竹枝词》："白骨浪淘谁是主，年年花落段桥香。"概水葬之俗也。

[清]吴庄《罛船竹枝词》

吴庄所作《罛船竹枝词》共二十首，主要描绘江苏吴县（今苏州）的渔民生活和习俗。此一首是说明渔民对于丧葬方式极为讲究，重土葬而不进行水葬。词后注文中所提及之吴凝甫《西湖竹枝词》无从考证①，但作者列于此其意在对比则是不言而喻。也就是说，两首竹枝词所记录的当地民众对于水葬的态度是不同的。再来看下面两首竹枝词：

焉知地狱与天堂，一定身尸饲犬狼。

曾是众生都不若，尚教麻海落人肠。

夷人死后，必弃置旷野，以饲犬狼。食之速者谓登仙。不食则谓成鬼，人皆畏之。肉名"麻海"。

[清]姚兴滇《塞外竹枝词》

鸡卜欢哗一晌间，椎牛挝鼓闹尸还。

葬爷却恐阿爷识，五夜侵星送上山。

花苗卜葬地，以鸡子掷之不破者为吉地。克孟牯羊苗亲人死民不哭，集亲朋且歌且舞，为之闹尸。八蕃苗候夜静出葬，谓不忍使亲知也。

[清]田榕《黔苗竹枝词》

---

① 该竹枝词并未辑录于《历代竹枝词》，或是已遗，或是尚未发现，暂不可考，只能存疑。但是从起《西湖竹枝词》之名来看，当为浙江西湖附近之风俗诗。

姚兴滇之《塞外竹枝词》记录的是清代蒙古族民众的社会生活，其中此首反映的是蒙民的丧葬，其以尸体饲野兽，实为"天葬"。田榕之《黔苗竹枝词》描绘的是清代贵州区域的苗族生活，该首则是对于苗民丧葬方式的记录，比如花苗之占卜葬地、克孟牯羊苗之闹尸以及八蕃苗夜静出葬，极具特色。而从以上两首竹枝词也可以清晰地发现少数民族葬俗与汉族之差异，从而反映出各个民族对于死亡的认识和对于丧葬意义的理解。

另一方面，竹枝词因其语言通晓、风格谐俗而具备极高的感染力，从而为文人所重视，成为其表达自我认识的工具，并欲以此教化民众、移风易俗："因赋俚语，以当讽谏。言者无罪，闻者足戒，古之训也。"[1]所以，文人在记录和创作竹枝词用以描摹民众生活和观念的同时，也将自己的认识和理想付诸其上，使其具备民众与民间精英的双重民俗观念。但需要特别指出的是，由于竹枝词的内容以泛咏风土为主，因此即使是精英之观念，其所反映的也是对于世俗生活之理解。

采风观俗，自古有之，《诗经》十五国风即是由当时全国十五个地区的民歌辑录而成。而记录民众生活或是辑录民间文学作品多是为采风者提供资料："观民风者，或有取焉。"采风的目的是政治教化，即所谓"风行俗成，万世之基定"。在这一过程中，文人、学者又发挥了极大的作用："在风俗的整齐过程中需要发挥社会精英的导引作用，以实现自上而下的风俗整饬与改易。"[2]具备文化自觉意识的文人、学者通常主动承担移风易俗的责任。因而，他们模仿民间文学进行创作，使之流传民间，借以讽喻和教化。尤其自晚清起，政治的腐朽、社会的黑暗警醒了一大批有志之

---

[1]宋徽璧：《金陵灯市竹枝词乙酉》，见王利器、王慎之、王子今辑《历代竹枝词》，西安：陕西人民出版社，2003年版，第383页。

[2]萧放：《中国传统风俗观的历史研究与当代思考》，载《北京师范大学学报（社会科学版）》，2004年第6期，第34页。

士，试图通过改良风俗来革除旧弊，促使社会面貌焕发新颜。在这一社会背景之下，民间文学（尤其是歌谣）遂成为向腐败的政治与社会挑战之途径：一方面，他们大力辑录民间文学作品，以期借民间天然、自在之风冲击业已腐朽的封建制度；另一方面，借民间流行之文学宣传和教化以移风易俗。①由此，以竹枝词为中心的风俗诗也随之成为社会精英施行教化、改良风俗的工具之一：

> 偶然小谪人间住，未许辞家世外逃。
> 敢以词章警末俗，独留冷眼察秋毫。
>
> 人情鬼蜮含沙射，魔火阴森逐道高。
> 我欲振衣千刃上，中宵横笛听奔涛。
>
> ［清］刘达《上海竹枝词·自序》

文人能够借竹枝词讽刺时政、教化民众的根源在于竹枝词本身之特点：一则语言质朴，能够为广大民众所知所记；二则泛咏风土，使之在描摹世俗的基础之上表达想法自然而然；三则风格诙谐②，极易用于调侃和讽刺。这些特点使得竹枝词成为文人心目中状写风俗、教化民众的最佳载体之一。但是，换一个角度讲，也正是这些特点使得竹枝词的创作和接受群体越来越大，因此其所代表的观念和认识也就越来越普遍。可以说，这是

---

①钟敬文先生曾就晚清时期学者关注民间文学作过详尽研究，并完成《晚清时期民间文艺学史试探》《晚清革命派著作家的民间文艺学》《晚清革命派作家对民间文学的运用》《晚清改良派学者的民间文学见解》等多篇论文。

②竹枝词诙谐的特点为周作人所大加赞赏，他在《北京的风俗诗》一文中将风俗诗分作三类：一是怀古之作，多写历史地理；二是稍加岁时风物之作，诗情温丽；三是以风俗人情为主之作，带点滑稽味，可作讽刺诗。周作人看重的是最后一类，甚至认其为真正的风俗诗。

一个双向互动的过程，文人利用民间语言铺写民间风俗、表达民众观念，或教导民众生活，而民众借文人之笔展现世俗生活和自我观念。

　　综上所述，竹枝词保留了丰富的社会生活资料，反映了最为普遍的民众观念，因而具备极大的民俗学研究价值。但是由于对竹枝词的定位认识不足，使得现存之研究多从文学或是历史学的角度出发，因而无法充分发掘其民俗学价值。也正是在这一意义上，从梳理竹枝词的发展历史中发现其逐渐被定位为风俗诗或可起到一定的作用，使得以竹枝词为中心的风俗诗真正为民俗学所重视，从而最大程度上发挥其作为民俗资料库的功用。

第二章　山东竹枝词的文本现状及其社会语境

　　竹枝词以吟咏各地风土为志，而山东竹枝词则主要描绘山东地区的自然风光、市井人情以及生活习俗。从现有文献资料的历史发展进程来看，山东竹枝词的采录与记述开始于元代，发展于明代，清代以后达到极盛。而从文本内容来看，山东竹枝词记载了自元代至民国各个时期的物质生产与生活、民俗信仰、岁时节日、人生仪礼等多种形式的民俗生活，是研究山东地区历史生活重要的文字资料。

第一节　山东竹枝词的历史分期

　　山东竹枝词的历史发展虽然较长，但其发起时间较晚，多为文人竹枝词，因而也就越过了歌、舞、乐三者一体的民歌形式，仅以吟咏自然风光与地域风情的诗体文本形式留存至今。从现实状况来看，自明初至民国时期的山东竹枝词散见于各类文集、地方史志资料，除清乾隆五十八年（1793）嘉定王氏刊的《济南竹枝词》外，少见以刻本、抄本、铅印本、石印本形式出现的竹枝词专集。《中华竹枝词全编》存有"山东卷"，当为搜集山东竹枝词比较集中的部分。

一、山东竹枝词的形成期

明代是山东竹枝词文本产生并逐渐发展的主要时期，这一时期的山东竹枝词的文本数量并不多，内容也以山川、风土的描摹与记述为主，其多收录在竹枝词著述者的个人文集之中，因而主题与风格都较为多元，而且刊行时间也有着极大的差异。

表2.1 明代山东竹枝词文本情况一览表[①]

作者	题目	数量	内容	出处	刊行时间
贾仲明	竹枝歌	1	胸背挽绒宫锦袍，怎系这断续丝麻杂彩绦。看了这江梅风韵海棠娇，樱桃樊素口，杨柳小蛮腰。清高，兰蕙不逢蒿。	《太和正音谱》	明洪武三十一年（1398）
苏祐	竹枝词	1	钿蝉金雁惜春华，寂寞东风到妾家。惟有江头明月色，夜深共对木兰花。	《曹州历代诗词选注》	1989

---

①需要说明的是，此表以及之后诸表内所使用的竹枝词文本及相关信息皆主要来源于《中华竹枝词全编》"山东卷"部分，另有经过调查所补遗的竹枝词文本，并按时间大致排序，排序标准先以作者生平为准，生平不详者则以文集刊行时期（据国家图书馆保存情况所得）为准，后不赘述。

（续表）

作者	题目	数量	内容	出处	刊行时间
靳学颜	竹枝词	1	即君骢马江上游，采桑女儿日暮愁。女儿见桑不见马，何用黄金装络头？	《山左明诗钞》	乾隆年间（1735—1796）
李化龙	泇河竹枝词	10	扬子江头浪打船，黄河滔起雪山连。阿谁引入清溪曲，却是苏杭二月天。 百里连樯百里平，一般少女一般声。清歌月夜大如水，取次中流自在行。 回合溪山杨柳垂，晓莺啼上最高枝。却愁引入桃源里，旋志长松认路岐。 云起风回鼓乱挝，千艘过尽日初斜。殷勤为附南船信，黄菊开时好到家。 下邳若被北风留，三日南风过济州。太白楼头饶月色，回空及此醉中秋。 麦浪翻云四月天，好风飞送橛头船。天津海错任城酒，何处风光不可怜。 侬家夫婿太轻狂，浪里翻身有底忙。不合过洪特地早，将钱买笑卧平康。 湖光淡淡柳依依，葭葼初生荇叶微。日暮唱歌闲荡漾，水禽无数傍人飞。 微风初起日衔山，浅浪轻舟信往还。渔笛数声天欲暝，挂帆犹及吕蒙湾。 圣主垂裳亿万年，九州筐篚入幽燕。生成一道银河水，多少灵槎送上天。	《河上稿》	明万历（1573—1620）刻本
刘城	高唐州竹枝歌	2	城外红招千百过，城中白镪万千多。城中一夜送城外，胡儿拍手汉儿歌。 符追隶摄不曾休，卖儿贴妇莫言愁。百姓苦来百姓用，长官买命长官收。	《贵池二妙集》	清光绪三十四年（1908）刻本

从上表可以看出，明代竹枝词文本资料相对有限，其中最早一首与音乐相关，标明其源于民歌的本源性，其他主要分散于各类诗集之中，多以文本形式流传，早期主要内容多为以女性口吻进行的、表达情感的诗歌，后加入行旅内容，描写自然风光为主，较晚时开始关注社会现实生活，初步显示出其作为民俗文献的主要特质。

二、山东竹枝词的发展期

明末清初，山东竹枝词正式进入发展期，这期间山东籍文人的竹枝词创作可以说推动了山东各地竹枝词的发展。

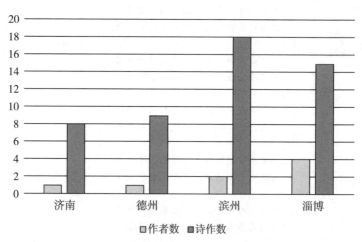

图2.1　明末清初山东籍文人竹枝词统计图

从现代行政区域来看，以上竹枝词作者虽然隶属不同区划，但在明末清初，以上作者所居地大都隶属济南府。由此可见，作为明清山东省会，济南处于地域政治与文化中心的地位，观风问俗的历史传统以及文士聚集的社会风气浓重，成为山东竹枝词著述的主要动力与社会背景。

三、山东竹枝词的繁盛期

清代开始，山东竹枝词进入了相对较为繁盛的历史阶段，不仅著述主体有了极大幅度的增加与扩展，而且地方性也越来越明显。

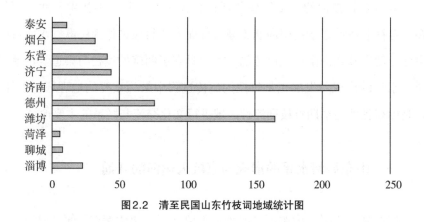

图2.2　清至民国山东竹枝词地域统计图

仔细分析清代到民国时期山东竹枝词文本的地域分布，可以发现以下情况：一是作为交通枢纽的地区，文本发生和留存的情况更为常见，说明此处是文人游走过程中的聚集地；二是善作竹枝词的著名人士为某一地区的竹枝词贡献极大，比如郑板桥一人所作的竹枝词占据了潍坊竹枝词的一大半；三是山东竹枝词整体而言未失其作为民歌流传时顺水而歌的自然秉性，多在湖泊、海河等区域发生。

第二节　山东竹枝词的地理分布与水运发展

从山东竹枝词的历史发展及现存状况来看，其并不初生于此，而是在一定社会条件之下由南向北逐渐流传而来。竹枝词作为民歌顺水而行的秉性，使得其在由南向北流传的过程中具有了明确的途径与渠道。也就是说，水运的形成与发展正是竹枝词流传过程中最为重要的地理环境条件，也是山东各地与早期竹枝词流行区域进行文化交流与联系的主要途径。

一、山东海河水系的形成与京杭大运河的开通

约在夏商之际，山东所在的华北平原地区"禹贡黄河"便已成流。之后随着地理环境的不断变更，华北平原的水系也各自形成："自南向北有清水（古白沟，今卫河）、漳河、呼池河（今滹沱河）、泒水、易水、巨马河、漯水（今永定河）、沽河（今潮河）、濡水等。"①但其各自独立，水运交通并不便利。东汉末年，曹操为运送军需物资，开凿平虏渠、泉州渠与新河以沟通华北区域的海河水系，使华北平原数百条河流汇合于泒水尾入海。隋代又分别开凿通济渠、永济渠，沟通了泒水与黄河、淮河、长江的联系，使得南北水运开始实现通航。其中，永济渠南引沁水通黄河，在今山东德州市与南运河相合。而自永济渠经过黄河、通济渠、淮河、邗

---

① 王玲：《北京地位变迁与天津历史发展（上）》，载《天津社会科学》，1986年第1期，第92—93页。

沟,再经江南运河到达杭州,便形成了南北大运河的雏形。唐五代十国以后,随着政治中心的北移以及经济重心的南迁,开通与治理连接南北运输的运河干线也就成为之后历朝统治者的基本国策。元代,京杭大运河的贯通勾连了南北区域,成为国家经济中心与政治中心交融的主要通道。据《新元史·河渠志》载:"元之运河,自通州至京师为通惠河,自通州至直沽为白河,自临清至直沽为御河,自东昌须城县至临清为会通河,自三汊口达会通河为扬州运河,自镇江至常州吕城堰为镇江运河,南逾江淮,北至京师,为振古所无云。"①其中,北运河发源于现北京市昌平区和海淀区一带,向南流入通州,而南运河南起现在的山东省临清市,流经山东省德州市等进入天津,至三岔河口与北运河汇合后入海河。由于南北运河的沟通,使得山东处在南北水运交通的重要枢纽地位。明清两代对运河水系进行了数次修浚,使得勾连南北的大运河成为水上运输的唯一通道。

京杭大运河的开通,营造了新的生态环境与生活环境,极大地改善了运河沿岸区域的社会环境,使运河沿岸的城市相互勾连,促进了运河区域整体的经济、文化发展,也创造出一条以人文环境为主导的运河风景线,促进了运河沿岸地区的文化融合与共享:"从先秦以来,由于各家文化思想的争鸣和吸纳,形成了多个文化圈,以东部地区而言,自北向南,形成燕赵文化圈、齐鲁文化圈、荆楚文化圈、吴越文化圈,大运河恰好象一条丝带将这些文化珍珠串连起来,形成一条独特的运河文化带。这条文化带反映了封建后期传统文化融汇的轨迹,容纳了各个文化圈的特色,呈现出中华文明的精髓。"②在陆路交通不甚发达的时代,运河水系不仅仅输送着

---

①[清]柯绍忞:《新元史·河渠志》,北京:中国书店,1988年版,第271页。
②《运河文化研究》课题组:《运河文化论纲》,载《山东大学学报(哲学社会科学版)》,1997年第1期,第70页。

粮草兵马、货物商品，也担负起运送客商、文士等人的重任。正是在这种物与人的流动之中，文化、思想得到了充分的交融，也促进了各地的文学形式的互相交流与传播。也正是通过这一契机，广泛流行于江边、水域的民歌竹枝在文人的记录与唱和之中，以文本化的形式传播到了山东地区，成为记述风土人情的韵文体民俗文献。

二、山东运河水系的发展与竹枝词的地理分布

因为运河畅通而兴起的南北文化交流对于文艺与文学的传播与发展起到了至关重要的作用。自元代运河通航起，来往于运河之上的官员、文士、商贾、艺人、僧道等各色人员络绎不绝，并且通过沿途游历、访友、传艺、娱乐、消遣等活动促进着文化的交流与传播，又不断地将运河沿线的各地风土人情纳入眼底、收于笔下。

而从竹枝词的发展来考察，这种传播过程甚至更早。早期以民歌形式于江边舟中演唱的"竹枝"即随着运河水系的扩展顺流而上，由南至北，逐渐成为状写风物的诗体形式。

唐代以前，竹枝词以其最为原始的民歌状态流行于四川、湖南、湖北一带，而经文人发现、采录和创作之后，开始逐渐在江苏、浙江、江西等长江流域传播。自元代开始，由于南北大运河的贯通，竹枝词的传播区域开始向北延伸，慢慢扩展至河北、山东、河南等黄河流域的中原地区。随后，由于文本化的严重倾向，使得竹枝词以诗体的形式跟随记录与著述主体而逐渐扩散至西藏、新疆等边疆区域。由此可以推断，水运事业的发展，尤其是京杭大运河的贯通不仅仅促进了南北民间文学形式的相互交流，也对早期广泛流行于江边水域的竹枝词之传播产生了极大的推广作用。特别值得注意的是，由于生存空间的变迁，竹枝词也已

然完全褪去了最初的民歌模样，而仅以诗体的文本形式保存下来。京杭大运河沿线的主要城市皆有以地名命名的竹枝词载于史册，从而清晰地反映出运河水系与竹枝词地理分布的主要关系。也就是说，早期多流传于江边水域的竹枝民歌顺水而流，常常成为行舟途中所吟咏的诗歌形式，因而即使退却音容，仍然可以以诗歌的韵律与节奏以及描摹风土的题材与内容成为广泛流传的文学样式。而竹枝词与水的这种连带关系也鲜明地体现在山东竹枝词上：

> 扬子江头浪打船，黄河滔起雪山连。
> 阿谁引入清溪曲，却是苏杭二月天。

> 百里连樯百里平，一般少女一般声。
> 清歌月夜大如水，取次中流自在行。

> 回舍溪山杨柳垂，晓莺啼上最高枝。
> 却愁引入桃源里，旋志长松认路岐。

> 云起风回鼓乱挝，千艘过尽日初斜。
> 殷勤为附南船信，黄菊开时好到家。

> 下邳若被北风留，三日南风过济州。
> 太白楼头饶月色，回空及此醉中秋。

> 麦浪翻云四月天，好风飞送橛头船。
> 天津海错任城酒，何处风光不可怜。

侬家夫婿太轻狂，浪里翻身有底忙。

不合过洪特地早，将钱买笑卧平康。

湖光淡淡柳依依，葭菱初生荇叶微。

日暮唱歌闲荡漾，水禽无数傍人飞。

微风初起日衔山，浅浪轻舟信往还。

渔笛数声天欲暝，挂帆犹及吕蒙湾。

圣主垂裳亿万年，九州筐篚入幽燕。

生成一道银河水，多少灵槎送上天。

——［明］李化龙《洳河竹枝词》

万历三十年（1602），时任总河的李化龙主张大开洳河，解决黄河决口给漕运造成的危险。洳河开通后，南来航船由邳县直河口入洳河，经台儿庄—韩庄—李家口入漕运新渠，经夏镇至南阳，再向北经鲁桥、济宁等驶达北京。清代，洳河成为京杭运河的主航道，旧运道被完全废弃。在此后的三百多年中，京杭运河再没有改变。

第三章　山东竹枝词的文本分类与民俗内容

由民间歌谣发展而成为文人诗歌的竹枝词，有其丰富的记述内容与广阔的关注视野，以及不断发展的动态变化过程，从而形成了多种多样的文本资料。周作人在《北京的风俗诗》中曾提及关于竹枝词的分类："（竹枝词）这一类诗的性质也不完全统一，大抵可以分作三样来说。一是所咏差不多全属历史地理的性质的……二是如《四库提要》所云，踵前例而稍变其面目者……这里加入岁时风物的分子，都是从来所少的，这不但是好诗料，也使竹枝词扩充了领域，更是很好的事……三是以风俗人情为主者，此种竹枝词我平常最喜欢，可是很不可多得，好的更少。"[1]在这里，周作人从内容与风格的角度出发，对竹枝词的分类进行了初步的阐释。

―――――――――

[1]周作人：《北京的风俗诗》，见周作人著，止庵校订《知堂乙酉文编》，石家庄：河北教育出版社，2002年版，第48—49页。

第一节　山东竹枝词的文本分类

按照周氏基础性理论初探的成果指示，根据山东竹枝词的主要记述内容和特点，在本文建立的竹枝词文本资料库的基础之上，可将竹枝词进行如下分类：

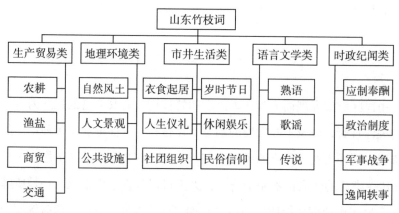

图3.1　山东竹枝词文本分类结构图

根据以上图例，山东竹枝词大致可以分为五个大类、二十个小类，突出地表明了其内容的丰富性与多元性。尤其需要说明的是，山东竹枝词文本多以七言绝句的诗体形制存在，而在同一首诗中又存在着记录多种社会现实的现象，因而本文研究的分类原则有二：一、由题目而来，即根据竹枝词文本本身所具有的题目进行归类，比如《济南上元竹枝词》归入岁时节日类等；二、由题旨而来，即根据竹枝词文本的主题旨趣并结合民俗类目进行归类，比如单纯描绘景物和建筑的即被归入自然风土类，而详细记述民众在社会环境中的具体活动的便再根据其主要内容进行归类。根据如上原则，对于竹枝词文本的分类便内含一个立场，即避免重复。也就是说，虽然竹枝词是以诗体的形制存在，在一首诗之内存在记述多种社会现象的可能性，因而本文进行研究时取其主体内容以归类，避免同一首竹枝词分别出现在不同的类目中的现象。①从这一点出发，根据不同类目的内容与特点，竹枝词记述民俗的主要范围与价值也相对清晰起来：地理环境类主要从环境的角度出发，提供关于民俗生活的人文地理与城市风物的信息；生产贸易类主要从经济的角度出发，提供关于民俗生活的物质条件与生存方式的信息；市井生活类主要从文化的角度出发，提供关于民俗生活的历史传统与文化语境的信息；语言文学类②主要从语言的角度出发，提供关于民俗生活的语言表达与口头文学的信息；时政纪闻类主要从社会的角度出发，提供关于民俗生活的社会背景与权力更迭的信息。由此，在山东竹枝词的所有类目中，每一类都与民俗有着极为密切的关系，都为研究山东竹枝词作为民俗文献的特征与风格提供着极为重要的内容与信息。③

在民俗生活中，民众是最为广泛和重要的民俗文化承载体。我国民俗学家钟敬文在划分中华民族的传统文化时曾将市民文化列为其中一条主流："第二条是中层文化的主流，它主要是市民文化。"④而在以民俗记述

①需要说明的是，此种分类原则与方法很容易出现偏颇，因而在进行文本整理与分类工作时尽最大努力使其能够较为清晰地符合文本内容本身所具备的史料价值。但由于竹枝词文本的特殊形制，这种偏颇又很难避免，如有疏误之处留待日后弥补。

②需要特别指出的是，此类目中的"歌谣"一支取其继承民歌形式的情歌为主，以避免与竹枝词本身作为歌谣的雷同与重复，或稍欠妥当，但从研究对象的现状以及研究立意出发来看，只能暂作如此处理。不尽之处，留待日后弥补。

③需要说明的是，虽然各类竹枝词文本都可为研究山东社会生活提供一定的信息，但从竹枝词文本的主体倾向可以发现自然风光类与市井生活类是其中最为丰盛与鲜明的主题与内容。

④钟敬文：《民俗文化学发凡》，见《钟敬文文集·民俗学卷》，合肥：安徽教育出版社，1999年版，第17页。

为主的山东竹枝词之中，普通民众依然是最为普遍的关注对象。而就社会生活而言，其必然包括自上而下的社会全局概念，而仅从民俗生活的角度探讨，其又不可能包揽社会生活的全部。也就是说，民俗生活只是社会生活的部分，而非全部。对此，当代历史学家王尔敏曾言："中国所谓之民间自来未尝有代表身份阶级之一种组织，——即今世结社或俱乐部之类，其成员分子有一定资格限制。不过政治舞台关系，官民活动，各有显著界线，彼此不能混并。"①也就是说，"民间"这一指称并不带有十分显著的身份标识的要求与标准，但是由于社会体系的严明，官方主持的某些社会活动即使存在一定形式与内容上的民俗相关性，却仍与本质意义上的民俗具有一定的距离。也正是从这一意义上讲，透析山东竹枝词所记述的日常生活才具有更为明显的民俗文献研究的主旨与方向。而从山东竹枝词的文本内容来看，其对于市井生活的关注与记述也是最具普遍性的。

第二节　山东竹枝词的民俗内容

作为以吟咏地方风物与生活文化为主要题材的诗体，山东竹枝词的内容涉及了几乎所有的民俗类目，从最广泛的基础和范围上描绘了明清以来山东地区的民俗文化。

---

①王尔敏：《传统中国庶民日常生活情节》，见王尔敏《明清社会文化生态》，桂林：广西师范大学出版社，2009年版，第59页。

一、山东竹枝词记述的衣食起居

衣食起居是市井生活中最为普遍、也是最为重要的生活内容与民俗文化。衣食起居的变化与发展，不仅仅直接呈现着城市民俗生活的基本状态，也从一定程度上反映着生活传统的沿袭与历史文化的变迁。从这一意义上讲，有关日常生活之中的衣食起居的记述便是一种历史活动："历史的主要部份本就应是这些衣食住行、日常生活的记录和记述。之所以记录和载述，是为了保存经验，巩固群体，传授后人，'归根到底'，还是为了衣食住行。"[1]

（一）记述服饰习俗的竹枝词

表3.1　记述服饰习俗的竹枝词

时间	题目	作者	内容
元—明	竹枝歌	贾仲明	胸背挽绒宫锦袍，怎系这断续丝麻杂彩绦。 看了这江梅风韵海棠娇， 樱桃樊素口，杨柳小蛮腰。 清高，兰蕙不逢蒿。
明	竹枝词	苏祐	钿蝉金雁惜春华，寂寞东风到妾家。 惟有江头明月色，夜深共对木兰花。 注：钿蝉、金雁系金翠珠宝首饰。

---

[1]李泽厚：《历史本体论》，北京：生活·读书·新知三联书店，2002年版，第24页。

（续表）

时间	题目	作者	内容
明—清	锦秋湖竹枝词	王士禄	鲁连陂边春水生，安排渔具下烟汀。 渔家小妇双鬟绿，晓日门前理钓罾。
明—清	锦秋湖竹枝词	张笃庆	新张芦席作船篷，镜里朱颜映水红。 湖上渔家三艳妇，藕花衫子藕花中。 鹈鹕飞尽鹭鸶飞，近水人家罢钓归。 湖上雨来知不远，蒙头荷叶薜萝衣。
清	秋日田家竹枝	田需	槐花落处早禾收，社燕归时刈未休。 偏是村妆谙节候，玉簪红蓼插盈头。
清	历下竹枝词	岳梦渊	青玉亭亭湖上峰，恰如渡水美人容。 明妆初罢偷临镜，无数桃花点黛浓。 宝钗金钏称宫衣，花影容光是耶非？ 几度湖心亭上望，扁舟载得玉人归。
清	潍县竹枝词	郑燮	小阁桐阴日影斜，晚风吹放茉莉花。 衣裳尽道南中好，细葛春罗卍字纱。 翠袖湘裙小婢扶，时兴打扮学姑苏。 村中妇女来相耀，乱戴银冠钉假珠。 面上春风眼上波，秧歌高唱扮渔婆。 不施脂粉天然俏，丁幅缠头月白罗。
清	济南竹枝词	王初桐	广额垂螺碧玉年，花花朵朵函钗钿。 满街游女多于蚁，齐上城南趵突泉。 《齐州二堂记》：泰山之水与齐东南诸谷之水汇于黑水湾、柏崖湾而至于渴马崖，自崖而北五十里有泉涌出，日趵突泉。 柴市遥通张祸洼，春风陌上尽开花。 青裙缟袂谁家女，细马驮来面罩纱。 柴市，王祭酒所居，边尚书别业，在张祸洼。

时间	题目	作者	内容
清	济南竹枝词	王初桐	买来光绢白于银，染出琉璃色更新。 持作紫茸云气帐，红灯不碍梦游春。 光绢出齐河，见《通志》。琉璃枝出历城，染绿所用，见《广志》。
清	济南竹枝词	王初桐	浴蚕天气紫蕉衫，桑柘阴浓接桧杉。 折得秦芄花朵朵，不知春在手掺掺。 《广志》：秦芄出齐州，紫花甚香。
清	周村竹枝词	王祖昌	绿柳门边是狭斜，红妆睡起听啼鸦。 萧郎自有簪巾妇，也像红楼学试茶。
清	登州竹枝词	慕昌溎	满街争策紫骅骝，何必香车陌上游。 蝉翼低垂花压鬓，可人风味似苏州。
清	济南竹枝词	孙兆溎	小姑修饰鬓云梢，堕马妆成燕尾鬌。 梳得时新双套股，不如人处倩娘教。 妇女梳头，如堕马髻、美人髻之外，又有如元宝头，而心分两缕盘如剪刀股者，似觉别饶丰格。 女伴相携笑话谐，商量颜色绣弓鞋。 菱尖簇簇如新月，戏踏飞花下玉阶。 济南妇女以莲钩为第一，则虽老妪、村媪亦瘦削端正，竟有不足三寸者。 蛮靴精致出心裁，五色斑斓锦绣堆。 最是月明人静后，悄声阁阁踏霜来。 每至冬令皆换著小靴，极精致绚烂。 翠馆红楼院宇深，牙牌消遣昼沉沉。 卖花奴子知侬意，茉莉送来亲手簪。 珠兰、茉莉皆运自粮船，不贵而多。

（二）记述饮食习俗的竹枝词

表3.2　记述饮食习俗的竹枝词

时间	题目	作者	内容
明—清	锦秋湖竹枝词	王士禄	朝朝罦猎向鱼矶，罢钓归来傍夕晖。 晚霭时闻虾蚬气，一双笒箵挂烟扉。
明—清	锦秋湖竹枝	王士禛	鹅鸭城边望不稀，汀洲水长荻芽肥。 慕容事远伤春回，斜日金鹅接翅飞。 锦湖花色胜湘湖，雉尾莼羹玉不如。 持谢江南陆内史，酪浆还得似渠无。 不论烟棹与霜篷，帆力真禁八面风。 北豸南鲈谁辨得，凭君博物注鱼虫。
明—清	山中竹枝词	张实居	新澄橡粉包蒸栗，石蟹酥烹杏子油。 饱饭春山三月暮，樱桃未熟摘羊球。
明—清	明湖竹枝词	张实居	绿草蓑衣舴艋舟，垂竿独钓一湖秋。 得鱼换酒终朝醉，菱角鸡头烂不收。
清	秋日田家竹枝	田霡	种得东陵五色瓜，红瓤黑子锦纹斜。 炉无活火茅柴湿，客到切来聊代茶。
清	潍县竹枝词	郑燮	四面山光树木深，良田美产贵千金。 呼卢一夜烧红蜡，割尽膏腴不挂心。 大鱼买去送财东，巨口银鳞晓市空。 更有诸城来美味，西施舌进玉盘中。
清	客有谈海错者戏为竹枝词	韩梦周	海边春日出芙蓉，渔网沉波映日红。 无数嘉鲯齐上市，不教鲈鳜胜江东。 芙蓉岛名。《文昌杂录》：登州有嘉鲯，皮厚于羊，味胜鲈鳜。 策策银鱼白似霜，沿波衔尾逐春光。 焦河上接小淮口，两岸渔罾乱夕阳。

时间	题目	作者	内容
清	客有谈海错者戏为竹枝词	韩梦周	青鱼细细照冰盘，谷雨初过乍破寒。 好是估船三日到，翠鳞擘出自三韩。 出辽东者尤美。 泗人傍岛没深渊，金壳蝮鱼论百千。 闻说两螯甘异味，便应不值一文钱。 江南蝮鱼一枚值钱百千，亦见《文昌杂录》。王莽、曹操皆嗜蝮鱼。 正月东风渐渐和，冰凌原不结沧波。 戴笠园丁剪嫩韭，衣牛渔子卖新鲨。 俗以韭菜宜鲨，谓开凌鲨。渔人衣牛皮入水不濡，岂所谓岛衣皮服者耶！ 软沙潮退似蜂房，个个蛏鲜就内藏。 不用垂纶兼作饵，片时拾得满荆筐。 银刀出水剑光寒，刺骨锋铓牙齿攒。 枉用惊呼作龙子，敷腴风味废盘餐。 黠者以诳西北人，曰龙子也。 钳作霜螯匣有铓，红脂琥珀白脂霜。 蝤蛑未识争高下，只少江南粳稻香。 白鳞不亚鲋鱼肥，片片鳞光曜彩玑。 刺船恰趁黄梅雨，开缸正值柳花飞。 八月秋风吹葫芦，芦边哑哑鸣野凫。 白水湾头天气好，此日黄姑正下厨。 黄姑，鱼名。 菜子城边沙作堆，渔舟如叶傍沙隈。 芦芽一尺桃花落，不见河豚上市来。 齐中亦有河豚，但无买食者。 北岁南鲈谁辨得？松江滩水一时新。 鱼虫博物与何事，聊作闲吟磊落人。

时间	题目	作者	内容
清	济南竹枝词	王初桐	通乐园开望水涯，书生阁老后先夸。 如何金线泉头墅，偏落寻常卖酒家。 殷文庄筑通乐园于望水上，后王秋史得其地，有诗云："百年竟落书生手，满郡犹呼阁老亭。"金线泉有谷继宗旧墅，后归酒家，谷诗："可怜一曲吟诗墅，弃作三年卖酒家。" 糁香姚肉满街盛，不许辛家独檀名。 下酒最怜乡味好，更教金杏解春酲。 《菊隐纪闻》：都中辛家猪肉最驰名。《酉阳杂俎》：金杏出济南，汉武帝东巡有献之者，帝嘉赏焉。 泺口腥风四月天，海鲜新到利津船。 东人最重泺河鲫，贩进城来更值钱。 《水经注》泺水出沥县故城西南。春秋桓公十八年，公会齐侯于泺县也。 田家风景总依稀，黄土围墙白板扉。 椒槲浓时山茧熟，稷梁登后野鸡肥。 孙伯度《山蚕说》：野蚕成茧，东齐山谷，在在有之。食槲名槲，食椿名椿，食椒名椒，春夏及秋，岁凡三熟。 使君林外有残雷，暑雨初收秋欲回。 折得荷花来照酒，劝郎须尽碧筒杯。 窦子野《酒谱》：历城北有使君林，魏正始中，郑公悫三伏之际，每率宾僚避暑于此。取大荷叶置砚格上，盛酒其中，以簪刺叶令与柄通，屈茎上轮囷如象鼻，传噏之，名为碧筒杯。 杜康泉酿泛红螺，蔡女庖厨胜毕罗。 彻夜华堂宴红粉，高烧银烛照笙歌。 杜康泉，见《遗山集》。《文海披沙》：李沧溟食馒头，欲有葱味而不见葱，惟蔡姬所造乃食。《山书随笔》：济南林善甫工诗，有掌兵官远戍，其妻宴客，竟夕笙歌，善甫诗云："高烧银烛照云鬟，沸耳笙歌彻夜阑。"

时间	题目	作者	内容
清	潍县竹枝词	郭麟	梨花才放两三枝，名蟹佳虾上市时。 但看椿芽长一寸，争分垜子卖嘉鱎。 俗谓驴上负曰垜子。嘉鱎见《文昌杂录》。潍谚："椿芽一寸，嘉鱎一垒。" 白狼城东春水生，几家酒卖瓮头清。 当年重酝还粗曲，久已香消空有名。 重酝，潍州酒名，见《曲洧旧闻》；粗曲，潍县酒名，见《书影》。 马宿庄东膏润泉，老龙灵异迄今传。 太平母用风云起，静养明珠自在眠。 膏润泉在县东二十五里马宿庄。见元陈绎曾《膏润祠记》。 男子向海摘鱼虾，女儿补网各看家。 到门遇有狊鱼客，瓢舀盐汤当吃茶。 俗谓就网取鱼曰摘；俗谓贩买曰狊。
清	登州竹枝词	慕昌溎	暖日轻风潮海庵，渔人相对话晴岚。 夜来一阵黄梅雨，钓得新鳞满竹篮。
清	济南竹枝词	孙兆溎	桐月轩中品菜蔬，骚人雅集太轩渠。 侬家不住西湖上，偏喜今朝醋溜鱼。 鱼虾皆豢于活水中，鲜美非常，不弱于杭州之五柳居也。 此乡瓜果味还佳，盈檐挑来摆满街。 雪藕苹婆侬最爱，夜深留待醒吟怀。 西瓜、蜜桃、苹果、粉藕之类多且佳。 九月秋高紫蟹肥，渔人捕得叩双扉。 黄花心事今方慰，正好持螯望白衣。 秋来螃蟹极大极多，对菊持螯，不减江乡风味，客中乐事无过于此。
清	莱州竹枝词	李莹	佳肴招饮物其多，酒肆青帘挂柳柯。 蠃类蠯蛤秋蛎子，鱼如虾蝼蛄号师婆。 时鲜中有海蛎子、师婆鱼，味甚美。

（续表）

时间	题目	作者	内容
清	莱州竹枝词	李莹	霜天月色上弦初，光照粼粼旁水居。 乘屋取材潮退后，家家海带草编庐。 每潮落，有草浮沙际。叶如韭，方而长，火熱不燃，得雨益坚，名海带草。居人用以葺屋。 比户不闻鸡犬惊，大都真当小鲜烹。 邑侯耻取膏腴润，聊佐清尊煮海蛏。 海上男妇踏浅水捞蛏者甚多。取视之，形如木贼草，长径寸。土人言煮羹甚佳。入县署，偶言及之，师为设羹。
清	竹枝词	黄恩澍	屋角山老门外溪，春来争忆踏青时。 山楂花满樱桃熟，日日城南扬酒旗。

（三）记述居住习俗的竹枝词

表3.3　记述居住习俗的竹枝词

时间	题目	作者	内容
明—清	竹枝词	程先贞	**村舍** 平头土屋古河濆，院宇萧条竹影纷。 老树何年造霹雳？半身青翠尚干云。 遥看牧唱隔芳堤，井槛重甃傍药畦。 日暮柴门微雨过，村翁啄啄自呼鸡。
清	小卧花阴效竹枝词体	高之騱	墀边柳影竹边风，夹竹桃开一树红。 小院无人惊午梦，觉来身在落花中。 抛书支枕绿阴中，屋角花开一丈红。 屐齿华胥拘束少，身随蝶翅过墙东。
清	潍县竹枝词	郑燮	豪家风气好栽花，洋菊洋桃信口夸。 昨夜胶州新送到，一盆红艳宝珠茶。

时间	题目	作者	内容
清	潍县竹枝词	郑燮	水流曲曲树重重，树里春山一两峰。 茅屋深藏人不见，数声鸡犬夕阳中。 连云甲第尚书府，带宅园林太守家。 是处池塘秋水阔，红荷花间白荷花。
清	济南竹枝词	王初桐	棠川别墅夕阳沉，明瑟清华水木阴。 尤爱田家城北路，豆棚西畔紫藤深。 殷文庄有棠川别墅。田同之《历下杂诗》："水明木瑟占清华。"朱续京《六箴堂诗存·济南城北》云："一饭田家曾记认，豆棚西畔紫缠藤。" 通乐园开望水涯，书生阁老后先夸。 如何金线泉头墅，偏落寻常卖酒家。 殷文庄筑通乐园于望水上，后王秋史得其地，有诗云："百年竟落书生手，满郡犹呼阁老亭。"金线泉有谷继宗旧墅，后归酒家，谷诗："可怜一曲吟诗墅，弃作三年卖酒家。" 土锉茅檐洗砚溪，疏麻寂历午鸡啼。 正东恰对华不注，四面青青尽稻畦。 孙氏有别墅在郡城西北十里，四面稻畦，与鹊华两山相望。圃中有泉，传为赵松雪洗砚泉，今其地名砚溪。 元祐伊人溯渺冥，遽园春水碧泠泠。 斜桥宛转通三径，娘子湾头君子亭。 历城三娘子湾，上有伊人馆，陈文学书舍也，后归遽氏。以旁多莲竹，又筑君子亭。刘蒲若《遽园》诗："绕园依旧水泠泠。"田同之《历下杂诗》："名士伊人元祐间。" 寒威不到小窗纱，凤炭添炉自煮茶。 腊月偏多屏障福，济南风土似京华。 《紫桃轩杂缀》：天下有九福，京师屏障，福也。 北地常时少药栏，种栽容易养培难。 近来添得堂花窖，谷日先看红牡丹。

（四）记述交通习俗的竹枝词

表3.4　记述交通习俗的竹枝词

时间	题目	作者	内容
明	竹枝词	靳学颜	即君骢马江上游，采桑女儿日暮愁。 女儿见桑不见马，何用黄金装络头？
明—清	长白竹枝词	张实居	青山绿水绕孤城，山是长白水小清。 驿路东西五十里，行人日傍水山行。 西来漯水入湖流，湖入清河汇锦秋。 两岸渔村烟水里，芦花枫叶映扁舟。
清	临清竹枝词	佟世思	临清州在大河边，百万人家起炊烟。 最喜他乡方物满，传言闸口到粮船。 运粮河水傍城闉，高髻盘龙楼上新。 十万腰缠一瞬尽，肩舆异得画屏人。
清	竹枝词	田霢	陵州风景亦堪论，河上帆樯路上村。 春水三湾迎两寺，大西门北小西门。 南去州城三十里，黄河已古断洪流。 芦花浪涌行人过，鞭作长篙马作舟。
清	济南竹枝词	王初桐	四凤闸口汇川头，处处回环碧玉流。 试看夹河桥畔柳，飞花浮到锦缠沟。 四凤闸，辛稼轩旧居。见田雯《古欢堂集》。汇川桥在趵突泉东，夹河桥在趵突泉下流，锦缠沟在北坛之北。 水碧沙明王舍庄，鲍城东望读书堂。 紫骝嘶过龙山驿，试听阳关最断肠。 王舍庄有读书堂，宋龙图侍郎张揆旧宅，有东坡题读书碑，魏国王临诗碑。鲍城在鲍山下，《城冢记》即叔牙与管仲分金处。《晏谟齐记》：龙山驿，殷末周初有神龙潜于此。东坡诗："济南春好雪初晴，行到龙山马足轻。使君莫忘睿溪女，时作阳关肠断声。"

时间	题目	作者	内容
清	济南竹枝词	王初桐	泺源北出小清河，楼底穿来会众波。 津路一经疏凿后，至今横柳碍滩多。 王士俊《趵突泉系济水辨》：趵突泉之流即泺河，今小清河也，前由华不注山下东行，与巨合水合，即入大清河。自伪齐刘豫凿下泺堰，大小清河遂分为二，而小清河不通舟楫矣。曾巩《齐州北水门记》：济南多甘泉，汇而为渠，故北城之下疏为门以泄之。《北征日记》：会波楼在汇波门上，下瞰明湖，俯临会波桥。 雨势潇潇东北来，平陵一半夕阳开。 冷云湿翠高林外，鸠妇呼晴走马台。 《后山谈丛》：龙山镇有平陵故城，附城有走马台。 归田吏部可怜生，故宅苍茫笛里情。 十里青芜沙苑路，穆家楼外夕阳明。 历城穆吏部深为阉寺所中，罢归成疾，额中有一小人骑驴，时时往来，医不知为何疾，竟以是卒。见《香祖笔记》。其故居在沙苑，人称穆家楼。
清	任城竹枝词	韩是升	序：自任城以北，水浅胶舟，日行二三十里，每遇一闸则停两三日，就所见闻，杂拉成句，略无次序，其竹枝之遗欤？恐无当于风人之旨也！ 古庙高槐静午曦，舳舻衔尾去程迟。 苦无定武兰亭本，消遣篷窗昼六时。 舟师喧集饼师多，白日樗蒲夜踏歌。 我是杞人忧转功，起占云汉问如何？ 东船西舫往来频，不叙寒暄道姓名。 有客月明工度曲，笛声嘹亮又箫名。 沿街盲妇唱新歌，铁拨檀槽肉调和。 说到临清征战日，天戈挥处羽声多。 两两凫雏喋绿萍，池塘一带柳条青。 捣衣少妇矶头坐，闲看飞花落远汀。

（续表）

时间	题目	作者	内容
清	任城竹枝词	韩是升	蔷薇莺粟浅深红，香艳偏开枳棘丛。 料得故园春欲尽，阑珊花事雨声中。 登舟再见月轮圆，尚隔燕山路两千。 如此风光迟亦得，健时觅句倦时眠。
清	旱道竹枝词	夏献云	送迎惯作路旁花，卖笑生涯店作家。 媒母无盐休作态，乞钱犹自抱琵琶。 琵琶一曲未血等，却动关山荡子情。 低唱浅斟车套上，马头歌罢送人行。
清	铁门关竹枝词	郝植恭	海国寒暄与候违，一轮炎日雨霏霏。 飓风吹雨向西去，脱却罗衫换夹衣。 几弯窄巷曲通路，双板危桥远接陂。 误认樯帆列空际，家家树立验风旗。 堇户肆廛春始开，一年利市费疑猜。 喜闻东北风声急，远影孤帆海上来。 冬日无船，肆廛尽堇户而去。 春藏何处绮罗丛，白板柴扉一例同。 逐队行来闻笑语，衣香人影月明中。 初无桃李占春华，更少桑榆绿阴遮。 薄暮忽从篱落望，猩红一树马缨花。 带壳蚶蛏不值钱，半身塔莫剥皮煎。 忽闻鱼市人争语，今早初来海蟹鲜。 塔莫，鱼名，似比目鱼。 贾舶商船晚桿停，栅栏门外草青青。 行人笑指双竿影，又到关前报税厅。 一带滩池近水乡，韩家园子建新坊。 白盐堆起如山蠹，六月炎天满地霜。

（续表）

时间	题目	作者	内容
清	嘉津竹枝词	崔旭	河水西通老虎仓，河流东过卧龙冈。 冈前到海天多远，不比风波道路长。 卫河减水坝在德州北老虎仓。 秋风吹雨木棉开，沿岸人家上集回。 共说街头虾酱贱，大沽河口海船来。 登莱归客此魂销，麦饼豚肩酒一瓢。 东岳钟敲城月落，征车早度岁甘桥。 桥为登、莱、青三府孔道。

二、山东竹枝词记述的人生礼仪

婚育与丧葬是人生之中极具象征性与过渡性的仪式活动，其中也蕴含着十分鲜明的历史环境因素与社会整合功能。就微观的角度而言，婚丧嫁娶是个体发展过程中必经的人生阶段；而就宏观的角度而言，婚丧嫁娶也呈现着社会发展与变迁的历史轨迹。

（一）记述婚育习俗的竹枝词

表3.5　记述婚育习俗的竹枝词

时间	题目	作者	内容
清	潍县竹枝词	郑燮	迎婚娶妇好张罗，彩轿红灯锦绣拖。 鼓乐两行相叠奏，漫腾腾响小云锣。
清	蓬莱竹枝词	王心清	天街何事女如云，馥馥春风兰麝熏。 定是谁家三日酒，新妆个个绣花裙。 俗于娶妇三日，女客盈门，名"三日酒"。服饰务极其盛。

（续表）

时间	题目	作者	内容
清	蓬莱竹枝词	王心清	主人傍午又张筵，四座明珰耀翠钿。 独有东家靴样好，归来留意托南船。 先早面，而后午筵。 土俗民情贵较量，黄沙白咸水云乡。 今年浪说秋成好，几处街头卖旧箱。
清	汤饼会竹枝词——为皇甫外孙作	吴良秀	分明一颗掌中珠，先出白眉都不如。 还是迟些生的好，积薪顶上后来居。 旌旗鼓吹到门来，报道三街送号牌。 爆竹千声万声响，纷纷红雪满庭阶。 头白昏昏酒白壶，少年醉倒定欢呼。 各怀红昼嘻嘻去，归遗细君问有无？ 或携斗米或双鸡，鲁酒齐纨礼不齐。 恭喜主人恭喜我，好辞绝妙且题题。
清	竹枝词	赵访亭	明朝合卺喜辰良，今日华筵列满堂。 多写红笺邀客去，洞房依列小排当。 吴绫蜀锦叠盈箱，绣被交红鸳枕香。 裘马翩翩人送去，去时亲扫合欢床。 垂檐双轿彩云飘，背后香车沸似潮。 月姊风姨齐斗影，送他织女渡星桥。 密护花枝轿不开，车帘高卷却应该。 他颜不及侬颜好，十二红妆妙选来。 爱披霞帔学宫妆，稳护蛴蝤分外香。 的是江南新样子，阿郎行贾在苏杭。 分明玉女下兰桥，定是阿姨送阿娇。 偷眼新郎应暗度，云英未必胜云翘。 捧入华筵礼数通，敛容小撑髻玲珑。 金樽辞却低声诉，怕有桃花上脸红。

（续表）

时间	题目	作者	内容
清	竹枝词	赵访亭	喜贺三朝绮席纷，香风满座宴红裙。 花枝欲数浑难数，只觉春游未似云。 阿谁凤髻宝珠冠，顶有牟尼百八丸。 十二长裙齐举首，争言夫婿是朝官。 贴地红氍十幅鲜，瑶姬捧出对华筵。 新来礼数休娇惰，袖有金钗当拜钱。

（二）记述丧葬习俗的竹枝词

表3.6 记述丧葬习俗的竹枝词

时间	题目	作者	内容
清	潍县竹枝词	郑燮	席棚高揭远招魂，亲戚朋交拜墓门。 牢醴漫夸今日备，逮存曾否荐鸡豚。
清	潍县竹枝词	郭麐	崔府君祠出绿杨，谷衣兵马有辉光。 为阅冥途集万鬼，也如人世在官忙。 谷衣兵马，见《三朝北盟会编》。冥途集万鬼，见陆机《泰山行》。崔府君讳表，字则未闻，其先出炎帝之后，王父烈考著名当时。府君大业中擢□□第，见□□□□德弗仕。贞观中，征为长子令，寻迁滏阳令，未几拜蒲州刺史，继除河北道采访使，终于位。归□滏阳，□遗命也。部人感府君异政，□□立祠奉之，□□□□□德□□。宋景祐二年，封护国显应公。元符二年，进爵昭惠王，又以灵懿夫人配享。正和三年，赐衮冕仪卫亚于岳神。□和七年，封□□尉忠卫侯□□□尉忠赞侯，从祀庙廷。金贞元中封显应昭惠王，仍诏立左右属司；承安中，分祀五岳。以南岳在宋境，乃加封亚岳□行南岳□以□其□□□。皇元浑一区域，地逾南海。至元十五年归岳祀于衡山，乃封齐圣广祐王。贞元二年，复加封灵惠齐圣广祐王，显祐灵懿□人。

（续表）

时间	题目	作者	内容
清	潍县竹枝词	郭麟	右见元人李中《井陉县重修亚岳庙碑》。金元好问有《阳平崔府君庙记》及《河南彰德府名宦志》，谓府君名钰字子玉者，皆沿俗传之讹。潍有崔府君祠，在城西西阁。县人有丧亡者，例于第二日晚备乌灵楮锭至祠中招魂送魂，赴东岳报名，盖数百年来旧俗也。

三、山东竹枝词记述的信仰形式

通过梳理山东竹枝词的文本内容可以发现，山东地区较为盛行的信仰形式主要包括三种：一是佛教，二是道教，三是其他民间信仰。这也是在传统中国各个地方的民众中都较为流行的信仰形式。

（一）记述佛教的竹枝词

表3.7　记述佛教的竹枝词

时间	题目	作者	内容
清	临清竹枝词	佟世思	满前宾客总貂冠，不避青霜十月寒。 白打都来大佛寺，千人树下坐团团。
清	济南竹枝词	王初桐	千佛山头拜佛回，吴将军墓踏青来。 不辞细步双跌困，鬼臼赤花春正开。 汉吴子兰官左将军，墓在历城县南。《本草经》：鬼臼出齐州，花开赤色。 太甲荒陵古井前，井栏镌字不知年。 游人若到开元寺，瀹茗还需甘露泉。 《皇览》：商太甲陵在历山，冢旁有甘露井，石镌"天生自来泉"五字，乃古铭也。开元寺在佛慧山，宋崇宁间，守令僚属劝耕至此，以甘露泉试北苑茶，今石壁上题诗尚存。

（续表）

时间	题目	作者	内容
清	济南竹枝词	王初桐	光政寺中神磬声，只能光政寺中鸣。 但愿郎心似神磬，世世生生恋旧情。 《酉阳杂俎》：光政寺有磬石，扣之声及百里。北齐时移于郡内，击之其声杳绝；却令归本寺，扣之声如故。土人语曰："磬神圣，恋光政。" 般若禅林静可游，白云山上白云浮。 云中一道泉飞下，触石分为两道流。 历城城南三十里有白云山，山半般若寺，寺后林汲泉。见张庆源《林汲山房记》。 晓日神头山翠浓，微风衔草寺疏钟。 支峰蔓壑无重数，过尽千重又万重。 《神州三宝感通录》：后魏末，齐州释志湛住泰山北神头山邃谷中衔草寺，诵《法华经》。人不测其素业。将终时，神僧宝志谓梁武帝曰："北方衔草寺须陀洹圣僧今日灭度。"湛亡后，人立塔表之。 头陀石畔水松牌，灵鹫山中三日斋。 结伴烧香九塔寺，大家拼施与鸾钗。 九塔寺在齐城峪灵鹫山上，唐大历时建。其塔一茎上而顶九各出，故名九塔寺。明许邦才作《九塔寺碑》。李沧溟诗云："一片头陀石，新文六代余。"为许长史作也。 云台寺前云半遮，桃花岭上桃初花。 山僧只在翠微里，卧听石泉流白沙。 云台寺在桃花岭，一名天井寺，依涧筑台，依台筑寺，下有甘泉。许殿卿诗："初宿南岩天井寺，便听一夜石泉流。" 点点凫鹥占绿莎，一渠春水曲尘波。 渔家都住神僧镇，雨后斜阳晒网多。 《济南图经》：神僧镇在泺水之阳。后唐清泰二年，有入灭老僧结跏趺坐，溯流而上，若凫鹥然，至是遂止。缁素神之，构院奉祀。

时间	题目	作者	内容
清	潍县竹枝词	郭麟	石佛寺中佛尚在，孔融祠内草犹青。 谁人还记观音院，何处重寻墨妙亭。 石佛寺，宋咸平年建，在今县治南南寺巷。寺中有苏轼题崔白画布袋佛石刻。孔北海祠及论古堂旧在北城上，今在县治东关帝庙西院。宋政和四年二碑记尚存。观音院，今县治西有撞钟院巷菩萨庙，内有东魏兴和四年比丘尼静悲《造观音像记》。又地中出有北齐天保九年清信士女王频为亡夫夏显伯《造弥勒像记》。窃疑此地或即古观音院。墨妙亭见《汉隶字原·逢童子碑》。政和三年，徐修之迁于倅治之墨妙亭。按：碑与亭今不知其地。 静地闲来何处寻，弥陀禅院好禅林。 谁言今日高僧少，趺坐图中见了心。 了心和尚初不言何许人，国初至县北四十里之新庄，出橐金建弥陀寺，祝发自名了心。常深夜与昌邑高庙比丘尼秉烛相对，邻人觉而诘之，始知与尼本兄妹，乃故明衡藩后人也。了心工诗，能书。诗已失传，书惟自作弥陀佛前一联云："觉海澄，何方非乐邦妙土，渠渠水流扬真谛；灵台静，此处即玉沼琼林，树树风动演妙音。"至今尚在。又，寺有披县姜璠画：一老僧露顶，眇其左目，披袈裟，趺坐一天然木床上，旁有一书一杖。即了师遗像也。
清	济宁竹枝词	王谢家	十里晴波潋滟明，夹河杨柳绿烟生。 焚香石佛前头拜，石纵无言佛有情。

（二）记述道教的竹枝词

表3.8　记述道教的竹枝词

时间	题目	作者	内容
清	济南竹枝词	王初桐	泉上巍巍吕祖祠，石栏曲录树参差。 十年唤醒遗山梦，即是黄梁未熟时。

（续表）

时间	题目	作者	内容
清	济南竹枝词	王初桐	《回仙录》："元遗山在太原，有道人常邀同食，且曰：'吾家在济南趵突泉上，子能从吾游乎？'元曰：'有待。'十年后，遗山过济南，已忘前约，偶游泉上，倦卧泺源堂，忽梦前道人曰'久约不相忆耶！'醒而始悟，因起入祠，见吕祖像俨然座上也。" 王母庙前春雨晴，马鞍山下草初生。 年年三月蟠桃会，曾见神仙逐队行。 《济南图经》：马鞍山上有王母庙，三月三日为蟠桃会，士女会集，又名会仙山。 梦雨灵风动宝幢，玉函山寺暮钟撞。 何缘采得神仙药，白鸟飞来自一双。 《酉阳杂俎》：函山有鸟名王母使者。《府志》：汉武帝登函山得玉函，忽化白鸟飞去。世传山上有王母药函，常令鸟守之。 碧瓦丹甍白玉墀，娥英水上有丛祠。 也同二女黄陵庙，只欠湘江斑竹枝。 《水经注》：泺源亦名娥英水，有娥皇、女英祠。今废。 凹里村深老树枯，会仙庵静白云孤。 游人只向长春观，此地谁寻马道姑。 王凤珍《会仙庵碑记》：女道士马氏居历城之凹里村，广平隐士韩志达、刘道钦俱师事之。长春观，丘处机修真处。 进香准上岱宗冈，礼拜元君与玉皇。 闻道白云肤寸起，私先缝著锁云囊。 王子求仙丹道成，和平那得及初平。 药囊书卷俱零落，枉负孙邕十载情。 《后汉书》：济南孙邕学仙于王和平。和平病殁，有书百余卷，药数囊，邕不取焉。 渴马崖前蔓草荒，卧牛山下夕阳黄。 何人解弄神仙术，剪纸吹为斗月光。

（续表）

时间	题目	作者	内容
清	济南竹枝词	王初桐	金兵攻济南，守将关胜屡战兀术。金人贿刘豫，诱胜杀之。今墓在渴马崖。王敕读书卧牛山寺，得石函书读之，遂能御风出神。杨生喜谈神仙。居龙山镇，儿夜啼，生剪纸为两月，吹上升，使相斗于空以娱儿，百里内皆见之。
清	潍县竹枝词	郭麐	玉清云木郁相参，中有清和修道庵。 晚入五华无一事，闲吟自喜老来憨。 玉清官在县北三里许，初为金灵源姑结草庵处，再为元清和真人尹志平道场。按：尹志平，莱州人，金大定二十七年出家，以丘长春为师。承安初至潍，有世袭千户龙虎公者，以东苑相赠，并代志平具状礼部，请名为玉清观主持之。至太祖蒙古十四年己卯，志平年已五十有一，值丘长春应诏赴乃蛮，选侍行者十八人，以志平为首。及癸未东还，授号清和大师，遂住缙云之秋阳观，自此不复至玉清观矣。丁亥掌教燕京太极宫，乙亥退居五华山烧丹院。己酉加号清和延道玄德真人。玉清观改为官即在此年。辛亥卒于五华，年八十有三。今玉清宫有清和仙迹碑，又有石刻清和小像，并像下有丁未正月三日五华道院作诗云："昔日烧丹院，今为养老庵。爱山非谓景，慕静不名贪。四海水云足，五华归计堪。采薪墙角北，汲水灶头南。食粥浑身暖，啜茶满口甘。一真离妄想，万法更何参。有客不迎送。无宾罢接谈。任教人见怪，自喜老来憨。"盖其门人刘道依、朱志诚于延祐元年及四年所立。按：其实诗已收入《山左金石志》。而阮文达跋谓：仁和朱文藻云是李道玄作，则不知其别何据，当再并详考矣。

（三）记述其他民间信仰的竹枝词

表3.9 记述其他民间信仰的竹枝词

时间	题目	作者	内容
清	济南竹枝词	王初桐	苍崖锁处白云通，半岭名兰在望中。 惯是夜深人定后，一星佛火树梢红。

（续表）

时间	题目	作者	内容
清	济南竹枝词	王初桐	《名胜志》：齐郡历山上，旧有古铁锁，大如人臂，绕其峰再匝。相传本海上山，山神好移，故海神系之，一日忽挽断锁，飞来于此。千佛寺在历山上，石眉崖皆镂佛像，唐贞观中建，本名兴国寺。 王姓维姬一榻眠，同衾各自梦游仙。 何因乞得般般巧，风俗相沿号扇天。 《续博物志》：济南风俗：正月，取王姓女年十余岁者共卧一榻，覆之以衾，以箕扇之，良久如梦寐，或欲刺文绣、事笔砚、理管弦，俄顷乃寤，谓之"扇天"。卜以乞巧。 雪深盈尺兆丰登，祈祷原非不足凭。 闻说神名何寿鼎，药方竟愈李中丞。 藩属土地神何寿鼎，宋冈陵人。万历中，李中丞作方伯时，祷雪于神，雪果盈尺。中丞抱病思归，神示一方而愈。见毛大瀛《齐音续咏》。
清	潍县竹枝词	郭麐	文昌阁屹古城端，除祀春秋香火寒。 何似汉家旧风俗，一人肩负一星官。 文昌阁在县东南城上。按：汉人木刻小像祀文昌司命。见《风俗通》。今以建兴儒士谢艾或以梓潼七曲山张亚子为文昌神者，乃汉以后之说也。 孤岫龙神旧有名，旱来祈雨竞相迎。 母家遗事凭谁悉，辛郑村中认外甥。 孤山在县西五十里昌乐境，旧有龙神，宋崇宁五年敕封广灵侯。元至元元年，加封孚泽广灵侯。至今岁旱，潍人往往迎神祈雨，惟辛郑庄人仪仗尤盛。或问之，谓其村相传是龙神外家，故与他村不同云。 潏水下流鱼口口，凭高四顾势悠哉。 谁知今日禹王庙，即是当年望海台。 鱼合口，见《水经注》。望海台，见《地形志》。刘宋侨置之南皮县下，即今县庙西北六十里，俗因上有禹庙呼为禹王台。 网子匠不知名姓，多难时能为国殇。 小庙留传北城下，一年一为莫椒觞。

时间	题目	作者	内容
清	潍县竹枝词	郭麐	网子匠祠在北城外，背濠面城。相传明正德七年，文安贼刘六犯潍，获匠，命诳城。匠应之，诱贼至城下，欤叫城上速放炮击贼。贼死者甚众，匠亦被焚。事平，故为立祠。至今北郭人犹奉祀不废。 翠柏阴阴道院凉，冶人初立祖师堂。 如何求是反贻误，不祭蚩尤祭伯阳。 祖师堂在玉清宫中，近岁铁匠以老子为祖师，求蒙师作记所立也。按：老子无作冶事，惟蚩尤作冶，见《尸子》。又，蚩尤作剑铠，见《管子》；蚩尤作戈戟，见《吕氏春秋》。然则老子不得为之祖矣。 神在有碑谁更摹，王前韩后未粘模。 腐儒不识神仙字，妄作道家驱鬼符。 宋初温县郭忠恕"神在"二大字，凡有二石本：一为元丰三年尚书兵部郎中直诏文馆知军州事成安王临重摹，在今济南府舜井前；再为元至顺二年敦武校尉、淮南路盱眙县务税课提领北海韩津重摹，在今潍县东北城上真武祠。附按：郭忠恕为仙，见苏轼东坡文。曰：郭忠恕，字恕先，以字行，洛阳人。少善属文，及史书、小学，通六经，七岁举童子。汉湘阴公辟从事，与记室董裔争事谢去。周祖召为周易博士。国初与监察御史争忿朝堂，贬乾州司户。秩满遂不仕，放旷岐雍陕洛间，逢人无贵贱，口称猫。遇佳止水，辄留旬日，或绝粒不食。盛夏暴日中无汗，大寒凿冰而浴。尤善画山水崖木，有求者，必怒而去。意欲画，即自为之。郭从义镇岐下，延止山亭，设绢素粉墨于坐。经数月，欤乘醉就图之一角，作远山数峰而已。郭氏亦宝之。岐有富人子喜画，日给美酒，待之甚厚，久乃以情言且致匹素。恕先为画小童持线车放风筝，引线数丈满之。富家子大怒，遂绝。时与役夫小民入市肆饮食，曰："吾所与游，皆子类也。"太宗闻其名，召赴阙，馆于内侍省押班窦神兴舍。恕先长髯而美，欤尽去之，神兴惊问其故，曰"聊以效颦"，神兴大怒。除国子监主簿，出馆于太学，益纵酒肆，言时政颇有谤语。闻，决杖，配流登州。至齐州临清，谓部送吏曰："我逝矣。"因掊地为穴，度可容面，俯窥焉而卒，槁葬道左。后数月，故人欲改葬，但衣衾在焉。盖尸解也。又见乐坡诗："闻道神仙郭恕先，醉中狂笔势澜翻。"

时间	题目	作者	内容
清	济宁竹枝词	王谢家	烧香何借掷金钱，蒸尽沈檀总化烟。 只为阿侯迟授我，葛仙不祀祀张仙。 绿桑如盖罩平芜，雪茧抽丝映素肤。 记否祈蚕携小妹，海沉一炷祀金姑。 姑蚕神，境有祠。
清	竹枝词——赛会	王度	泰岱行宫傍水滨，鸣缸击鼓竞迎神。 去来杂沓应难数，飞起沙窝十丈尘。 艳妆浓抹出深闺，款段篮舆绕大堤。 步屟行来弓样窄，游人量得印残泥。 歇马亭前塞不开，香烟如雾鼓如雷。 湘君款摆深深拜，密向莲台祝几回。 云鬟新梳径尺齐，灵蛇堕马尽嫌低。 轻绡六幅新拖水，摇漾风生锦障泥。 梨园子弟按歌新，黄犊车驼尽丽人。 不信绕梁才一曲，狂风卷送许多尘。 天桥南北尽周游，委巷轮蹄似水流。 拍手儿童传驾至，乌云一片出墙头。 驾鼓双槌响仗鸣，高跷联步踏歌声。 最怜三寸莲花步，挥汗丛中椓臂行。 驾鼓、响仗、高跷，皆迎神前导。 沿门设供供明神，湘竹帘垂远隔尘。 马上何来游冶客？轻摆玉辔暗窥人。 高撑帐子间平台，西调新腔羯鼓催。 不及缠头隆准者，轻歌软唱上之回。 尽毁淫祠非卤莽，投坐河伯岂荒唐。 不如此日同民乐，文武官衔去过堂。

四、山东竹枝词记述的岁时节日

时间是人类在与自然共处的过程中所获得的经验财富，同时也在人类的使用过程中浸染了道德与伦理的色彩，从而成为人类生活中量性与质性并存的社会存在维度。"时间带着口音发言，每个文化都有一套独特的时间纹路。了解一个民族，就是在了解居民看待时间的价值"①。岁时节日是中国传统天文历法、自然物候与社会实践共同融入的时间刻度，清晰地表述且规划着以黄河流域为中心的农耕生活，并为全国各地的多个民族所共享，是中国民众特有的时间文化制度。

表3.10　记述岁时节日的竹枝词

节日	时间	题目	作者	内容
春节	明—清	竹枝词	程先贞	新春 喧喧锣鼓下拳师，鬼物偏能作势奇。 舞罢可怜筋力尽，尘埃空自眼迷离。 宛转空轮一索通，有人踊跃在当中。 何如打出牢笼外，静坐闲行对晚风。 小鬼挪揄四面多，冥官秉笏立巍峨。 大头和尚红颜妇，如此颠狂欲奈何？ 朱唇吹送响彭彭，到拽琉璃一气生。 竹管无端腔调改，陀螺放出蛞蝓声。

①〔美〕杰瑞米·雷夫金（Jeremy Rifkin）：《时间与战争》，转引自萧放《传统节日与非物质文化遗产》，北京：学苑出版社，2011年版，第1页。

（续表）

节日	时间	题目	作者	内容
春节	明—清	竹枝词	程先贞	娇女群歌马粪芛，周行井灶请姑娘。 深夜笑语空阶下，月影依依转画廊。 谁家红袖倚栏干，并坐含情弄五丸。 玉腕抛来终有错，可知天女散花难。
	清	徐乡竹枝词	冯赓扬	彩花堂散出城阿，夹道青旗士女多。 报到三分飞马过，春棚争看舞狮婆。 四五麦梁十六豆，十七瓜壶卜兆同。 但祝灯棚连日霁，家家一岁庆年丰。
	清	济南竹枝词	孙兆溎	残冬收拾过新年，花店看花耀眼鲜。 儿女情怀豪侠气，不妨吊古玩龙泉。 西关外大二三花店系秦氏所开，平时为车骡行，每至腊月廿四后，即卖剪绒结线各色彩花，倾城妇女往来如织，谓之花会。有秦叔宝所遗双剑陈设店内，游人得纵观焉。
	民国	武城竹枝词	何葆仁	新朝司爨委长工，睡起梳头日已红。 记取入厨先吃饭，出门无雨又无风。 每年元旦雇佣家均委长工司爨。元日妇女晨餐先吃饭，每逢出门必无风雨。 吉旦才交第二天，兰房妆罢整红毡。 小姑前导新娘后，万福盈盈道拜年。 拜新年。
上元节	明—清	济南上元竹枝词	唐梦赉	七十名泉卖酒旗，鹊湖风漾绿差池。 西郊得得游人盛，趵突泉看御制碑。 千佛灵岩一路青，五峰道士夜弹经。 楮钱香马闲钲鼓，拜到天孙普照亭。 荡桨渔舟去复回，松阴险角小衔杯。 明湖何处挑青好？北极高台谒庙来。 白雪高楼接吕祠，问山亭子昨题诗。 少陵子固堂堂去，卖饼难寻旧侍儿。 蔡娅，沧溟先生侍儿。

节日	时间	题目	作者	内容
上元节	清	潍县竹枝词	郭麐	新正节始过元宵，结队城头跑老猫。 为丐一年无百病，艾香争把石人烧。 正月十六日，妇女进香真武祠，先于暗中摩弄一木虎曰老猫，谓一年不生疾病；又于庭前以艾灸左右两石人曰石老、石婆，谓一年不生疮疖。总谓之跑老猫。按：猫本赵玄坛所跨之虎，两石人皆男子像，制作甚古，相传自明废察院行台前移来。 春头冬尾夜寒增，传说诸神下九层。 几处重门深院里，一竿红籹一天灯。 俗于腊月望日晚以竿籹灯于庭，曰天灯，至明年正月望。
	清	海阳竹枝词	左乔林	张灯作戏调翻新，顾影徘徊却逼真。 环佩珊珊莲步稳，帐前活现李夫人。 李夫人为汉武帝宠妃。 元宵花鼓响咚咚，士女欢腾庆岁丰。 点缀太平春富贵，满城火树月灯红。 元宵节。
	清	徐乡竹枝词	冯赓扬	鱼龙海市闹灯场，烟景宜人夜未央。 菜菔星星荒野遍，泉台还喜有春光。 登郡俗，元夜上冢，各于墓前点萝卜灯。
	清	济宁竹枝词	王谢家	试灯风里醉琼醪，相约登城不怕劳。 岂是病魔容易走，春愁遮住女墙高。 龙灯百丈簇银鳞，绣领花裳逐队新。 别有深情言不得，看灯人看看灯人。
	清	淄川竹枝词	李芝	自序：北方风土以正月十六日走桥、拜寺，谓之走百岁、走百病，取其益寿却疾也。至穿石佛寺莲台，又淄之旧俗。 春水春山映柳条，春城十六胜元宵。 行行一曲西关路，三寸红靴百尺桥。

（续表）

节日	时间	题目	作者	内容
上元节	清	淄川竹枝词	李芝	曲尘著粉鬓细斜，行拥山门笑语哗。 百病年年除不尽，来穿石佛石莲花。 游人如堵夕阳殷，尺步犹嗟世路难。 何必纷纷走百岁，须臾白发上红颜。 戏鼓才停灯已无，衣香月色满归途。 只轮车隘难同载，先拂驴鞍背小姑。
	清	济南竹枝词	孙兆溎	明朝正看上元灯，火判鳌山异彩腾。 翠袖凭阑怕人见，月光偏照最高层。 各大街牌楼灯最盛。
	民国	武城竹枝词	何葆仁	良宵二七庙门开，整队提灯祷弭灾。 堪笑小鬟偏落后，追呼阿你赶忙来。 正月十四夜，妇女携灯入社庙，点烛焚香，为保汤火。 粉黛如云拥满城，笙歌四面夜三更。 绷儿轻扑呼归去，灯火初收月正明。 迎灯笼。 灯烛辉煌彻绮筵，戏完叶子话欣然。 一轮笑指天边月，庆赏家家小过年。 赏元宵。元宵招集邻女多玩叶子戏。正月半俗谓小过年。
二月二	清	潍县竹枝词	郭麟	杨柳初垂杏未开，天仓安囤散囤灰。 龙抬头日先节起，再散囤灰收囤来。 正月二十五日，俗为天仓，妇女早起布灰于庭，曰安囤。至二月二日为龙抬头日，复布灰如前，置五谷于中，曰收囤。按：天仓本星名，至日曰天仓，见《法天生意》。九月二十一日谓之天开仓日，宜入山修道。又《礼记疏》引阴阳式法，正月亥为天仓。潍俗天仓，盖本亥为天仓而讹也。散灰见赵孟頫《松雪集·耕织图·耕图·二月》诗："幼妇颇能家，井臼常自操。散灰沿旧俗，门径环周遭。所觊岁有成，殷勤在今朝。"

（续表）

节日	时间	题目	作者	内容
二月二	清	海阳竹枝词	赵建邦	二月二日龙抬头，针箱线帖不轻开。 厨娘报道煎虫熟，开笔儿童放学来。 龙抬头节，或称煎虫节。
	民国	武城竹枝词	何葆仁	切片分甘嚼蒴萝，生尝却令眼明多。 阿侬道是修来福，煮肉先供土地婆。 二月二，是日为土地诞辰。啖生萝蒴能令眼明。 年年春社燕新归，厨下匆忙整带围。 菜子油煎鸡蛋发，奴家饲得大猪肥。 春社社日取菜子油煎鸡子，极极发凸，为饲之猪大之兆。 蚁子消除鼠子无，村花儿女戏功夫。 只愁记错阴阳历，回首低声问阿姑。 嬉日。二月十一日，炒发米，谓之炒黄蚁。十二日一路掷白米入水碓间，谓之引老鼠。各家女儿均停针不刺绣，云是喜日。 掠鬓垂肩挈小僮，偷将观礼立祠东。 套头仪注都看惯，唧唧翻嫌唱未工。 祠堂宴。二月十五日祠堂春祭。 一双纤手拜观音，烧过清香憩庙阴。 欲把签书央客解，羞颜粉汗已淫淫。 观音会。二月十九日观音诞辰，妇女多入庙烧香。
花朝节	清	海阳竹枝词	左乔林	百花生日是花朝，踏过城南花港桥。 行到杏花村十里，花中都有酒旗飘。 花朝节。
	民国	武城竹枝词	何葆仁	姗姗芳步不曾停，一径香风趁踏青。 陡听丁冬声响处，墙阴误触护花铃。 三月三。妇女相率踏青。
寒食、清明	明—清	长白竹枝词	张实居	会仙日有白云腾，云锁山腰是雨征。 准备春来寒食后，满天风雨看仙灯。

（续表）

节日	时间	题目	作者	内容
寒食、清明	清	潍县竹枝词	郭麟	一百四日小寒食，冶游争上白狼河。 纸鸢儿子秋千女，乱比新来春燕多。 冬至后一百四日曰小寒食，见杜甫诗；一百五日寒食，见《东京梦华录》。
	清	济南竹枝词	孙兆溎	踏青时节恰春三，相约邻娃斗草酣。 额发初齐年十四，避人也要采宜男。 济南妇女喜作踏青之会。
	清	济宁竹枝词	王谢家	城西一带柳如烟，麟渡遗踪望渺然。 昨日踏青曾过此，状元墓下坠花钿。
	清	海阳竹枝词	左乔林	山南山北基田遥，好是清明浊酒浇。 一径斜阳人散后，棠梨花冷纸钱飘。 清明节。 十二栏杆拂绿杨，长春淀里落鸳鸯。 秋千摇曳谁家院，墙角风来笑语香。 清明节。
	清	徐乡竹枝词	冯赓扬	清明节过贺年芳，绣陌春风送烛香。 彩燕纸鸢飞处处，倾城儿女赛城隍。
	清	济南竹枝词	王初桐	挈榼携壶寒食天，家家祭扫各纷然。 独怜春草秋娘墓，寂寞无人挂纸钱。 明王秋娘墓在千佛山下，碑镌"王小姐"者是也。王大儒诗："断肠碑上小名香。"
	清	周村竹枝词	王祖昌	三月清明白影迟，礼泉寺外水涟漪。 红油车子桃花马，相约烧香到范祠。
	民国	武城竹枝词	何葆仁	香草莺儿插鬓根，清明上冢宴荒原。 酒醺带醉娇无力，却倩郎扶不好言。 祭清明。清明日，剪蒜叶和番草札成莺儿插鬓边，旁午抛掷柳杪，谓之攀高亲。大族清明祭扫，男女均上冢会食。 满山红放杜鹃花，山后山前遍采茶。 摘得盈筐归去晚，雏奴犹数入林鸦。 采茶。

节日	时间	题目	作者	内容
寒食、清明	民国	武城竹枝词	何葆仁	才了采茶又采桑，家家户户饲蚕忙。 相逢陌上春风暖，娣妇前头唤姊娘。 采桑。 一声钟响听鸣阳，拂晓争烧佛殿香。 东岳宫前东市路，脂红黛绿斗新妆。 拜东岳。市东欧阳楼钟最大，击之则声闻数里。三月二十八日东岳诞辰，城乡妇女烧香者甚众。
立夏	民国	武城竹枝词	何葆仁	清和四月丽晴晖，什袭冬衣作夏衣。 羡煞堂前双燕子，伴侬故意入帘飞。 俗语：四月四，抖被絮。 枣头龙眼杂元香，立夏芳辰试共赏。 向午合家还食笋，越娘脚健胜无娘。 立夏日，食补品俗谓贴夏，食笋俗谓接脚骨。元香，荔枝别名。 提壶挈榼路敧斜，成对徐行姊妹花。 祭罢田婆心事了，料应丰谷护侬家。 杀牲祭田祖，谓之种田福。 大麦丰收小麦黄，天晴铺簟晒林场。 篱边恐有鸡来啄，吩咐娥儿谨护防。 晒麦。 插尽中禾插晚禾，郎骑秧马唱村歌。 山荆却解吴侬性，饷馌携来粔籹多。 种田粿。
端午	明—清	端午竹枝词	杜浚	郊西竞渡喜新晴，彩缕朱丝照眼明。 二六少年摇桨急，绮罗两岸不胜情。 箫鼓中流巷赐酺，家家悬艾画於菟。 麦秋将尽应烹鹜，此日何人休于都。

（续表）

节日	时间	题目	作者	内容
端午	明—清	端午竹枝词	杜漺	蹋来百草效清明，反舌无声听鹍鸣。 木槿花边小儿女，麓簧调罢杂竽笙。 荐黍和雏金满匙，佳人雪藕玉垂丝。 长干旧日轻薄子，竞绕仙舟打鼓儿。 艾蓝不染女工闲，纤指朱丝佩小鬟。 共向池边贪造影，水清抛下缕金环。 菰叶缠丝粽彩翻，逆涛直上水潺湲。 安歌抚节婆娑舞，铜斗声中赛屈原。 苍梧祠下祀陈尹，童子傞傞舞练裙。 是日采兰兼采木，几人留佩复留云。 邗江东下海陵矶，画鹢腾驹作队飞。 食尽枇杷心恋子，云旗空载惝忘归。 晏阴徐至祝融乡，晓浴兰汤意未央。 祈祀年年夸盛乐，繁昌日日向朱方。 良辰姣服满路衢，游水小儿雪肌肤。 系臂何须长命缕，且教我醉倩君扶。
	民国	武城竹枝词	何葆仁	剪艾为人剑插蒲，钟馗当户贴神符。 雄黄酒饮郎先醉，高卧元龙仔细扶。 端午日，门窗间遍插剑蒲艾入户，外贴钟馗符，午时饮雄黄酒，相沿成俗。 临街俯瞰倚楼窗，满市嚣尘荡竹舢。 挨过午船齐看戏，城隍庙里演昆腔。 端午船。五月五日，用竹蔑造船，载鬼其中，道士说咒毕，令数十人挨出东门外大溪中，城隍前导东平后，逐邑庙演昆腔戏十二昼夜，可保一邑平安。 佐使君臣购置匀，午时炮制法从新。 是茶是药何须问，底是壶中好驻春。

103

（续表）

节日	时间	题目	作者	内容
端午	民国	武城竹枝词	何葆仁	午时茶。每岁五月五日向药铺购置神曲、麦芽、白芷、槟榔等药，候午时和炒如法，以备一年家人小疾之需，疏风，消食，颇有功效。
六月六	民国	武城竹枝词	何葆仁	翻箱整晒嫁时衣，一桁深青间浅绯。 微倦偶从阴处坐，无端蝴蝶傍裙飞。 晒霉。六月六日各家均倒箧晒衣服。 今朝天贶万家晴，肉味新鲜具馔精。 君自取肥侬取瘦，郎心妾意两分明。 六月六。谚云："六月六，要吃肉。" 未识檀奴肯许无，偷观戏剧引娇雏。 二郎亦解人情暖，却演唐朝百寿图。 六月戏。六月廿四日二郎神生日，演戏庆寿。 麻缕绩成到古津，中流漂漾白如银。 溪深生怕渠侬没，试把长绳系水滨。 漂纱线。六月间妇女绩麻成缕，日日向溪边漂白。
七夕节	民国	武城竹枝词	何葆仁	黄姑此日会牵牛，耿耿星河一夜秋。 怎比人间鸳侣好，双飞双宿不知愁。 七月七夕，乌鹊填河，双星相会。 生性聪明亦自佳，齐眉梁孟百年偕。 天公应界奴全福，瓜果盈筵照品排。 七夕庭陈瓜果，拜北斗七星，乞巧祈寿。 新谷登场累万斤，日中晒曝倍殷勤。 收成较比前年好，偷粜为儿做布裙。 粜新谷。新谷登场，儿媳辈往往偷粜，以蓄私财。 炊烟一缕煮清晨，蒸气浮浮饭颗匀。 为问厨娘粳熟未？姑眠正起唤尝新。 尝新米。

节日	时间	题目	作者	内容
中元节	清	大明湖竹枝词	于昌遂	鹊华桥头秋月圆，北极台上人喧阗。 吹箫打鼓声不断，铁公祠外过灯船。 桥在湖上。台在湖之北。明尚书铁公讳铉庙，每至中元节，土人放河灯皆在祠外，城中好事者结彩为船，携乐器随之，观者齐集北极台，台最高可俯视全湖。
	清	明湖竹枝词	魏乃勷	曲水东头汇泉寺，女儿一岁一焚香。 秋来又是盂兰会，打点灯船上道场。
	民国	武城竹枝词	何葆仁	中元气候暑犹炎，供祖施孤底事兼。 听说上房传语出，糖糕应比旧年甜。 七月半。停午具馔，堂上供祖薄暮煮羹，路旁施孤魂。是日家家各蒸糖糕分给比邻。 摇漾波光荡桨轻，采莲深处却含情。 池心莫搅鸳鸯梦，睡兴初浓恐著惊。 采莲。 沿街烛蓺路头温，照彻阎罗地狱门。 知道慈君菩萨善，笼灯先引女娘魂。 点地灯。七月三十日点地藏王灯，各家门口黄昏蓺烛七枝。 合社龙神坐宝岩，绅者分等叙头衔。 殿门双癖裙钗集，顶礼虔诚祷语喃。 烧龙香。邑西十八社遇旱年祷雨，迎龙停驾宝岩寺。俟雨过，送还龙潭。每社一小头，总社一大头，惟做大头必须顾姓子孙。八月初一日开殿门，令妇女烧香，是日求子祈福者四乡纷至沓来。
中秋节	明	泇河竹枝词	李化龙	下邳若被北风留，三日南风过济州。 太白楼头饶月色，回空及此醉中秋。
	清	济宁竹枝词	杭世骏	金龙祠近浪潜消，郭外条条白板桥。 入闸帆樯千树柳，就中秋士最无聊。

节日	时间	题目	作者	内容
中秋节	清	潍县竹枝词	郭麟	中秋难得是晴天，金粟香飘几处传。 待到一轮月东上，小儿齐唱月光圆。 唱曰："月明光光，小儿烧香。月明圆圆，小儿玩玩。"
	民国	武城竹枝词	何葆仁	人间天上共团圞，何福嫦娥住广寒？ 如此秋光如许月，偎肩试倩玉郎看。 赏中秋。
重阳	清	济南竹枝词	郝懿行	城南一带野人家，龙洞弯环曲径斜。 红粉青娥山下路，更无人看海棠花。 龙洞在城南三十里，秋海棠布满山谷，士女于九日竟为游观。
	清	海阳竹枝词	左乔林	鲤鱼风信自关来，重九樽筵处处开。 臂系茱萸头插菊，登高齐上汉皇台。 重阳节。
	民国	武城竹枝词	何葆仁	举家围坐食糍糕，佳节重阳意兴豪。 怪道丫鬟离席去，妆楼独上学登高。 重阳。九月九日蒸糕，谓之重阳糕。 云伞龙旗纸马蹄，欢迎鼓乐岸东西。 儿童争接胡公驾，三五成群过短堤。 迎胡公。
十月一	清	徐乡竹枝词	冯赓扬	十月坟前剪纸花，凄凄落月惨星稀。 谁家少妇来何暮，蝴蝶灰飞送独归。
	民国	武城竹枝词	何葆仁	人小登科月小阳，喧天鼓吹早催妆。 李家娶妇张家嫁，惹得姑娘跟帐忙。 新嫁娶。十月间，人家嫁娶甚多。洞房陪侍新妇必择闺女，俗呼跟帐姑娘。
冬至	民国	武城竹枝词	何葆仁	弋阳京调与昆班，报赛迎神总等闲。 点剧教郎休错误，今宵合演玉连环。 平安戏。冬令演平安戏，处处皆然。

节日	时间	题目	作者	内容
冬至	民国	武城竹枝词	何葆仁	绣纹添线话从容，田事方完好过冬。 糍饼未呼儿辈食，庭隅手臼会须春。 冬至。是日农家舂麻糍过冬至。 忏罢灯孤忏血湖，女尼五众果模糊。 当场笑向村姑问，今早清斋打得无？ 打斋。女尼忏血湖经。妇女赴席谓之打斋。 乞丐沿门打小锣，乡人漫学有司傩。 盈盘白米欢相送，好语喝喝面带酡。 乡傩。岁终，孤老院乞丐扮乡傩，沿门求米。
腊八	清	般水竹枝词	吴陈琰	唐家石屋至今传，争道南村耆旧贤。 恰喜文孙生腊八，红绫宴早赋归田。 南村有唐家石屋，太史曾祖腊日好施粥，人称唐佛，太史即以是日生。
小年	民国	武城竹枝词	何葆仁	橙黄橘绿腊梅飘，灶里君王事早朝。 爨婢也知司命贵，持香欢送上青霄。 送灶君。十二月廿四日灶君上天。
除夕	民国	武城竹枝词	何葆仁	爆竹声中一夕除，到头粗足各轩渠。 钱分压岁儿嫌少，抱膝依爷更乞余。 除夕。 衣冠整整衬新鲜，列炬盈庭总谢年。 改岁从丰分食粿，全家今夕庆团圆。 谢年。岁除日炊年饭，具三牲，排香案，拜天地同居，邀同一气，谓之总谢年。晚餐具盛馔，俗云食改岁。早晨做团圆粿，合家分食，取吉兆也。

第四章 作为民俗文献的山东竹枝词

　　民俗生活的传统历史悠久，关于民俗的文本记载也是绵延千载，民俗文献自古而今都是民俗文化得以传承和保存的重要载体之一："中国文化，是高度文字化的文化，也是高度民俗化的文化。两者在长期的社会历史发展中不断地交流、融合，形成了文字事体化的现象，即在特定的情况下，有的民俗借助文字来表达，文字则成为一种重要的民俗资源、历史资源和书面文学资源。"①从历史发展与文本内容来看，山东竹枝词兴起于城市的发展与繁荣，以文本形式保存着对于自明以来山东地区的各类民俗事象与活动的描绘。在这一意义上讲，竹枝词作为文字资料的价值与功能不言而喻。而从民俗文献的角度进行考量，竹枝词以诗体形式保存下来并且流传至今，其呈现着与其他民俗文献体例较为不同的特点与风格，也在一定程度上成为民俗文献中极具个性的特定范式。

---

　　①董晓萍：《说话的文化》，北京：中华书局，2002年版，第32页。

第一节　山东竹枝词的记述手法

承袭着自唐代逐渐形成的竹枝词的写作传统，以七言绝句的诗体形式存在并流传下来的山东竹枝词通过运用极其丰富与多元的记述手法来记述与描摹民俗生活，并根据文本记录的主要内容与对象而形成了特定的、极具功能性的形制体例，从而能够在一定程度上更为翔实和突出地表现社会生活与文化传统的真实性与创造性。

竹枝词的主体部分乃为七言绝句的韵文形式，这种形式与篇制较长、以叙述为主的散文体民俗文献有着极大的差别。文体不同，其内容与功能也具有一定的差异。对此，明代文人李东阳即曾提及："夫文者，言之成章，而诗又其成声者也。章之为用，贵乎纪述铺叙，发挥而藻饰；操纵开阖，惟所欲为，而必有一定之准。若歌吟咏叹，流通动荡之用，则存乎声，而高下长短之节，亦截乎不可乱。虽律之与度，未始不通，而其规制，则判而不舍。及乎考得失，施劝戒，用于天下，则各有所宜而不可偏废。"①也就是说，在记述的功能上，文更注重实用性，而诗更注重表现性。由此，以诗体形式记述民俗生活的竹枝词也与散文体式的记述有着极大的差异。以明清山东地区十分流行的游戏娱乐风筝为例：

①[明]李东阳：《春雨堂稿序》，见［明］李东阳撰，周寅宾校点《李东阳集》(三)，长沙：岳麓书社，2008年版，第959页。

表4.1 民俗文献中关于风筝的文字记述对比表

文本来源	主要内容	记述特点
《询刍录·风筝》	五代李邺于宫中作纸鸢，引线乘风戏。后于鸢首，以竹为笛，使风入竹，如鸣筝，故名风筝。	1. 散文体。 2. 主要描写客观现象，稍带主观感受。
《竹枝词》	风鸢 不是生来毛羽奇，飞腾偶尔被风吹。自矜钻入云霄里，线索唯愁有断时。	1. 韵文体。 2. 主要抒发主观感受，稍作事实描摹。

通过以上比较可以看出，文本化的诗体形式使得竹枝词以民俗事实的客观写照为铺垫，更多地表达对于民俗生活的体验与感受。从这一点上看，竹枝词著述主体在记述民俗生活时更多地体现在对于各种记述手法的灵活运用与刻意凝练之上，从而能够构造出一个兼具生活气息与理想色彩的民俗世界。

一、采撷俗言韵语

从根本上讲，诗是一种语言的艺术。语言是文本形成与存在的基本要素，也是其进行描写与表达的主要手段。诗所运用的语言并不是简单与固定的，它可以采撷包括方言俗语、文言韵语以及音译外来语等在内的多种语言成分。俄国文艺学家巴赫金（M. M. Bakhtin）将这种现象称为文学语言的"多语体性"："在文学作品中我们可以找到一切可能有的语言语体、言语语体、功能语体，社会的和职业的语言等等。"①也就是说，在文本

---

① 〔俄〕巴赫金（M. M. Bakhtin）：《文学作品中的语言》，见钱中文主编，白春仁等译《巴赫金全集》第四卷，石家庄：河北教育出版社，1998年版，第276页。

论述之中存在着各种各样的语言形式。作为以吟咏民俗生活为本的文学形式，竹枝词必然不会放弃对民间语言的使用与采纳，相反更是通过对于方言俚语的适当吸收，彰显其源自民歌的自然本色：

表4.2　山东竹枝词记述的民间熟语示例表[①]

语言类型	文本内容	附注阐释
俗语	鬼谷阴符何处传？笑寻古洞梓岩前。将军头上余荒草，苏相桥边剩乳烟。	梓童山有鬼谷洞，庞涓墓俗呼"将军头"，苏相桥旁有苏秦墓。
谚语	梨花才放两三枝，名蟹佳虾上市时。但看椿芽长一寸，争分垛子卖嘉鱲。	俗谓驴上负曰垛子。嘉鱲见《文昌杂录》。潍谚："椿芽一寸，嘉鱲一垒。"
行话	男子向海摘鱼虾，女儿补网各看家。到门遇有狌鱼客，瓢舀盐汤当吃茶。	俗谓就网取鱼曰"摘"；俗谓贩买曰"狌"。
黑话与暗语	银刀出水剑光寒，刺骨锋铓牙齿攒。枉用惊呼作龙子，敷腴风味废盘餐。	黠者以诳西北人，曰龙子也。
吉祥语	吉旦才交第二天，兰房妆罢整红毡。小姑前导新娘后，万福盈盈道拜年。	拜新年。

由上表可以看出，山东竹枝词文本中采撷了几种类型的民间熟语，在最大程度上凸显着其语言的口头性特征。

语言的口头性特征充分显示了竹枝词的民间本色，而语言的格律性特征又为竹枝词描绘民俗生活增添了一定的韵味："书写文本由于跟现实情境相剥离，其语言的表达性自然受到损失，这就需要在文本内部构建起相

---

①需要说明的是，本表内所使用民间语言类型出自钟敬文主编《民俗学概论》，北京：高等教育出版社，2010年版，第229—249页。

应的语境予以弥补。对科学文本来说，这种弥补比较简单，因为科学文本追求语义的明确性，它仅需要提供必需的简化了的语境，对语言作出限制和说明。文学文本则不同。它需要保持语言水灵灵的鲜明性和丰富性，不得不千方百计地将生活情境移植到文本内，甚或创建一个比现实更富赡的语境。"[1]在这一意义上讲，文学文本似乎比科学文本更贴近生活本身。

二、构造图像式场景

法国艺术哲学家丹纳认为艺术品的本质在于："把一个对象的基本特征，至少是重要的特征，表现得越占主导地位越好，越明显越好。"[2]而从文本的层面来讲，为了抓住某件事物的主要特征，图像式呈现便成为写作者采用的主要思维方式与表现手法之一："个体生命活动的图像以及个体与个体之间组成的生命图像，构成生命运动的图像化的历史。图像在审美意识中构成'显在性特征'，即通过图像，就可以把握整体，把握历史，把握生命运动的全过程，进一步说，通过图像，还可以透视事物的细节过程。"[3]从这一意义上讲，图像是更为直观和根本的表述与记忆的方式。从表面看来，以文本形式存在的竹枝词虽然与图像有着根本的区别与差异，但是基于图像认知直观性的特点，竹枝词的记述在一定程度上还是借鉴了图像呈现的方法，集中体现为通过选取典型的民俗活动场景来构造生动的民俗生活图景。

来看民国何葆仁所作的数首竹枝词：

---

①马大康：《诗性语言研究》，北京：中国社会科学出版社，2005年版，第134页。

②〔法〕丹纳（Hippolyte Taine）：《艺术哲学》，傅雷译，天津：天津社会科学院出版社，2004年版，第55页。

③李咏吟：《审美与道德的本源》，上海：上海人民出版社，2006年版，第380页。

焚香排案莫迟迟，十二钟鸣夜半时。

双炬红莲千子爆，齐开外户贺新禧。

祝圣开门。

新朝司爨委长工，睡起梳头日已红。

记取入厨先吃饭，出门无雨又无风。

每年元旦雇佣家均委长工司爨。元日妇女晨餐先吃饭，每逢出门必无风雨。

吉旦才交第二天，兰房妆罢整红毡。

小姑前导新娘后，万福盈盈道拜年。

拜新年。

良宵二七庙门开，整队提灯祷弭灾。

堪笑小鬟偏落后，追呼阿你赶忙来。

正月十四夜，妇女携灯入社庙，点烛焚香，为保汤火。

粉黛如云拥满城，笙歌四面夜三更。

绷儿轻扑呼归去，灯火初收月正明。

迎灯笼。

灯烛辉煌彻绮筵，戏完叶子话欣然。

一轮笑指天边月，庆赏家家小过年。

赏元宵。元宵招集邻女多玩叶子戏。正月半俗谓小过年。

切片分甘嚼菔萝，生尝却令眼明多。

阿侬道是修来福，煮肉先供土地婆。

二月二，是日为土地诞辰。啖生萝菔能令眼明。

年年春社燕新归，厨下匆忙整带围。

菜子油煎鸡蛋发，奴家饲得大猪肥。

春社社日取菜子油煎鸡子，极极发凸，为饲之猪大之兆。

蚁子消除鼠子无，村花儿女戏功夫。

只愁记错阴阳历，回首低声问阿姑。

嬉日。二月十一日，炒发米，谓之炒黄蚁。十二日一路掷白米入水碓间，谓之引老鼠。各家女儿均停针不刺绣，云是喜日。

掠鬓垂肩挈小僮，偷将观礼立祠东。

套头仪注都看惯，唧唧翻嫌唱未工。

祠堂宴。二月十五日祠堂春祭。

一双纤手拜观音，烧过清香憩庙阴。

欲把签书央客解，羞颜粉汗已淫淫。

观音会。二月十九日观音诞辰，妇女多入庙烧香。

姗姗芳步不曾停，一径香风趁踏青。

陡听丁冬声响处，墙阴误触护花铃。

三月三。妇女相率踏青。

香草茑儿插鬓根，清明上冢宴荒原。

酒醺带醉娇无力，却倩郎扶不好言。

祭清明。清明日，剪蒜叶和番草札成茑儿插鬓边，旁午抛掷柳
杪，谓之攀高亲。大族清明祭扫，男女均上冢会食。

满山红放杜鹃花，山后山前遍采茶。

摘得盈筐归去晚，雏奴犹数入林鸦。

采茶。

才了采茶又采桑，家家户户饲蚕忙。

相逢陌上春风暖，娣妇前头唤婶娘。

采桑。

一声钟响听鸣阳，拂晓争烧佛殿香。

东岳宫前东市路，脂红黛绿斗新妆。

拜东岳。市东欧阳楼钟最大，击之则声闻数里。三月二十八日东
岳诞辰，城乡妇女烧香者甚众。

清和四月丽晴晖，什袭冬衣作夏衣。

美煞堂前双燕子，伴侬故意入帘飞。

俗语：四月四，抖被絮。

枣头龙眼杂元香，立夏芳辰试共赏。

向午合家还食笋，越娘脚健胜无娘。

立夏日，食补品俗谓贴夏，食笋俗谓接脚骨。元香，荔枝别名。

提壶挈榼路攲斜，成对徐行姊妹花。

祭罢田婆心事了，料应丰谷护侬家。

杀牲祭田祖，谓之种田福。

大麦丰收小麦黄，天晴铺簟晒林场。

篱边恐有鸡来啄，吩咐娥儿谨护防。

晒麦。

插尽中禾插晚禾，郎骑秧马唱村歌。

山荆却解吴侬性，饷饁携来粔籹多。

种田粿。编者注：粿，火粉或面粉，亦作净米。

剪艾为人剑插蒲，钟馗当户贴神符。

雄黄酒饮郎先醉，高卧元龙仔细扶。

端午日，门窗间遍插剑蒲艾入户，外贴钟馗符，午时饮雄黄酒，相沿成俗。

临街俯瞰倚楼窗，满市嚣尘荡竹舠。

挨过午船齐看戏，城隍庙里演昆腔。

端午船。五月五日，用竹蔑造船，载鬼其中，道士说咒毕，令数十人挨出东门外大溪中，城隍前导东平后，逐邑庙演昆腔戏十二昼夜，可保一邑平安。

佐使君臣购置匀，午时炮制法从新。

是茶是药何须问，底是壶中好驻春。

午时茶。每岁五月五日向药铺购置神曲、麦芽、白芷、槟榔等药，
候午时和炒如法，以备一年家人小疾之需，疏风，消食，颇有功效。

翻箱整晒嫁时衣，一桁深青间浅绯。
微倦偶从阴处坐，无端蝴蝶傍裙飞。
晒霉。六月六日各家均倒笥晒衣服。

今朝天贶万家晴，肉味新鲜具馔精。
君自取肥侬取瘦，郎心妾意两分明。
六月六。谚云："六月六，要吃肉。"

未识檀奴肯许无，偷观戏剧引娇雏。
二郎亦解人情暖，却演唐朝百寿图。
六月戏。六月廿四日二郎神生日，演戏庆寿。

麻缕绩成到古津，中流漂漾白如银。
溪深生怕渠侬没，试把长绳系水滨。
漂纱线。六月间妇女绩麻成缕，日日向溪边漂白。

黄姑此日会牵牛，耿耿星河一夜秋。
怎比人间鸳侣好，双飞双宿不知愁。
七月七夕，乌鹊填河，双星相会。

生性聪明亦自佳，齐眉梁孟百年偕。
天公应界奴全福，瓜果盈筵照品排。

七夕庭陈瓜果，拜北斗七星，乞巧祈寿。

新谷登场累万斤，日中晒曝倍殷勤。
收成较比前年好，偷粜为儿做布裙。
粜新谷。新谷登场，儿媳辈往往偷粜，以蓄私财。

炊烟一缕煮清晨，蒸气浮浮饭颗匀。
为问厨娘粳熟未？姑眠正起唤尝新。
尝新米。

中元气候暑犹炎，供祖施孤底事兼。
听说上房传语出，糖糕应比旧年甜。
七月半。停午具馔，堂上供祖薄暮煮羹，路旁施孤魂。是日家家
各蒸糖糕分给比邻。

摇漾波光荡桨轻，采莲深处却含情。
池心莫搅鸳鸯梦，睡兴初浓恐著惊。
采莲。

沿街烛爇路头温，照彻阎罗地狱门。
知道慈君菩萨善，笼灯先引女娘魂。
点地灯。七月三十日点地藏王灯，各家门口黄昏爇烛七枝。

合社龙神坐宝岩，绅耆分等叙头衔。
殿门双癖裙钗集，顶礼虔诚祷语喃。

烧龙香。邑西十八社遇旱年祷雨，迎龙停驾宝岩寺。俟雨过，迭还龙潭。每社一小头，总社一大头，惟做大头必须顾姓子孙。八月初一日开殿门，令妇女烧香，是日求子祈福者四乡纷至沓来。

人间天上共团圞，何福嫦娥住广寒？
如此秋光如许月，偎肩试倩玉郎看。
赏中秋。

举家围坐食糍糕，佳节重阳意兴豪。
怪道丫鬟离席去，妆楼独上学登高。
重阳。九月九日蒸糕，谓之重阳糕。

云伞龙旗纸马蹄，欢迎鼓乐岸东西。
儿童争接胡公驾，三五成群过短堤。
迎胡公。

人小登科月小阳，喧天鼓吹早催妆。
李家娶妇张家嫁，惹得姑娘跟帐忙。
新嫁娶。十月间，人家嫁娶甚多。洞房陪侍新妇必择闺女，俗呼跟帐姑娘。

弋阳京调与昆班，报赛迎神总等闲。
点剧教郎休错误，今宵合演玉连环。
平安戏。冬令演平安戏，处处皆然。

绣纹添线话从容，田事方完好过冬。

糍饼未呼儿辈食，庭隅手臼会须舂。

冬至。是日农家舂麻糍过冬至。

忏罢灯孤忏血湖，女尼五众果模糊。

当场笑向村姑问，今早清斋打得无？

打斋。女尼忏血湖经。妇女赴席谓之打斋。

乞丐沿门打小锣，乡人漫学有司傩。

盈盘白米欢相送，好语喁喁面带酡。

乡傩。岁终，孤老院乞丐扮乡傩，沿门求米。

橙黄橘绿腊梅飘，灶里君王事早朝。

爨婢也知司命贵，持香欢送上青宵。

送灶君。十二月廿四日灶君上天。

爆竹声中一夕除，到头粗足各轩渠。

钱分压岁儿嫌少，抱膝依爷更乞余。

除夕。

衣冠整整衬新鲜，列炬盈庭总谢年。

改岁从丰分食粿，全家今夕庆团圆。

谢年。岁除日炊年饭，具三牲，排香案，拜天地同居，邀同一气，谓之总谢年。晚餐具盛馔，俗云食改岁。早晨做团圆粿，合家分食，取吉兆也。

——［民国］何葆仁《武城竹枝词》

以上所列举的竹枝词文本是按照一年的时间顺序为纲，分别记述与描绘其中所进行的各类生活现象与民俗行为。通过时间的线索将整一年的景象以诗体的方式记述并呈现出来，便可以从一个相对全面与整体的角度探究时间生活的总体概貌。再来看以下竹枝词：

青天开出玉芙蓉，楼阁参差压远峰。

知道游人爱华丽，佛山也是晓妆浓。

千佛山，出南门三里许，秀甲诸山，春时游人甚众。

清泉喷薄势回环，三尺波澄碧一湾。

若比西湖潭印月，爱他清响更淙潺。

趵突泉，出西门半里许吕祖庙内，方塘半亩，联贯三泉，昼夜喷跳，清鉴毛发，庙极壮丽。

一湖绿水种莲花，杨柳堤边艇子斜。

四面香来看不见，好花都被荻芦遮。

大明湖莲花无际，然各有主者，均以芦苇界隔，花时掩映其中，殊为恨事。

北台高耸接青冥，羽士当年鹤暂停。

侬有新词歌不得，吟魂恐怕隔花听。

北极阁在明湖之西北。前道士醉琴，本以诸生游幕不得志，遂改道士装修行，善吟咏，能弹琴，颇有诗名，后即羽化其间。

汇泉佛寺傍长堤，卍字栏杆曲曲齐。

冠盖如云开夜宴，分明避俗到招堤。

寺中曲廊水榭颇可游憩，当道每借以宴客。

水心亭址卧中流，一片斜阳青草洲。

赖有浣花诗笔在，此亭虽圮亦千秋。

历下亭已坍圮，杜工部诗"海右此亭古"，指此。

长虹跨水望岧峣，仿佛扬州廿四桥。

为爱鹊华风月好，石栏杆上坐吹箫。

鹊华桥在明湖南，甚高旷雄壮，最宜眺月。

珍珠流出细纷纷，疑是鲛人泪滴纹。

一斛量来人一个，济南好女胜如云。

珍珠泉有二：一在南城濠，一在巡抚署。

多少名泉散四隅，迂回络绎赴明湖。

阿侬最喜长流水，流到门前洗绿襦。

城中多二尺许水沟，通城旋绕，清泉汩汩，长流不止，每从民居
中流出。

新年天气正晴暄，岳庙烧香车马喧。

偏是妾来郎又至，相看一笑各无言。

岳庙在南关，元旦起至初十游人不断，名曰老常师瓜会。"岳"
字，土音读如"牙"，上声。

明朝正看上元灯，火判鳌山异彩腾。

翠袖凭阑怕人见，月光偏照最高层。

各大街牌楼灯最盛。

踏青时节恰春三，相约邻娃斗草酣。

额发初齐年十四，避人也要采宜男。

济南妇女喜作踏青之会。

藕花衫子翠罗绦，来听梨园法曲高。

暗掐纤纤偷记板，归家亲谱郁轮袍。

戏场妇女甚多，勾栏中大半善昆曲者。

湖中同唱采莲歌，采得莲花侬最多。

一语问郎郎应笑，仙郎风貌可如他。

明湖亦有湖船，虽无秦淮平山堂之华美，然翠幔红栏尚属

雅致。

残冬收拾过新年，花店看花耀眼鲜。

儿女情怀豪侠气，不妨吊古玩龙泉。

西关外大二三花店系秦氏所开，平时为车骡行，每至腊月廿四

后，即卖剪绒结线各色彩花，倾城妇女往来如织，谓之花会。有秦叔

宝所遗双剑陈设店内，游人得纵观焉。

小姑修饰鬓云梢，堕马妆成燕尾翘。

梳得时新双套股，不如人处倩娘教。

妇女梳头，如堕马髻、美人髻之外，又有如元宝头，而心分两缕
盘如剪刀股者，似觉别饶丰格。

女伴相携笑话谐，商量颜色绣弓鞋。
菱尖簇簇如新月，戏踏飞花下玉阶。
济南妇女以莲钩为第一，则虽老妪、村媪亦瘦削端正，竟有不足
三寸者。

蛮靴精致出心裁，五色斑斓锦绣堆。
最是月明人静后，悄声阁阁踏霜来。
每至冬令皆换著小靴，极精致绚烂。

翠馆红楼院宇深，牙牌消遣昼沉沉。
卖花奴子知侬意，茉莉送来亲手簪。
珠兰、茉莉皆运自粮船，不贵而多。

街市喧阗达四冲，车行如水马如龙。
芙蓉西去条条巷，香肆风吹凤脑浓。
芙蓉街一带铺面最为整齐热闹。

木斫青蚨贯以绳，招牌权当挂高层。
半张侧理双重印，十万泉刀也算凭。
城中钱店极多，皆以木斫成钱式悬挂以作招牌。盛用钱帖盈千累
百，只以一纸为凭，往往有逋逃之患。

三节城隍亲出巡，拜香烧臂意偏真。

不知愚子缘何事，铁索银铛仿罪人。

会中多臂香枷锁之辈，动以数□。

数树垂杨一水横，明湖居里好茶棚。

相逢尽是江南客，乡语听来分外清。

鹊华桥西有茶室，榜曰"明湖居"，竹篱茅舍，绿水垂杨，颇有清趣，江浙人每于此品茶。

酒家最好是安澜，相约同侪结古欢。

醉后狂歌浑不觉，半钩新月上阑干。

绍酒以安澜轩为最。

桐月轩中品菜蔬，骚人雅集太轩渠。

侬家不住西湖上，偏喜今朝醋溜鱼。

鱼虾皆豢于活水中，鲜美非常，不弱于杭州之五柳居也。

此乡瓜果味还佳，盈檐挑来摆满街。

雪藕苹婆侬最爱，夜深留待醒吟怀。

西瓜、蜜桃、苹果、粉藕之类多而且佳。

九月秋高紫蟹肥，渔人捕得叩双扉。

黄花心事今方慰，正好持螯望白衣。

秋来螃蟹极大极多，对菊持螯，不减江乡风味，客中乐事无过于此。

无多土著少游民，尽是他乡羁旅臣。

需次官人莲幕客，一齐间煞且寻春。

管仲女闾三百之风至今尚存。

——［清］孙兆溎《济南竹枝词》

以上数首竹枝词皆是记述与描绘清代济南的社会生活景象，正是通过这些典型场景的勾勒，一幅相对比较完整与立体的民俗画卷才得以呈现出来。

三、呈现多彩民俗生活

色彩与图像一样，是直观与先天的，文字对于社会风物的描摹无法忽视以色彩构建体验的生活情态。英国文艺批评家与社会活动家约翰·罗斯金（John Ruskin）认为："任何头脑健全、性格正常的人，皆喜欢色彩；色彩也在人心中唤起永恒的慰藉与欢乐；色彩在最珍贵的作品中，最驰名的符号里，最完美的印章上大放光芒。"[1]色彩能够激发人的感性认识，也能够帮助人们记忆与表述相关的生活情境，而色彩在民俗生活中所形成的文化意义与象征内涵又具有心理暗示和社会整合的作用。因此，通过展示色彩来描绘民俗生活也是竹枝词著述主体运用的重要记述手法。以文字书写的方式呈现五彩缤纷的民俗生活情态，在一定程度上显然不如绘画更为直接和鲜明，但面对世俗生活的千姿百态，竹枝词著述者似乎也十分愿意通过文字符号来表达和传递色彩带来的冲击力与感染力：

---

①转引自孙中田：《色彩的语像空间》，北京：人民文学出版社，2008年版，第2页。

郊西竞渡喜新晴，彩缕朱丝照眼明。

二六少年摇桨急，绮罗两岸不胜情。

——［明—清］杜澳《端午竹枝词》

蔚蓝天色照波青，舟入凉云更杳冥。

七尺芦花三尺水，鸡鹈一一立寒汀。

——［明—清］张笃庆《锦秋湖竹枝词》

　　在前面一这首竹枝词中，"彩缕""朱丝"所呈现的灿烂的色彩意象，以及所激发的"喜""情"的欢悦感知，不仅仅记述与描绘着生活的休闲与享受，更表达出作者对于生活时光的喜爱与珍惜；而在后面一首竹枝词中，"凉云""芦花""寒汀"等色调略显灰暗的意象，渲染了深沉的自然景象，也传递着作者稍显感伤的情感体验。色彩的意蕴极为复杂与深刻，它不仅仅展示着民俗生活的五彩缤纷，也透露着民众的心理与观念。而以诗体形式存在的竹枝词因为受文本的形式所限，只能通过黑白文字呈现出色彩艳丽的生活世界，但其中也折射出色彩之于民俗生活的重要功能与价值。

四、串连生活片段

　　从文本存在形式的角度来看，山东竹枝词较为短小的篇幅决定了其民俗记述的片段性描述特征，因而无法描绘民俗生活的全景；从文本发展历史的角度来看，山东竹枝词文本自明一直延续至民国时期，从而也能够通过描述民俗文化的片段性的、瞬时性的场景而在历史的发展与变迁中印证生活文化传统的沿袭与传承。

从根本上讲，任何文字或者是图像形式都无法确实和全面地描述民俗生活本身，而以七言绝句的诗体形式存在的竹枝词文本更是不可能。从这一角度来看，基于"全景式的真实性描述"并不存在的哲学认识之上，竹枝词对于民俗生活的片段性描绘与记述便存在着实在的价值与意义。而从竹枝词文体自身的特点来讲，短小的形制更加决定了其记述民俗的片段性特征：

> 元宵花鼓响咚咚，士女欢腾庆岁丰。
>
> 点缀太平春富贵，满城火树月灯红。
>
> 元宵节。
>
> ——［清］左乔林《海阳竹枝词》

在以上这首描绘清代海阳地区元宵节的竹枝词中，打花鼓、赏月灯都是较为流行的民俗活动，但短短的二十八个字无法表现太多的记述内容，因此仅能够通过片段性的意象铺排而呈现出来。已然文本化的竹枝词所记述的更多的便是这种极具历史性、标志性的民俗文化标志物。

此外，社会生活处于历史不断发展的过程之中，而竹枝词对于民俗生活的记述又往往带有即时性和瞬间性的特点（主要表现为竹枝词记述的内容大多为所见、所闻或所感）。因此，就内容来说，竹枝词记述的生活往往是瞬时场景的呈现：

> 天灾灾人人灾木，人无人色木无皮。
>
> 从今天上白榆影，不许山东觅半枝。
>
> 山东人食树皮殆尽。
>
> ——［清］李蟠《竹枝词》

　　以上这首竹枝词描绘的即是作者于途中的所见与所闻，以及由此而生发的瞬时间的感受与记忆，不可能是长时间存在的现象。不过，由于竹枝词的发展历史十分悠久，记述内容也非常丰富，因此这种以瞬时场景描摹为主的记述方式也很容易通过历史的长线串联起来，从而展现出民俗文化的传承性。以我国传统节日中秋节为例：

> 下邳若被北风留，三日南风过济州。
> 太白楼头饶月色，回空及此醉中秋。
>
> ——［明］李化龙《泇河竹枝词》

> 金龙祠近浪潜消，郭外条条白板桥。
> 入闸帆樯千树柳，就中秋士最无聊。
>
> ——［清］郭麟《潍县竹枝词》

> 人间天上共团圞，何福嫦娥住广寒？
> 如此秋光如许月，偎肩试倩玉郎看。
> 赏中秋。
>
> ——［民国］何葆仁《武城竹枝词》

　　中秋节是我国传统岁时节日中传承时间较长、庆祝仪式也较为隆重的一个，从明代开始一直到民国，都有记述中秋节的山东竹枝词留存。从这一点上看，竹枝词的记述虽取其细微与瞬时的琐碎生活，但却充分呈现了生活传统的沿袭与发展。

第二节 山东竹枝词的形制体例

从表现形式来看，形制体例是文本所呈现出的结构特征。中国古代撰文对于文章体制十分重视，南北朝时代的文学理论家刘勰就曾经指出："夫才量学文，宜正体制，必以情志为神明，事义为骨髓，辞采为肌肤，宫商为声气；然后品藻玄黄，摛振金玉，献可替否，以裁厥中：斯缀思之常数也。"[①]明代学者徐师曾也认为："夫文章之有体裁，犹宫室之有制度，器皿之有法式也。为堂必敞，为室必奥，为台必四方而高，为楼必陕而修曲，为笴必圜，为筐必方，为簠必外方而内圜，为簋必外圜而内方，夫固各有当也。苟舍制度法式而率意为之，其不见笑于识者鲜矣，况文章乎？"[②]从以上论述可以发现，文章的形制与体例往往是进行写作所必然遵循的规范与原则。就此而言，竹枝词作为专门吟咏风俗人情的诗体形式，也有其必然遵循的记述形制与体例。也就是说，竹枝词常常以七言绝句的诗体形式出现，成为以诗体吟咏风俗人情的代表性文本形式。与此同时，民俗生活的事象与类目又是纷繁和复杂的，并不是仅以七言绝句为主体部分的单首竹枝词所能够承载与概括的。因而，随着历史和文体的不断发展，竹枝词的形制与体例也在发生着相应的变化与更新，以期更好地记述与描绘鲜活的民俗生活图景。

---

① [南朝梁]刘勰：《文心雕龙·附会》，明弘治十七年（1504）冯允中刊本影印本。
② [明]徐师曾：《文体明辨序》，见王水照编《历代文话》，上海：复旦大学出版社，2007年版，第2045页。

一、组诗形制

唐代，最早进行竹枝词写作的刘禹锡曾以模仿屈原《九歌》为任而写作了九首竹枝歌词传由当地人民吟唱；宋代，苏轼为记山川风俗也作九首竹枝词以补前人未道之遗。从这一点可以看出，竹枝词的组诗形制自其初创之际便已经渐露眉目。时至元代，极大规模的文人唱和之风逐渐兴起并发展起来，加之竹枝词所记述与描摹的风俗人情也日渐繁盛与复杂，因而竹枝词的组诗形制不仅得以保存下来，而且愈加发扬光大：

> 序：朱太史竹垞《鸳鸯湖棹歌一百首》，叙述小长芦风景，典雅清新，当时修府志者置不采录，考据者憾焉。嘉定钱竹汀宫詹、曹习庵学士暨余兄西庄光禄各有《练川竹枝词》若干首，仿竹垞棹歌为之，不离乐操、土风之意，遗闻古迹捃摭殆尽矣。从侄竹所学有原本，富于著述而工于词章，骎骎乎入古人堂奥。予既选其长短句刻之于西安桌任，兹复有湖海诗传之役，贻书征其近作寄至海右。集古今体诗十卷，大约登临吊古之什居多，苍苍莽莽，旗帜郁若茶墨。别有《济南竹枝词一百首》，风流蕴藉，得缥缈之余音，不徒备历城掌故，试取王季木《齐音百咏》较之，北秀南能，谁是真如妙谛，必有能参破之者。
>
> 辛亥冬日述庵昶书于京邸之青棠书屋
> ——［清］王初桐《济南竹枝词》

由以上序言可以发现，竹枝词的组诗形制愈发庞大，不仅从一定程度上表现了竹枝词记述内容的细琐与繁复，同时也间接说明了其吟咏民俗生活之细致与多面。而随着形制的扩充与内容的丰富，依靠体制庞大的组诗形制，竹枝词得以对民俗生活的描述面面俱到，而借用地方志文体分门别类的构架，竹枝词又得以更加清晰和集中地记述某一类民俗事象，从而具备全面化与细节化的双重特点。

二、序注繁复

序言与注文也是研究竹枝词记述民俗的重要文本内容，前者能够透露出著述者的记述契机与目的等相关信息，而后者则可以进一步阐释或是证实民俗事象的具体内容与传承历史。

序言的内容一般包括关于竹枝词写作的各类信息，比如地点、时间、内容及目的等。

> 过德州后，沿途河溢成灾，地方凋敝，随时目击口占，其词近质，故概以竹枝云。
>
> ——［清］张云锦《竹枝词》

序言部分可以提供关于竹枝词写作的时间、地点、内容、手法、规模与目的等主要信息，是探讨竹枝词记述的民俗生活内容和研究竹枝词作为民俗文献的特点的主要参考对象。

此外，竹枝词多以七言绝句的诗体形式存在，文字和篇幅的限制不言而喻，因此作为民俗文献来说存在其必然的缺陷与不足，即无法客观与全面地展示民俗事象与行为。但是，竹枝词的写作者往往会采用附注的手段进行弥补，即如施蛰存所言："每首诗后附有注释，记录了各地山川、名胜、风俗人情，以至方言、俚语。这一类的竹枝词，已不是以诗为主，而是以注为主了。这些注文，就是民俗学的好资料。"①注文一般以散文体的形式出现，其与普遍意义上的民俗文献有着更为相似的特点与风格，因而可以补充以诗体形式存在的竹枝词记述的不足之处。下面以两首竹枝词为例：

表4.3　山东竹枝词注释及其功能示例表

文本来源	主要内容	附注功能
《高密竹枝词》	与欢小别下蓬莱，莫管鲛人泣作堆。 试看南山冬不雨，焦翁淮母两分开。 胶河俗呼焦河，潍河俗呼淮河，二水涨则合流。语云："焦翁起，淮母喜。"	阐释
《济南竹枝词》	王姓雏姬一榻眠，同衾各自梦游仙。 何因乞得般般巧，风俗相沿号扇天。 《续博物志》：济南风俗：正月，取王姓女年十余岁者共卧一榻，覆之以衾，以箑扇之，良久如梦寐，或欲刺文绣、事笔砚、理管弦，俄顷乃寤，谓之"扇天"。卜以乞巧。	引证

通过以上两首竹枝词可以看出，随附的注释表现出两种不同的功能：一是阐释，即利用散文叙述的方式对诗中所描绘的民俗事象进行说明和解释；二是引证，即通过引用相关历史文献证明诗中所写内容的历史性与真实性。

---

①施蛰存：《关于"竹枝词"》，见陈子善、徐如麒编选《施蛰存七十年文选》，上海：上海文艺出版社，1996年版，第726页。

第三节　山东竹枝词的记述立场

作为历史文本资料，山东竹枝词有其产生和发展的社会背景与写作契机，因此必然会带有一定的主观意识与感性认知，从而反映出著述者的思维模式与价值认同。而作为文学文本资料，山东竹枝词也有其搭载的不同平台，因而在一定程度上决定了其所具备的文化意义与社会价值。

对于任何文字资料来说，由于其必然出自掌握书写能力的人之手，因而不可避免的带有执笔人或著述者的主体意识与情感。美国历史哲学家、文学批评家海登·怀特（Hayden White）在研究历史文本时提出了历史与诗歌的相互涵盖关系：如果所有诗歌里都有历史的成分，那么所有的历史描述也都有诗歌的成分。由此，怀特对于历史文本的研究是基于其文学性内涵之上的："我相信，对于历史作品的研究，最有利的切入方式必须更加认真地看待其文学方面。"①也就是说，即便是被认为以客观事实著称的历史文本也从一定程度上反映着其著述主体的思维模式与个体意愿。而由于历史与文化的悠久，记载我国传统民俗生活的文本资料大都出自文人之手，其并未接受民俗志写作的专业训练，因而更多地带有著述主体的意识与情感。如前所述，钟敬文在讨论中国古代的民俗文献特点时曾经指出："从主观上讲，它们表达了作者的文人情思；从客观上讲，它们又传达了在社会历史急剧变动的时期，人们对安定的民俗生活的回忆和眷恋，以及

①〔美〕海登·怀特（Hayden White）：《元史学：十九世纪欧洲的历史想象》，陈新译，南京：译林出版社，2004年版，《中译本前言》第1页。

通过叙述民俗社会所抒发的对理想社会模式的想象。"①在这一基础之上，萧放通过对《荆楚岁时记》的研究继而提出了关于民俗记述的三个立场的说法：一是从上层统治者政治教化的角度"观风问俗"；二是从旅行者或客居者的角度，对异域他乡的奇风异俗所作的见闻录；三是亲身经历的民俗生活记录。②根据这一观点及其分析，再针对竹枝词文本记述民俗的特殊性质与形制体例，以及竹枝词著述主体所承载的社会背景及其写作契机，也可以发现山东竹枝词的记述立场与相关目的。

一、民俗事象的记录

就历史的层面而言，我国的民俗文化传统十分悠久，而记载着民俗文化的文本资料也浩如烟海。在这些丰富的文献资料之中，竹枝词具有普遍的价值意义以及特殊的个性内容。在文本化的过程之中，竹枝词逐渐形成了以吟咏风土人情为主要题材的诗体形式，其影响之深使得人们在意欲描绘风土、记述民俗之时都不约而同地选择竹枝词作为可以使用的主要文体形式之一：

> 序：自任城以北，水浅胶舟，日行二三十里，每遇一闸则停两三日，就所见闻，杂拉成句，略无次序，其竹枝之遗欤？恐无当于风人之旨也！
>
> ——［清］韩是升《任城竹枝词》

---

① 钟敬文：《建立中国民俗学派》，哈尔滨：黑龙江教育出版社，1999年版，第16页。
② 关于三个记述立场的具体阐释，详见萧放《〈荆楚岁时记〉研究——兼论传统中国民众生活中的时间观念》，北京：北京师范大学出版社，2000年版，第235—237页。

在以上序言之中，著述者韩是升明确地说明了其写作竹枝词的主要立场与目的即是记录所见与所闻，供考察风土者作为参照。而这种以民俗事象的记录与资料保存为主要目的的记述立场有其一定的原因与条件。如其所说，周围地理环境的改变通常是著述主体运用竹枝词进行记述与吟咏的主要因素之一。

二、民俗生活的体验

就文学的层面而言，竹枝词因其多以诗体的形制存在，又决定了其不仅仅包括对于民俗事象的客观或是简单的描绘，更呈现着著述主体对于民俗生活的身体体验与由此而生发出的情感表达：

> 南园修竹几千根，贤宰时携客到门。
>
> 最是拂衣归里后，逢人犹问旧华轩。
>
> 县尊郑板桥在潍日，吾家有南园在县治东南天仙宫东，修竹蔽日，公爱之，每假为宾客雅集地。沈臬使有长歌纪事。逮公归里过吾家，有官扬州七浦司巡检者，公有为画竹并题诗云："七载春风在潍县，爱看修竹郭家园。今日写来还赠郭，令人长忆旧华轩。"今南园已废，画竹尚存。
>
> ——［清］郭麟《潍县竹枝词》

郑燮也曾于潍县写作竹枝词若干首，而此首竹枝词的作者郭麟字祥伯，号频迦，因右眉全白，又号白眉生，乃江苏吴江人，于此地写作竹枝词也想到当年郑板桥在此地的生活场景。

三、民俗行为的导引

就社会的层面而言，民俗行为在社会生活中具有十分重要的教化与规范功能，因而不但被认作是社会风尚与时代精神的体现，也常常为统治阶级或地方精英所重视，成为其进行政治统治或是思想启蒙的手段和工具。

我国自古便存在"观风问俗"的政教传统。汉魏以前，民俗作为政教的考察对象与实施手段而被重视，即所谓："广教化、美风俗。"由此，树立良好的风俗习惯便成为政治教化的手段与途径之一："古代文献不必等到民俗成为自身科学的研究对象才予以搜集和命名。当时的很多民俗资料，出自当时史官记录的关于社会政治的重要史事和言论，因此，在这种情况下被注意到和运用的民俗，本身就含义模糊。它们一般都具有明显的社会政治倾向。"①强调民俗在政教中的地位与作用，有其现实的社会基础与政治目的：一、政治教化的对象是民众，而民众的主要生活范围与习性即是民俗，因此以民俗正教化具备一定的可行性；二、政治教化的目的是规范，而民俗的主要特点也是约定俗成，因此以民俗正教化可以通过引导社会风气、变易地方习俗而达到调整社会规范的目的。竹枝词作为民俗文献的特定范式，其必然在一定程度上承担着规整社会的传统观念意识的任务：

> 序：尘牍既清，长昼多暇，兴之所至，发而为诗。风教攸珠，讽劝斯寄，仍不敢忘民事也。
>
> ——［清］冯赓扬：《徐乡竹枝词》

①钟敬文主编：《民俗学概论》，北京：高等教育出版社，2010年版，第304页。

冯赓扬字子皋，号拙园，广东南海人，嘉庆进士，官翰林院庶吉士，山东汶上县知县，其写作竹枝词的目的就是"风教攸殊，讽劝斯寄"。一般来说，采用竹枝词进行教化的主体多为地方官吏，表现出极为明显的政治目的与社会责任："风俗形态的社会特性决定了人们对它的政治关注，而中国古代社会又是一个以集权政治为中心的社会，古代中国的政治文化体制，要求自上而下的思想行为的协调与规范，因此引导社会风气，移易地方风俗，培育适宜于封建伦理需要的文化习惯，就成为古代社会多数文化人追寻的社会政治目标。"[①]由此，强调民俗行为的政教意义在竹枝词中也有着明显的体现，而其所传达的政教手段一般有两种方式：一是通过参与写作，将文人语言纳入词作并传由当地人进行吟唱，改其鄙陋之辞藻；二是通过记述风俗，将实地情况反映出来并提出警醒，改其不良之习俗。

记述立场的不同不仅仅导致了竹枝词文本内容的倾向性，也从一定程度上影响着以诗体形式存在的竹枝词的艺术风格。而从根本上说，作为民俗文献的竹枝词既保存着对于民俗事象的客观描摹，又抒发着著述主体在民俗生活中的体验与感受，并在一定程度上承担着其对于民俗行为的认同与批判，成为表达民俗观念的文学文本形式。

[①] 萧放：《中国传统风俗观的历史研究与当代思考》，载《北京师范大学学报（社会科学版）》，2004年第6期，第35页。

余论　中西诗学互鉴：基于民俗志诗学的理论建构

从学术话语发生层面出发，诗学作为一种理论形态或批评方法，由西方学者提出并在实践中逐渐拓展。近年，在大力倡导"西方理论本土化"的背景下，如何构建中国学术话语及其理论体系，一直是学界迫切需要解决的问题之一。为此，多数学者秉持"贯通古今""中西对照"的态度，通过立足中国实践、寻求本土经验的解决方法，期希构建具有历史经验和思想特征的理论体系。正是在这一学术追求中，民俗志诗学作为一种理论被提出和建构，但距离成为完善、成熟的中国学术话语体系还相差甚远。在理论建构的过程中，由于中国本土的民俗书写传统形式多样、历史变迁复杂、内涵功能多元，而对于各种书写传统的关注和研究存在一定的空白，不能解决面对某种特定文体时因思路、方法而产生的研究困境问题。由此，以某种特定文体为考察对象，重新审视中西诗学的讨论，尝试重新勾连被严重二元对立化的某些概念范畴，或许能够更好地为中国学术话语体系的建构提供思路。

一

从概念范畴来讲，"诗"的含义一般包括两个层面：狭义上，诗为分行排列、具备韵律并饱含情感的文学样式；广义上，诗即指创作，包括一切主观参与的形式创作在内。而从起源范畴来讲，各个国家的文学史里，狭义上的诗歌都是比较早产生的文学形式之一，早期人类对于值得纪念并流传下去的事迹或是经验，都会用诗歌的形式进行记录①。随着诗歌的流传，对于诗歌的认识和评论也相继出现并逐渐发展，给创作和研究诗歌提供了有益的启示。由于在人们最初生活实践中的重要地位，诗歌也成为文学艺术形式的代表之一。在这一基础之上，从现代学科的角度出发产生了"诗学"概念，即作为某种文学理论或是文艺批评的简称。但由于"诗学"指向的文体存蓄及发展状况不同，中西诗学也有着各自的历史脉络、主题范畴与理论逻辑。

中国诗学源于对古典格律诗的关注。古典格律诗是传统文化的表现形式之一，体现着汉字的独特魅力，展示着韵文体的特殊功能，在中国文学史中占有极为重要的地位。以历代诗话为代表的中国诗学所关注的诗一直都偏于指向篇幅较短的抒情韵文诗体。从溯源的角度来说，诗的功用是探讨其起源的重要依据，汉初毛亨在研究《诗经》时曾提出：

---

①朱自清认为："从历史与考古的证据看，在各国诗歌都比散文起来较早。原始人类凡遇值得留传的人物事迹或学问经验，都用诗的形式记载出来。这中间有些只是应用文，取诗的形式是为便于记忆，并非内容必须诗的形式，例如医方脉诀，以及儿童字课书之类。至于带有艺术性的文字，则诗的形式是表现节奏的必须条件，例如原始歌谣。"见朱自清《诗论》，南京：江苏文艺出版社，2008年版，第1页。

诗者，志之所之也。在心为志，发言为诗。情动于中而形于言，言之不足，故嗟叹之；嗟叹之不足，故永歌之；永歌之不足，不知手之舞之，足之蹈之也。情发于声，声成文谓之音。治世之音安以乐，其政和；乱世之音怨以怒，其政乖，亡国之音哀以思，其民困。故正得失、动天地、感鬼神，莫近于诗。先王以是经夫妇、成孝敬、厚人伦、美教化、移风俗。①

从最初对于诗歌的认识中可以发现，诗的起源与其功能紧密相连，也就是说，诗是为了使用而产生的，所以欲"正得失、动天地、感鬼神"，声情并茂的诗歌是最适宜的表达方式。闻一多曾在《文学的历史动向》一文中提及："诗似乎也没有在第二个国度里，像它在这里发挥过的那样大的社会功能。在我们这里，一出世，它就是宗教、是政治、是教育、是社交，它是全面的生活。"②从这一角度考虑，诗的功用一般可以从三个方面探讨：一是记录，即如《管子·山权数》中所言："诗者，所以记物也。"③而据闻一多考证，在古代"诗"字具有以文字记载的涵义④。诗的这种功用可为后续认其为"志"奠定客观性基础。二是抒情，即如《文心雕龙》中所言："诗者，持也，持人情性；三百之蔽，义归无邪，持之为训，有符焉尔。"⑤比如，王国维在对屈原的文学作品的评价中即分析了诗歌中

---

①［汉］毛亨：《诗·大序》，《毛诗正义》，毛公传，郑玄笺，黄侃经文句读，孔颖达等正义，上海：上海古籍出版社，1990年版，第15—17页。

②闻一多：《古诗神韵》，北京：中国青年出版社，2008年版，第208页。

③［战国］管子：《管子·山权数》，见黎翔凤撰，梁运华整理《管子校注》，北京：中华书局，2004年版，第1310页。

④关于这一点，详见闻一多《古诗神韵》，北京：中国青年出版社，2008年版，第198—206页。

⑤［南朝梁］刘勰：《文心雕龙·明诗》，见黄叔琳注，李详补注，杨明照校注拾遗《增订文心雕龙校注》，北京：中华书局，2000年版，第64页。

所包含的诗人的深邃情感①。三是言志，即如《毛诗正义》中所言："夫诗者，论功颂德之歌，止僻防邪之训。虽无为而自发，乃有益于生灵。"②对于诗的这种社会功能，陈伯海在《释"诗言志"——兼论中国诗学的"开山的纲领"》一文中进行了梳理，其认为：上古的巫术、宗教活动中的祝咒意向具备"诗言志"的性能，《雅》《颂》等庙堂乐章则意味着"诗言志"观念的萌芽，之后广泛开展的采诗、陈诗、献诗、观诗的活动则把"诗言志"的社会功能充分展开，后经《尚书》《礼记》等文献的记述与归纳终于成为中国诗学的开山纲领。③诗这种抒情与言志的主观性表达，为后续认其为"志"增添了不确定性。

《诗经》时代，"诗"与"歌""谣"一体，这不仅仅是就语言艺术形式本身而言，也包括对于三者概念的认识与界定。《诗经·魏风·园有桃》有曰："心之忧矣，我歌且谣。"明确三者交叉关系，并且直接昭示着"歌""谣""诗"与"风"的相关性，暗含着三者与"风俗"（现代学科体系下称为"民俗"）的密切关系。④由此，韵文诗体也成为典型，奠定了中国古代文学的主流风格，并在此基础上生发出其他文体，此后一直对文

---

①关于这一点，详见周锡山编校《王国维集》，北京：中国社会科学出版社，2008年版，第27—30页。

②［唐］孔颖达：《毛诗正义·序》，见毛公传，郑玄笺，黄侃经文句读，孔颖达等正义《毛诗正义》，上海：上海古籍出版社，1990年版，第1页。

③关于这一点，详见陈伯海《中国诗学之现代观》，上海：上海古籍出版社，2006年版，第25—47页。

④"谣"也被称为"风谣"，民俗学者萧放曾提到："在上古社会，地方民群中最能引人注意的是声音言语，以及由变化声调而形成的歌谣。这种'言语歌讴'地方特色鲜明，它受制于地方的自然人文生态。因此人们将其称之为'风'，或者'风谣'。以地域音乐风格、声音特性作为地方文化的表征是上古社会的通常作法，《诗经》十五国风，就是全国十五个地区的民歌搜集记录。国风的搜集记录，在当时主要是作为政治任务，是一项类似于国情调查的工作，'命大师陈诗，以观民风'。"详见萧放《中国传统风俗观的历史研究与当代思考》，载《北京师范大学学报（社会科学版）》，2004年第6期，第32页。

学产生着巨大影响[①]，因而关于诗体格律的讨论成为中国诗学之大宗。唐代元稹认为："《诗》讫于周，《离骚》讫于楚。是后，诗之流为二十四名：赋、颂、铭、赞、文、诔、箴、诗、行、咏、吟、题、怨、叹、章、篇、操、引、谣、讴、歌、曲、词、调，皆诗人六义之余，而作者之旨。"[②]其中，"诗"因事而创作，经乐官选择配乐而成为"歌"，是选词以配乐；"谣"采自民间，经乐官审度配曲成为"歌"，是由乐定词，三者概念已有厘定，但互相仍可转化。宋代严羽《沧浪诗话》对我国古代诗体的起始以及演化作出了大致梳理，其认为："《风》《雅》《颂》既亡，一变而为《离骚》，再变而为西汉五言，三变而为歌行杂体，四变而为沈宋律诗。"[③]从四言为主、大量运用双声叠韵的《诗经》到长短不齐、多用方言虚词的楚辞、格律相对自由的歌行体，再到格律严密的、最终定型的沈宋律体，严羽梳理出的诗体变化历史，大体符合实际。诗体的定型与平仄声律直接相关。因此，旧时诸多文人都以"声""歌"的方式论诗，如南朝梁刘勰说："凡乐辞曰诗，诗声曰歌，声来被辞，辞繁难节。"[④]从音乐的角度来说，诗的节奏与韵律便是主题。关于这一点，朱光潜曾从比较的角度提出抒情诗对于音乐性的倚重，他认为诗的节奏包括音乐性和语言性两个方面，这

---

①闻一多曾提到："《三百篇》的时代，确乎是一个伟大的时代，我们的文化大体上是从这一刚开端的时期就定型了。文化定型了，文学也定型了，从此以后二千年间，诗——抒情诗，始终是我国文学的正统的类型，甚至除散文外，它是唯一的类型。赋、词、曲，是诗的支流，一部分散文，如赠序、碑志等，是诗的副产品，而小说和戏剧又往往以各自不同的方式夹杂些诗。"详见闻一多《古诗神韵》，北京：中国青年出版社，2008年版，第207—208页。

②［唐］元稹：《乐府古题序》，见冀勤点校《元稹集》（上册），北京：中华书局，2010年版，第291页。

③［宋］严羽：《沧浪诗话·诗体》，见严羽著，郭绍虞校释《沧浪诗话校释》，北京：人民文学出版社，1961年版，第48页。

④［南朝梁］刘勰：《文心雕龙·乐府》，见黄叔琳注，李详补注，杨明照校注拾遗《增订文心雕龙校注》，北京：中华书局，2000年版，第83页。

两种节奏分配是根据诗的性质来定的，叙事诗更看重语言的节奏，而抒情诗更看重音乐的节奏。[①]由于抒情诗更为丰富，因而对于诗的认知也是多以抒情诗为考察对象。

朱光潜在《诗论》中提出："中国向来只有诗话而无诗学……诗话大半是偶感随笔，信手拈来，片言中肯，简炼亲切，是其所长；但是它的短处在零乱琐碎，不成系统，有时偏重主观，有时过信传统，缺乏科学的精神和方法。"[②]这一说法是对中国古代诗学理论比较客观的论述。朱光潜也分析了造成以上特点的主要原因：一是诗人的偏见，认为诗的精微奥妙只可意会不可言传；二是中国人的心理偏重综合而非分析，长于直觉而非逻辑思考。[③]事实上，朱氏提出这一论述时可能还忽略了一个比较基础的事实，即就中国古代文学史而言，"诗"的概念范畴一直都偏于指向篇幅较短的抒情韵文诗体，一定意义上即是古典格律诗。因此，以历代诗话为代表的中国诗学所关注的诗一直都偏于指向古典格律诗，诗学理论用于分析其他文体时便会遇到难点。比如相对并不丰富的叙事诗及史诗就很难适用于此类诗学理论。也正是在诸如此种原因之下，西方理论更好地被接纳并广泛应用于叙事诗和史诗研究。

---

① 朱光潜认为："诗的节奏是音乐的，也是语言的。这两种节奏分配的分量随诗的性质而异：纯粹的抒情诗都近于歌，音乐的节奏往往重于语言的节奏；剧诗和叙事诗都近于谈话，语言的节奏重于音乐的节奏。"详见朱光潜《诗论》，南京：江苏文艺出版社，2008年版，第121页。

② 朱光潜：《诗论》，南京：江苏文艺出版社，2008年版，《抗战版序》第1页。

③ 关于这一点的说明，详见朱光潜《诗论》，南京：江苏文艺出版社，2008年版，《抗战版序》第1页。

二

西方诗学（Poetics）的概念最早起源于希腊，原意为创造。也就是说，所有的艺术都可称为诗，亚里士多德（Aristotle）的《诗学》[①]即研究了包括史诗、悲剧、酒神颂及音乐各类艺术形式在内的所谓的"诗学"。但由于西方富于史诗和叙事诗的传统，因而早期诗学研究基本上是围绕着史诗和具有叙述情节的悲剧进行的，呈现出一种历史主义（Historicism）的倾向。直至形式主义（Formalism）、结构主义（Structuralism）和新批评（New Criticism）等思潮的接连出现，西方诗学研究才开始从对史诗的关注逐渐扩展到抒情诗，并着力探讨诗的音韵及意象。而随着形式主义、结构主义和新批评等这些研究理论的继续发展，使得"文艺批评在本文无叙述和无关联语义的支离破碎的文字片断中进行着一种互文性实验"[②]，因此受到了广泛批评。为了改变这一现象，意大利学者维柯（Giovanni Battista Vico）在其《新科学》[③]一书中第一次将"诗性智慧"（Poetic Wisdom）应用于包括政治、经济、历史、地理、天文等在内的人类社会科学领域，开辟了跨学科、跨文化研究文学艺术的先河。也就是说，西方的诗学研究事实上是从诗的本体逐渐向外扩展的，尤其是在现代化语境之下，这一倾向愈加明显。

二十世纪八十年代初，美国学者斯蒂芬·格林布莱特（Stephen Greenblatt）在其著作《文艺复兴时期的自我形塑：从莫尔到莎士比亚》中首次正式提

---

①〔古希腊〕亚里士多德（Aristotle）：《诗学》，陈中梅译，北京：商务印书馆，2003年版。

②王岳川：《新历史主义的文化诗学》，载《北京大学学报（哲学社会科学版）》，1997年第3期，第24页。

③〔意〕维柯（Giovanni Battista Vico）：《新科学》，朱光潜译，北京：商务印书馆，1997年版。

出了"文化诗学"（Cultural Poetics）的概念，并将其视为治学的目标。格氏"文化诗学"更多地是为了防止隔断文学艺术作品与创作者、创作环境之间的联系。就此，格氏提出"新历史主义"（New Historicism）一词以挑战传统意义上的历史主义的想法。也就是说，格氏所谓的"新"是针对以维柯为代表的历史主义的"总体历史观"的。在新历史主义之题下，历史呈现在诸如趣闻、轶事等琐碎与细小的地方而非传统意义上的正规历史文本中，并且强调历史是当代阐释的结果。在这一理解之下，格氏研究呈现的趋势是：

> 重新剥离并命名不同种类的写作实践，以政治化解读的方式从事文化批评，关注文化所赖以生存的经济和历史语境，将文艺复兴的趣事佚文纳入"权力"和"权威"的历史关系中，以边缘颠覆的姿态拆解正统学术，以怀疑否定的眼光对现存政治社会秩序加以质疑，在本文和语境中将文学和本文重构为历史客体，最终从本文历史化到历史本文化，从政治批评到批评的政治。①

由于过度关注轶事以及强调历史的瞬时性，格氏所倡导的"文化诗学"事实上受到结构主义和后现代主义的影响颇大，由此其研究也更多地呈现出共时性的特征，正是这一倾向的愈发强烈导致了新历史主义开始受到广泛批评。美国批评家克莱尔·科尔布鲁克（Claire Colebrook）指出：文化诗学以牺牲连续进程的代价而着重强调了结构关系。没有连续性的历史进程，更多地呈现出结构（或者说空间）的状态。因此，有学者认为格

---

① 王岳川：《新历史主义的文化诗学》，载《北京大学学报（哲学社会科学版）》，1997年第3期，第25页。

氏的研究事实上是："在阅读和考察历史时，把历史变成非历史的空间化存在，将历史的言说变成以一种言说取代另一种言说的话语。"①

与格林布莱特从文化入手提出"新历史"，却陷入"非历史"不同，美国历史学家海登·怀特（Hayden White）的研究是从历史入手的，他认为：如果说所有的诗歌里都有历史的成分存在，那么所有的历史描述里也就都有诗歌的成分存在。由此，怀特对于历史文本的研究是基于其诗性内涵之上的："我相信，对于历史作品的研究，最有利的切入方式必须更加认真地看待其文学方面。"②而怀特对于历史文本的诗性的认识更多的是通过比喻这一修辞方式得出的"元史学"理论：

> 在该理论中，我将历史作品视为叙事性散文话语形式中的一种言辞结构，这就如它自身非常明白地表现的那样。各种历史著述（还有各种历史哲学）将一定数量的"材料"、用来"解释"这些材料的理论概念，以及作为假定在过去时代发生的各组事件之标志而用来表述这些史料的一种叙述结构组合在一起。另外，我认为，它们包含了一种深层的结构性内容，它一般而言是诗学的，具体而言在本质上是语言学的，并且充当了一种未经批判便被接受的范式。每一种特殊的"历史"解释都存在这样一种范式。在所有比专著或档案报告范围更广的历史著作中，这种范式都发挥着"元史学的"要素的功能。③

---

① 张进：《新历史主义与历史诗学》，北京：中国社会科学出版社，2004年版，第323页。
② 〔美〕海登·怀特（Hayden White）：《元史学：十九世纪欧洲的历史想象》，陈新译，南京：译林出版社，2004年版，《中译本前言》第1页。
③ 〔美〕海登·怀特（Hayden White）：《元史学：十九世纪欧洲的历史想象》，陈新译，南京：译林出版社，2004年版，《序言》第1页。

这一段论述可以说是怀特进行历史诗学研究的前提条件。也就是说，怀特从历史著述入手，探究其中的表述特征和范式，并以此确立历史的主观建构过程。从这一意义上讲，怀特的历史诗学更确切地应该表述为历史的诗学。正是在这种理论的指导之下，怀特详细论述了十九世纪历史学家（或是历史哲学家）历史著述的诗性话语模式特征，并得出"在预构历史领域的行为和史学家于特定著作中运用的解释策略之间存在一种选择性的亲和关系"①的结论。这一研究模式的启示在于对历史著述主体的关注，并且发现主体在表述上的个性及其社会性。

俄国历史诗学代表学者维谢洛夫斯基（Alexander Veselovsk）的历史诗学研究又与怀特不同。事实上，"历史诗学"作为一门学科的构想，最初是由维氏提出的，在其著作《历史诗学》中明确地指明了历史诗学的任务是："从诗歌的历史演变中抽象出诗歌创作的规律和抽象出评价它的各种现象的标准。"②在这一目标之下，维氏从诗歌本身入手，收集各种资料用以探讨诗歌的风格、体裁的演变以及由歌手到诗人的转变等历史过程。从这一点上说，维谢洛夫斯基的历史诗学应该更确切地表述为诗的历史学。而在对诗歌体裁演变的探讨中，维谢洛夫斯基特别强调民间史诗及民间心理因素对诗歌形成所起的重要作用，这在一定程度上影响到了俄国另外一位学者巴赫金的诗学研究。首先，巴赫金并没有表明文化诗学的立场，但由于对文学与文化关系的认识③使其在研究拉伯雷的小说中自然而然地关注到了民间诙谐文化的浸染。比如，在《拉伯雷的创作与中世纪和文艺复

---

①〔美〕海登·怀特（Hayden White）：《元史学：十九世纪欧洲的历史想象》，陈新译，南京：译林出版社，2004年版，第585页。

②〔俄〕维谢洛夫斯基（Alexander Veselovsk）：《历史诗学》，刘宁译，天津：百花文艺出版社，2003年版，第585页。

③关于巴赫金对于文化和文学关系的认识，详见《答〈新世界〉编辑部问》一文，《巴赫金全集》中译本第四卷，石家庄：河北教育出版社，1998年版，第364—365页。

兴时期的民间文化》中，巴赫金从广场语言、筵席形象、怪诞人体形象等几个方面探究了拉伯雷小说的民间诙谐文化表现。其次，巴赫金自觉地运用了历史诗学的视角研究陀思妥耶夫斯基复调小说的体裁问题①。从这一角度考虑，巴赫金从历时性层面探寻了复调小说的历史源头、形成过程，又从共时性层面讨论了复调小说与民间狂欢化文化的关系。

格氏的文化诗学与怀特的历史诗学起点不同，格氏从文学艺术著述出发，怀特从历史著述出发，但在著述的主观性及著述主体的特殊性上达成了共识，维氏的历史诗学与巴赫金的诗学则在文学艺术著述的民间性及著述主体的普遍性上达成了共识。文化诗学、历史诗学的理论探讨以及实践尝试为从民俗学的角度进行诗学研究提供了可资借鉴的模式。事实上，在以上两种研究取向中，并不难发现民俗学的踪迹。文化诗学的倡导者格林布莱特提倡将视角从"大历史"（History）转向"小历史"（history），注重较短时间内的细节问题②。这一特点导致其对文学作品的研究更多地与民众生活相连，从一定程度上反映了民俗学的视角。俄国文学理论家维谢洛夫斯基的《历史诗学》一书中对于诗歌语言、风格、情节以及体裁发展的探讨都体现了较为明显的民俗学倾向。而这一特点直接影响到了巴赫金的诗学理论，使其研究深深地扎根于民间文化之中，并渗透着浓厚的民众意识。文化诗学强调共时性研究，历史诗学强调历时性研究③，这两种取向与

①关于这一点，巴赫金曾说到："现在我们该是从体裁发展史的角度来阐述这一问题了，也就是说把问题转到历史诗学方面来。"详见巴赫金著，白春仁、顾亚铃译《陀思妥耶夫斯基诗学问题：复调小说理论》，北京：生活·读书·新知三联书店，1988年版，第155页。

②关于这一点，详见王岳川《新历史主义的文化诗学》，载《北京大学学报（哲学社会科学版）》，1997年第3期，第30页。

③关于这一点需要说明的是，怀特提出"历史诗学"的本意是好的，但由于"历史"一词的使用，使其内涵带有了强烈的指向性，意愿未能完全实现。也正是从这一意义上，我国学者张进提出"历史文化学"的说法以期弥补这一遗憾。详见张进《新历史主义与历史诗学》，北京：中国社会科学出版社，2004年版，第327—328页。

其诗学所依辅的研究视角即文化学、历史学的本质内容紧密相关。由此，从"民俗"的角度呈现历史与文化而使得民俗志诗学的提出成为可能。也正是在这一意义上，民俗志诗学的确立或许能开辟出一片新天地。

三

在确立民俗志诗学的实验中，人类学诗学（Anthropological Poetics）和民族志诗学（Ethnopoetics）也是十分值得研究和借鉴的理论与方法。事实上，关于人类学诗学和民族志诗学的学科归属问题尚存在不同的声音。美国学者伊万·布莱迪（Ivan Brady）认为：人类学诗学从许多方面进入一个模糊的框架而主要固定于三个并不相互排斥的亚类型：民族学诗学、文学人类学和人类学诗。其将人类学诗学作为容纳性更强的概念范畴。同时，也有学者认为文学人类学是容纳性更强的概念范畴，因此将民族志诗学和人类学诗学置于文学人类学的框架之内[①]。虽然在学科建构的背景之下，诸如以上概念范畴之间的确切定位还有待进一步商榷，但是人类学诗学和民族志诗学的研究方法都为从民俗学的角度进行诗学研究提供了可资借鉴的模式。

确切地说，人类学诗学应该包括"人类学诗"与"人类学诗学"的总和，前者意指人类学家的诗歌创作，后者意指运用诗学的观点和方法考察民族志。人类学诗学发端于人类学者创作诗歌，爱德华·萨丕尔（Edward Sapir）、露丝·本尼迪克特（Ruth Benedict）以及洛伦·艾斯利（Loren Eiseley）都曾经在非人类学刊物发表过在田野调查过程中写作的诗歌作

---

①关于这一点，详见程金城主编《文艺人类学的理论与实践》，北京：民族出版社，2007年版，第52—53页。

品。美国学者斯坦利·戴蒙德（Stanley Diamond）是人类学诗学领域颇有创作天赋的诗人之一，其先后出版《图腾集》（*Totems*）、《西行》（*Going West*）和《在墙上写作》（*Writing on the Wall*），被人称为"以宇宙观察者的身份进行田野作业和诗歌创作"。1982年，美国人类学学会年会上斯坦利·戴蒙德主持了首届人类学诗歌朗诵会。1983年，首届人类学诗人公众朗诵会召开，会上发表的诗歌作品及评论最后集结成为《对话的人类学》（*Dialectical Anthropology*）正式出版。1985年，美国人类学学会出版了由普拉提斯（Iain Prattis）编写的诗集《反映：人类学的缪斯》（*Reflections：The Anthropological Muse*）。1991年，由伊万·布莱迪编写的《人类学诗学》（*Anthropological Poetics*）出版。运用诗歌描写田野作业的见闻和感受，使得人类学家开始意识到传统意义上的民族志写法可以进行更新："人类学有必要发展出一种能纳入诗的品质的写作和叙述类型。"① 对此，美国人类学者普拉提斯认为：田野报告总是会遗失一些被认为是粗糙的材料——它们不适宜放入具备成规的报告正文中，但是这些认识或是感受可以通过其他方式表达出来，比如以小说或是戏剧的方式，其中也包括他自己所钟爱的人类学诗作。而这一意识的改变也促使了人类学者在写作方式上的实践探索，比如美国华裔学者林耀华所作的《金翼》，作者在其序言中称："《金翼》不是一般意义上的小说。这部书包含着我的亲身经验、我的家乡、我的家族的历史……同时，这部书又汇聚了社会学研究所必需的种种资料、展示了种种人际关系的网络——它是运用社会人类学调查研究方法的结果。"② 由这一转变而生发出了人类学诗学深层含义：" '人类

① 周泓：《人类学诗论》，载《云南民族大学学报（哲学社会科学版）》，2003年第5期，第89页。
② 〔美〕林耀华：《金翼：中国家族制度的社会学研究》，庄孔韶、林余成译，北京：生活·读书·新知三联书店，1989年版，《著者序》第2页。

学诗学'的内核并不在于必须用诗歌的形式去表达跨文化信息或人类学信息，而是说人类学民族志的写法转向如何认识的问题之后，一切运用文学的、艺术的表现手法来进行民族志写作的作品都可以称之为人类学诗学的作品。"①当然，由于关注对象的不同，从诗歌的角度实践人类学诗学主张的也大有人在。张德明也提倡人类学诗学的观点，并将研究范围限定在诗与文化的关系中："与其他文学形式相比，诗与文化的联系更紧密、更深刻，也更具有普遍的人类学意义。"②以作诗的方式撰写田野报告，以及从人类学的角度观照诗歌，是人类学诗学研究的核心，也是极具参考价值的重要理论和实践。事实上，我国民俗学者钟敬文也曾以诗歌的形式记录自己的所见所闻以充当民俗资料，其在《诗话》中提及：

> 十年前，有一天我坐公共汽车经过故宫博物院外，见路旁马缨花
> 正开，曾口占一绝云：
> 荼蘼谢后少芳华，
> 浓绿高头一抹霞。
> 能为都城添彩色，
> 未应轻视马缨花。
> 这也算是北京的一桩竹枝词料吧。③

钟敬文所谓的"口占"即随口而成，写诗不起草稿，旧时很多文人诗作都是就此而生，不经打磨，只是随手记录当时所见所闻而已，"竹枝

---

① 程金城主编：《文艺人类学的理论与实践》，北京：民族出版社，2007年版，第93页。
② 张德明：《人类学诗学》，杭州：浙江文艺出版社，1998年版，第8页。
③ 钟敬文：《诗话》，见《钟敬文文集·诗学及文艺论卷》，合肥：安徽教育出版社，2002年版，第79页。

词"便是其中较为典型的概念。而且从这里也可以看出，诗作为一种写作文体，可以成为民俗学的方法之一。尤其是民俗学者进行过相关的学术训练，其能够较为准确地发现和描述民俗活动的过程及要点。由此，对于民俗志的审视和撰写可能会有比较大程度的转变和启发。

从另一个方面讲，民族志与民俗志在本质上有着极为相近的亲缘关系。因此，从民族志诗学的角度理解和阐发民俗志诗学的构建更为直观和贴切。事实上，民族志诗学确为民俗学的重要理论流派之一，其发端于二十世纪中后期的美国，与口头程式理论（Oral Formulaic Theory）、表演理论（Performance Theory）等共同影响着世界范围之内的民俗学研究。二十世纪七十年代，美国学者丹尼斯·特德洛克（Dennis Tedlock）和杰诺姆·鲁森伯格（Jerome Rothenberg）联手创办《黄金时代：民族志诗学》（*Alcheringa*：*Ethnopoetics*），成为民族志诗学学派崛起的标志。经过戴维·安亭（David Antin）、加里·辛德尔（Gary Snyder）、纳撒尼尔·塔恩（Nathaniel Tarn）、戴尔·海默斯（Dell Hymes）以及巴瑞·托尔肯（J. Barre Toelken）等人的努力，民族志诗学理论得以发扬并取得极大影响。[①]首先，民族志诗学的主要研究对象是"以口耳之间的方式进行的交流，比如用说话、吟诵、歌唱的方式而呈现的谚语、谜语、咒语、预言、公众宣言以及各种叙事"[②]。也就是说，民族志诗学关注的多为口头传播的、具有叙事性质的语言和艺术形式。其次，民族志诗学的目标是"以揭示那些先前被蔑视的叙事和叙事者的艺术优长和审美成就为己任"[③]。也就是说，民

---

①对于民族志诗学的概念辨析，详见巴莫曲布嫫、朝戈金《民族志诗学》，载《民间文化论坛》，2004年第6期，第90—91页。

②杨利慧：《民族志诗学的理论与实践》，载《北京师范大学学报（社会科学版）》，2004年第6期，第49页。

③〔美〕托马斯·杜波依斯（Thomas Dubois）：《民族志诗学》，朝戈金译，载《民族文学研究》，2000年增刊，第62页。

族志诗学力求在与正统书写文学形式相对立的口传民间文学形式中发现审美性质的艺术价值，从而纠正对于民间艺术和艺人的偏见。面对这一问题，民族志诗学的研究者也有着不同的途径：特德洛克从语言入手，通过使用不同的符号记录语言的停顿、音调和音量的高低和讲述者的表情、手势以及讲述时的总体环境来整体呈现一种口头艺术；海默斯则是从结构入手，关注诗歌的语句、行列、小节、场景等。总结来说：

> 他们认为，文学研究者把目光仅仅局限在书面文学上是一种由历史原因所造成的缺陷。在文人诗歌产生以前，部落社会中流行的是在集体性表演场合所歌唱的诗，西方文论中的"诗"概念根本不适用于这种口耳相传的诗歌。二者的区别显而易见：书写为文本的诗完全丧失了在多媒体表演情境之中的诗歌传达效果。倡导民族志诗学的主要目的就是希望把简化为文本的僵化的文学还原为具体传播情境中丰富多彩的活的文学。这一目标首先意味着文学批评家向人类学家学习田野作业的考查方式，尝试从交往和传播情境的内部来体认口传文学存在的条件，进而发现和描述从口传到书写的文学变异，以及由此而产生的信息缺失、传达变形、阐释误读和效果断裂。①

民族志诗学的研究所作的努力有目共睹，其不仅仅拓宽了诗学理论涵盖的领域，提供了研究口头传统的范式，并且从一定程度上加深了民俗学研究与文学研究的亲缘关系。当然，民族志诗学自身的不足也是显而易见的。我国民俗学者杨利慧曾经提出这一理论在实践上的缺憾：首

---

① 叶舒宪：《口传文化与书写文化——"民族志诗学"与人类学的表现危机》，载《广东社会科学》，2001年第5期，第151页。

先，在以书面文学为中心的标准之下还口头传统以诗歌的原初面貌，由此而不自觉地表现出一种文化拯救者的姿态；其次，试图通过书面文字的形式全方位、立体性地表现口头艺术的表演特征，由此而不自觉地陷入对书写能力的盲目迷信。①这些不足多是由其研究对象也就是口头传统本身的特质造成的。

西方诗学理论的发展使文学、历史学、人类学与民族学在学科体系建设过程中更早地实现交叉研究，为研究某种文本提供了更为扩展化的学理支撑。但从目前中西诗学互鉴的研究实践来看，西方诗学理论的引入一定程度上主要还是着重于对史诗或是叙事诗的探究，很少关注以古典格律诗形式流传的文本。美国汉学家斯定文（Stephen J. Roddy）已经注意到这方面研究的可行性与必要性，其认为类似竹枝词一类的诗体文献是具备独特价值的民族书写，这样的文献在同时代的欧洲微乎其微。②在中西诗学互鉴的视域下研究以摹状风土为主要内容的诗体文献，尝试建构民俗志诗学理论，体现的是中西学术体系的对话：从中国诗学角度来看，可以为诗体文献的研究带来更具实践性的西方诗学理论话语；从西方诗学角度来看，可以为其扩充丰富的韵文体文献作为研究对象。

四

建构民俗志诗学首先应该面对的是研究对象问题，也就是对文人高度参与的诗体文献的态度问题。以钟敬文为代表的民俗学者并不排斥文

---

①关于对于民族志诗学的批评，详见杨利慧《民族志诗学的理论与实践》，载《北京师范大学学报（社会科学版）》，2004年第6期，第53—54页。

②〔美〕斯定文（Stephen J. Roddy）：《从民族志视角看竹枝词》，载《民族文学研究》，2018年第6期，第136—145页。

人诗作的研究价值，反而从中看出其与普通地方志或者历史资料记载民俗的不同：

> 我反复地看，发现它们的作者有一个共同点，就是都是知识分子出身，还曾在某一朝代当过小官或中官，经历了太平盛世的生活。后来社会变迁了，朝代更迭了，人的地位也改变了，这时他看问题的心情也跟着发生了变化。这种变化最容易引起的思想反应，就是对原有民俗的亲切回忆和依恋感。他们在强烈对照的刺激下，回想过去的生活习惯，还特别容易发现其中的民俗特点，产生新的个人体验。……从主观上讲，它们表达了作者的文人情思；从客观上讲，它们又传达了在社会历史急剧变动的时期，人们对安定的民俗生活的回忆和眷恋，以及通过叙述民俗社会所抒发的对理想社会模式的想象。①

在这里，钟敬文指出文人对于民俗的描述通常是在一定的时代环境之下产生的回忆和依恋，这不仅仅能够从比较的角度把民俗的特点具象化，更带有时代与社会造就的个体感受和意愿。从这一意义上讲，在民歌、民谣此类更为强烈地指向民众群体性创作、口头性传播的文体之外，再确立一种民俗诗的概念作为研究目标，关照写作主体的个性化，同时填补口头与书面、白话与文言的历史鸿沟，有效勾连主观与客观、科学与诗学，或为民俗志诗学最基础也是最贴题的切入口。

如前所述，从文体起源的角度来看，"歌""谣""诗"之间最初并不存在明显的区别，其都是以口头语言的形式生成、传播，但从发展上看，三者又因为时代社会背景的变迁以及传播手段的丰富而表现出极为复杂的互

---

① 钟敬文：《建立中国民俗学派》，哈尔滨：黑龙江教育出版社，1999年版，第16页。

相分隔与渗透的趋势。原本无法割离的"歌""谣""诗"概念有了各自不同的领域与范围，"歌""谣"可以指向作者并不确切的民间文学，并有对应的"民歌""民谣"概念，暗指其创作的群体性，而"诗"则多指向作者确切的作家文学，并没有对应的"民诗"概念，暗指其创作的个体性。也就是说，"歌""谣"与"诗"最明显的区别来自于概念或说范围中的"隐在"——写作主体。如果写作主体是群体性的，那么便属于民间文学的范畴，其应该是可以被民俗学研究所接纳并重视的，但如果写作主体是个体性的，那么在使用其作为研究对象或是文本来源时便需要十分谨慎。事实上，中国民俗学（包括民间文学）初创时期，"民"的指涉范围是研究对象必须遵循的重要规则之一，其更多地指向无产阶级劳动人民。因此"诗"这一字眼因其明显的文人指向而成为概念分隔的关捩点：由"歌""谣"分别延伸而来的"民歌""民谣"都有其存在的真实性与意义性，但由"诗"延伸而来的"民诗"并不具备实际的对象与领域。也就是说，民歌与民谣是以劳动人民（尤其是农民）为主体的，而诗作为文人研磨的纯文学形式，必然较少受到民俗学者的关注与青睐，只有在"诗"与"歌"并称，且冠以"民间"二字时，"民间诗歌"才具备民俗学的学科意义，并与"民间歌谣"相关联。民俗学者常惠在《我们为什么要研究歌谣》一文中曾提出"民俗诗"的概念，虽然没有进行详细说明，但从论述可知，其所谓"民俗诗"即与民间歌谣类同。[①]但这又给类似竹枝词一类的文体归属造成了困扰：以七言绝句形式存在且明确标有作者姓名的竹枝词因其鲜明的主体归属性而成为"诗"中一员。

民俗研究先驱之一周作人给予以诗体形制存在的竹枝词以"风土诗"

---

① 常惠：《我们为什么要研究歌谣》，见钟敬文编《歌谣论集》，上海：上海文艺出版社，1989年影印本，第301—305页。

的定位，并将其归于"韵文的风土志"门下，最早标明了竹枝词的实质。风土诗（亦可称为风俗诗）①即是以描绘和议论风土人情、民俗生活以及地方文化为主的诗歌。从广泛的意义上讲，凡是涉及民间风俗题材的诗歌都应该划归到风土诗的类别中来。而取其相对狭窄的意义来说，风土诗当为那些来自于民众之手、极富生活气息、描绘民间百态、表达民众观念的作品。无论是从广义还是狭义来看，风土诗自不可能仅含竹枝词一体，诚如丘良任所言："竹枝词泛咏风土，而泛咏风土者非仅竹枝词。"②然而，从其历史发展及主要内容来看，竹枝词又确属于名符其实的风土诗，而且由于其产生时间早、发展历史长，有文人广泛参与创作，竹枝词又逐渐成为其中翘楚。风土诗（或风俗诗）的概念范畴从一定程度上避免了竹枝词文体定位中关于"民"的争论，引导人们不再重点关注其主体归属，有利于民俗学科对其文献价值的认可。但与此同时，对于主体性的规避依然无法解决其本质上因文人参与创作的巨大影响在民俗文献中的尴尬地位。现代学科体系意义上的民俗学素来重视对于民俗记述的客观性与真实性的要求，但从一定程度上忽视了民俗记述主体的个人体验与观念。尤其是对于我国的历史民俗文献来讲，由于其从一定程度上包含着古代知识分子对于民俗的认识与看法，难免造成对其记述真实性的怀疑。

钟敬文在《民俗文化学发凡》③一文中详细阐释了民俗文化学体系的架构，其中包括"描述民俗文化学"一支，着重指出我国历史典籍中存在

①周作人讨论竹枝词的性质以"风俗诗"与"风土诗"两种概念并提，而钟敬文、施蛰存和丘良任都称为"风土诗"。事实上，风俗诗和风土诗之名差别甚微，两者可换用。此处选取"风土诗"的概念，主要考虑其相对较为常见，并意欲由此而建构现代民俗学学科体系之下的"民俗诗"概念。

②丘良任：《论风土诗》，载《暨南学报（哲学社会科学版）》，1995年第1期，第90页。

③钟敬文：《民俗文化学发凡》，见钟敬文著，董晓萍编《民俗文化学：梗概与兴起》，北京：中华书局，1996年版，第3—35页。

记录民俗的资料，比如《风俗通义》《荆楚岁时记》《东京梦华录》等都是值得民俗学者重视的珍贵民俗文献。作为中国民俗学学科奠基人之一的钟敬文不仅将历史文献视作民俗资料的重要载体，更从方法论的视角出发，肯定了从文献入手进行民俗文化研究的成果与价值。在《建立中国民俗学派》一书中，钟敬文首次提出了"民俗志"的概念并赋予其重要意义："民俗志是很重要的。民俗学的理论，是从实际中来的。这里所说的实际，不外两个方面：一是民俗学者从事田野作业，直接获得有关民众的知识；一是学者通过他人记录的民俗志来间接地认识研究对象。"[①]在这一基础之上，钟敬文再一次表述了对民俗文献的认识，并将其与民俗志概念紧密联系："中国古代的民俗文献还有一个特点，就是从回忆的角度来记录民俗。大家想想看，许多古代的民俗志著作，像南朝的《荆楚岁时记》、宋代的《梦粱录》和现代的《杭俗遗风》等是怎么写出来的呢？"[②]当然，这里列举的历史文献尚属散文体文献，可与诸如竹枝词一类的"韵文风土志"共同置于民俗志诗学的构架之中。事实上，散文体形式的风土志一直是被认可的中国传统民俗志。王霄冰等在讨论以文字为载体的民俗志作品时，认为古代体系化的民俗记录包括史志类民俗志与笔记类民俗志，前者叙述简约、忠于事实、作者隐身，后者具有主观感受并且是"我"在场的平民视角，[③]但两者毫无疑问都属于散文体形式。由此可见，民俗学者即便不排斥甚至开始重视民俗志的书写主体及其文学性与诗学特性后，也没能改变对于诸如竹枝词一类颇具特色的民俗文献的研究现状，以诗体形式存在的竹枝词仍然在民间文学和作家文学的潜在二元对立中难以自洽。

---

① 钟敬文：《建立中国民俗学派》，哈尔滨：黑龙江教育出版社，1999年版，第45—46页。

② 钟敬文：《建立中国民俗学派》，哈尔滨：黑龙江教育出版社，1999年版，第15页。

③ 王霄冰、陈科锦：《民俗志的历史发展与文体特征》，载《民俗研究》，2022年第6期，第94—107页。

事实上，随着历史的演进和文体的发展，竹枝词的形制体例发生着相应的变化。首先，竹枝词作者开始采用一定的标准进行分题与分类，竹枝词逐渐形成组诗形制且愈发庞大，这种组诗形制使得竹枝词与地方志在文体上有了相似的特征。钟敬文在讨论民俗志的编著形式时，曾经提出两种方式："（1）直接记述，如《荆楚岁时记》；（2）间接类抄，如《玉烛宝典》、《北平风俗类征》等。"①以此为讨论基础的话，以七言绝句形式流传的竹枝词更多地表现出直接记述的特点，较少出现间接类抄的情况。但是，当以竹枝词为文献资料进行搜集与辑录之时，由此汇集而成的竹枝词文集也带有了间接类抄的特点。比如，清代杨静亭编撰、李静山增补的《都门竹枝词》便呈现出极为明显的地方志体例结构特征。其次，随着考据风气的盛行，序注（尤其是附注）开始进入竹枝词的形制体例，成为研究竹枝词记述民俗的重要文本内容。序能够透露出作者记述民俗的契机与目的，而附注则可以进一步阐释民俗的传承历史与详细情况。竹枝词多为七言绝句，短短二十八个字显然无法全面记述民俗生活，所以作者往往会采用附注的手段进行弥补，即如施蛰存所言："每首诗后附有注释，记录了各地山川、名胜、风俗人情，以至方言、俚语。这一类的竹枝词，已不是以诗为主，而是以注为主了。这些注文，就是民俗学的好资料。"②竹枝词的这种注文一般以散文体形式出现，其与笔记类民俗志有着相似的特点与风格，可以补充诗体记述的不足。早在二十世纪八十年代，钟敬文谈及浙江民俗学工作的时候，便将《瓯江竹枝词》《民国新年越中竹枝词》归为

①钟敬文：《关于民俗学结构体系的设想》，见《钟敬文文集·民俗学卷》，合肥：安徽教育出版社，1999年版，第41页。

②施蛰存：《关于"竹枝词"》，见陈子善、徐如麒编选《施蛰存七十年文选》，上海：上海文艺出版社，1996年版，第726页。

民俗历史文献①。董晓萍也将"竹枝词"与"风土记"、"岁时记"、"志怪"笔记、"水利簿"、"人物志"、"俚言解"并列为历史上已经形成的民俗文体文献②。对于这一点，萧放也有同样的定位，其将文献民俗分为两类："第一类是历代文化人的有关民俗的记录，如岁时记、风土记、地方民俗志、全国风俗志、笔记小说、竹枝词等；第二类是各种民众生活中实用的活态文献，如民间唱本、宝卷、水利册、碑刻、家谱、契约文书等。"③可以看出，在民俗学者划归的各种民俗文献文体中，唯有竹枝词以文人诗体形式存在，这种认识奠定了从现代学科体系的意义之上将其定位于民俗诗的理论基础。竹枝词起于民歌，失却声容后逐渐文本化，由于文人的高度参与，诗体形式也更为固定，但仍然不失风土本色，同时借助书面传播更容易留存的优势，逐渐流传至海内外，成为极具中国传统特色的诗体民俗文献。也正是从这一意义上讲，"民俗诗"概念的提出可以在不规避主体性的前提下更好地解决竹枝词在现代学科体系下作为民俗研究对象的合理性问题，并从一定程度上拓宽民俗志的形式与方法。④

民俗诗即指吟咏风土人情、民俗生活的诗体，并非仅有竹枝词一体，诸如棹歌、杂事诗、杂咏诗、纪俗诗等皆属于民俗诗的范围。以竹枝词为中心的民俗诗是历史民俗文献中的特殊范式，这一范式包含双重意义：一是竹枝词源出于民间歌谣，并以七言绝句的诗体形式拓展着民间文学的体

①钟敬文：《浙江民俗学工作的历史、现状及今后应致力的事项》，见《钟敬文文集·民俗学卷》，合肥：安徽教育出版社，1999年版，第170—178页。

②董晓萍：《民俗文献史研究及其数字化管理系统》，载《河南社会科学》，2009年第6期，第152页。

③萧放：《中国历史民俗学的理论与方法论纲》，载《北京师范大学学报（社会科学版）》，2010年第2期，第37页。

④从这一点出发，周作人提出的"风土诗""风俗诗"概念，施蛰存、钟敬文提出的"风土诗"概念，以及程蔷、董乃斌提出的"节俗诗"概念都可以作为参照，在对这些概念进行梳理的基础之上，从现代学科体系的角度出发建构出适合民俗学研究使用的"民俗诗"概念。

裁领域；二是竹枝词记录与评述民俗生活，并以诗体形式开创着民俗志文体的价值领域。美国民俗学者阿兰·邓迪斯（Alan Dundes）提出的"元民俗"概念适用于描述民俗诗的体裁与价值："我们提出用'元民俗'来意指有关民俗的民俗学陈述。元民俗或'有关民俗的民俗'的例子可以是有关谚语的谚语，有关笑话的笑话，有关民歌的民歌等等。元民俗不一定是同一体裁之内的。例如，存在着有关神话的谚语。"①在有关"元民俗"的讨论中，阿兰·邓迪斯虽然重点关注的是民间文学文体内部互相涵盖的问题，却为民俗诗的概念建构提供了思路。也就是说，"民俗诗"概念本质上应该是"有关民俗的民俗"，或者可以更清晰地表述为有关民俗生活的诗体民俗志：首先，民俗诗是一种关于民俗的记述与表达（这一点主要指向其作为民俗文献的内容与本质），其主要特点是写作者的体验性与评判性；其次，民俗诗本身便是一种民俗（这一点主要指向其作为民间文学的形式与风格），其主要特点是写作者身份的特殊性与普遍性；再次，民俗诗可以作为一种方法，其主要特点是写作者的专业性与代表性。

除确定"民俗诗"的概念范畴之外，民俗志诗学还应包含运用诗学的观点和方法考察民俗志。美国人类学家伊万·布莱迪（Ivan Brady）认为"科学的文化从启蒙时代传承至今，一般说来是科学与诗学之争"②。正是在现代学科体系的建设中，科学的介入导致人文社科研究进入了一直探索难得真理的境地。科学与文学、口头与书面、客观与主观、个体与群体……各种各样的二元对立，在学术研究的过程中既分庭抗礼又互相渗透，以显在或是隐在的方式强化也模糊着彼此之间的边界。与此同时，中

---

①〔美〕阿兰·邓迪斯（Alan Dundes）：《民俗解析》，户晓辉编译，桂林：广西师范大学出版社，2005年版，第49页。

②〔美〕伊万·布莱迪（Ivan Brady）：《和谐与争论：提出艺术的科学》，见〔美〕伊万·布莱迪编，徐鲁亚等译《人类学诗学》，北京：中国人民大学出版社，2010年版，第14页。

西之间的学术底蕴和逻辑惯例也使得互相借用理论存在一定的倾向与风险。比如，王霄冰等从现代民俗学学术理念出发发现了"学者们大多从人类学的民族志书写理论推演到民俗志，较少结合民俗书写的本土传统来进行经验总结和理论升华"[①]的研究现状；车振华在梳理说唱文学研究成就及困境时也曾指出："（口头传统等）理论被运用到说唱文学研究中，并取得了一些富有新意的成果。但是这些新理论多用于西方学界最为关心的弹词、宝卷、子弟书等少数几个说唱文学门类，令人耳目一新之余，其分析论述与中国说唱文学和中国文化是否相合还颇有值得商榷之处。"[②]归根结底，理论嫁接能否产出可观且可靠的学术成果取决于对本土资源的全面掌握和对学术逻辑的深刻理解，而其中尤为重要的是对中国本土传统的深入考察。

　　现代学科体系下，民俗志首先被认为是民俗学的一种研究方法，但在现代学科体系建立之前，民俗志是广泛存在的、多人参与的、形式自由的、文风多元的作品，其中不乏诸如竹枝词一类的韵文体。国内学者们已经透视到民俗志的书写特点及其诗学特征，但多数仍重点关注以散文体或以叙事方式存在的历史及当代民俗志书写[③]，对古代多元化的民俗志形式、体例及功能甚少讨论。海外理论模式层出不穷，其多由研习自身富有的文化资源而起，兼或涉及颇感兴趣的中国传统文化资源，不是真正从中国本

---

①王霄冰、陈科锦：《民俗志的历史发展与文体特征》，载《民俗研究》，2022年第6期，第98页。

②车振华：《新时期说唱文学研究的成就、困境及其出路》，载《文学遗产》，2020年第6期，第183页。

③其中较为典型的包括：万建中对民俗书写主体性的探讨，详见《民俗书写主体还原的必要性与可能性》，载《民族艺术》，2020年第1期，第60—65页；张士闪关于学者与民众视域的探讨，详见《当代村落民俗志书写中学者与民众的视域融合》，载《民俗研究》，2019年第1期，第14—18页；等等。

土出发的理论研究。海内外学者关于民俗志（海外更多称为民族志）的诗学讨论还有一个共通性，即囿于叙事而甚少关注其他文体，究其原因是对"民间话语"（再度回到"民"概念范畴的话题）的执念使其忽视了文字发明并被广泛使用后，部分民众语言能力提升及语言风格变迁的实际状况，而这一点也可以从一定程度上反映互联网技术普及后，网络语言对于"口头传统""书面传统"的借用与渗透。由此，切实深入研磨本土多种形态存在的民俗志，尤其重点关注历史上具有独特风格的民俗书写形式、体例，在中西诗学互鉴的实验性探索下建构以本土传统为核心的民俗志诗学理论或是建立学术话语权的重要突破口，为全面、深入地讲好中国故事增添学术砝码。

附录　山东竹枝词

竹枝歌

［元—明］贾仲明

胸背挑绒宫锦袍，怎系这断续丝麻杂彩绦。

看了这江梅风韵海棠娇，

樱桃樊素口，杨柳小蛮腰。

清高，兰蕙不逢蒿。

作者简介：贾仲明（1343—1422），一名贾仲名，号云水散人，淄川（今山东淄博）人。元末明初戏曲作家，曾是明成祖朱棣即位前的侍从。作有杂剧16种。

出处：《太和正音谱》，又名《北雅》。明朱权著。

竹枝词

[明]苏祐

钿蝉金雁惜春华，寂寞东风到妾家。

惟有江头明月色，夜深共对木兰花。

作者简介：苏祐（1492—1571），字允吉，号谷原，濮州（今山东鄄城县）人，明嘉靖丙戌（1526）进士，官至兵部尚书。

出处：《曹州历代诗词选注》，张振和、黄爱菊选注，山东友谊出版社，1989年。

竹枝词八首写征妇意

[明]曹枢

郎行万里戍云中，十约归期九度空。

郎自官高奴自老，悠悠生死不相同。

乱鸦啼罢月蒙蒙，门掩朱扉四五重。

到底此心关不住，为郎飞梦过卢龙。

湖上东风吹柳枝，湖边士女笑相随。

关西去国三千里，惆怅此情郎不知。

涑水河边苜蓿枯，枪竿岭上雪模糊。

忧郎寒冷思郎苦，不忍垂帘向火炉。

鸳鸯机上织回文，线去丝来字字真。
几度寄君还又罢，汉家不是旧将军。

八十尊姑耳不闻，侍间终日为思君。
马蹄若到山高处，千万回头望白云。

深院无人昼掩门，燕归时节又黄昏。
小环莫炙银缸照，形影相随越断魂。

朱颜绿鬓受孤单，鬼病侵寻命已悭。
若得此身能化石，青山终久见夫还。

作者简介：曹枢，生平不详。

出处：《新安文献志》，明程敏政辑版本，明弘治十年（1497）祁司
员、彭哲等刻本。

竹枝词

[明] 靳学颜

即君骢马江上游，采桑女儿日暮愁。
女儿见桑不见马，何用黄金装络头？

作者简介：靳学颜（1514—1571），字子愚，号两城，济宁（今山东济宁市）人。嘉靖乙未（1535）进士，先后任南阳推官、太仆寺卿、山西巡抚、吏部左侍郎等。

出处：《山左明诗钞》卷十三，清宋弼编。

洳河竹枝词

［明］李化龙

扬子江头浪打船，黄河滔起雪山连。
阿谁引入清溪曲，却是苏杭二月天。

百里连樯百里平，一般少女一般声。
清歌月夜大如水，取次中流自在行。

回舍溪山杨柳垂，晓莺啼上最高枝。
却愁引入桃源里，旋志长松认路岐。

云起风回鼓乱挝，千艘过尽日初斜。
殷勤为附南船信，黄菊开时好到家。

下邳若被北风留，三日南风过济州。
太白楼头饶月色，回空及此醉中秋。

麦浪翻云四月天，好风飞送橛头船。

天津海错任城酒，何处风光不可怜。

侬家夫婿太轻狂，浪里翻身有底忙。
不合过洪特地早，将钱买笑卧平康。

湖光淡淡柳依依，葭菼初生荇叶微。
日暮唱歌闲荡漾，水禽无数傍人飞。

微风初起日衔山，浅浪轻舟信往还。
渔笛数声天欲暝，挂帆犹及吕蒙湾。

圣主垂裳亿万年，九州筐篚入幽燕。
生成一道银河水，多少灵槎送上天。

作者简介：李化龙（1554—1611），字于田，长垣（今河南长垣县）人。万历进士。巡抚辽东，总督湖广川贵军务。后总理河道，开泇河，颇有政绩。著有《平播全书》《河上稿》等。

出处：《河上稿》。

高唐州竹枝歌

［明］刘城

城外红招千百过，城中白锭万千多。
城中一夜送城外，胡儿拍手汉儿歌。

符追隶摄不曾休，卖儿贴妇莫言愁。

百姓苦来百姓用，长官买命长官收。

作者简介：刘城（1598—1650），字伯宗，安徽贵池人。明季诸生，清军践踏江南后，坚不事清，也不剃发梳辫作顺民，隐居而终。与吴次尾合称"贵池二妙"。

出处：《贵池二妙集》，明吴应箕撰。

竹枝词
［明—清］邱志广

采莲人泛晚花舟，荷叶秋风动客愁。

独立寒塘惆怅望，谁家明月五湖游？

花信依稀认未真，忽从别院问余春。

海棠又被风吹散，一夜残红度远邻。

四月杨花随处飞，沾泥情性向于归。

西邻墙外伤心极，白发闲消带一围。

白头人欲看花来，雪里鸳鸯采落梅。

梅自冷飞鸳自暖，一场闲梦过阳台。

无端梦里借诗题，雨后巫山半有泥。

老却襄王神女去，楚云空过小峰西。

生平梦不到桑中，说起章台面自红。
欲问小蛮临老业，蛾眉又堕落花风。

水上嫦娥月一轮，等闲梦入广寒频。
醒来兴尽山阴雪，错向天边问美人。

白头久已冷红妆，想起秋娘忆秦娘。
生死同归蝶一梦，碧窗寥落小鸳鸯。

作者简介：邱志广（1605—1687），字粟海，一字洪区，号蝶庵，因世居柴村，复以为号，清初官员，诸城人。少好神仙，学于道士齐守本。后乃从马从龙讲学。顺治年间，由岁贡生选任长清县学训导。

出处：《柴村今体诗钞》，清雍正刻本。

竹枝词

[明—清]程先贞

新春

喧喧锣鼓下拳师，鬼物偏能作势奇。
舞罢可怜筋力尽，尘埃空自眼迷离。

宛转空轮一索通，有人踊跃在当中。
何如打出牢笼外，静坐闲行对晚风。

小鬼揶揄四面多，冥官秉笏立巍峨。
大头和尚红颜妇，如此颠狂欲奈何？

朱唇吹送响彭彭，到拽琉璃一气生。
竹管无端腔调改，陀螺放出蛞蝓声。

娇女群歌马粪芗，周行井灶请姑娘。
深夜笑语空阶下，月影依依转画廊。

谁家红袖倚栏干，并坐含情弄五丸。
玉腕抛来终有错，可知天女散花难。

村舍

平头土屋古河渍，院宇萧条竹影纷。
老树何年造霹雳？半身青翠尚干云。

遥看牧唱隔芳堤，井槛重甃傍药畦。
日暮柴门微雨过，村翁啄啄自呼鸡。

风鸢

不是生来毛羽奇，飞腾偶尔被风吹。

自矜钻入云霄里，线索唯愁有断时。

作者简介：程先贞（1607—1673），山东德州人。顺治时官工部员外郎，与顾炎武、钱谦益交往甚密。

出处：《海右陈人集》，清初刻本。

端午竹枝词

〔明—清〕杜濬

郊西竞渡喜新晴，彩缕朱丝照眼明。
二六少年摇桨急，绮罗两岸不胜情。

箫鼓中流巷赐酺，家家悬艾画於菟。
麦秋将尽应烹鹜，此日何人休于都。

蹋来百草效清明，反舌无声听鹃鸣。
木槿花边小儿女，簾簧调罢杂竽笙。

荐黍和雏金满匙，佳人雪藕玉垂丝。
长干旧日轻薄子，竞绕仙舟打鼓儿。

艾蓝不染女工闲，纤指朱丝佩小鬟。

共向池边贪造影，水清抛下缕金环。

菰叶缠丝粽彩翻，逆涛直上水潺湲。

安歌抚节婆娑舞，铜斗声中赛屈原。

苍梧祠下祀陈尹，童子傞傞舞练裙。

是日采兰兼采木，几人留佩复留云。

邗江东下海陵矶，画鹢腾驹作队飞。

食尽枇杷心恋子，云旗空载憺忘归。

晏阴徐至祝融乡，晓浴兰汤意未央。

祈祀年年夸盛乐，繁昌日日向朱方。

良辰姣服满路衢，游水小儿雪肌肤。

系臂何须长命缕，且教我醉倩君扶。

作者简介：杜漺（1622—1685），字子濂，号湄村，山东滨州（今滨州市）人。顺治丁亥（1647）进士，历直隶真定推官，官至河南参政。

出处：《湄湖吟》，清康熙济南杜氏刻道光九年（1829）重修本。

山中竹枝词

［明—清］张实居

新澄橡粉包蒸栗，石蟹酥烹杏子油。
饱饭春山三月暮，樱桃未熟摘羊球。

长白竹枝词

［明—清］张实居

青山绿水绕孤城，山是长白水小清。
驿路东西五十里，行人日傍水山行。

摩诃窈窕翠如屏，下有长溪似黛青。
日射晴波山影动，惊看明镜照婷婷。

西来漯水入湖流，湖入清河汇锦秋。
两岸渔村烟水里，芦花枫叶映扁舟。

会仙日有白云腾，云锁山腰是雨征。
准备春来寒食后，满天风雨看仙灯。

明湖竹枝词

［明—清］张实居

绿草蓑衣舴艋舟，垂竿独钓一湖秋。

得鱼换酒终朝醉，菱角鸡头烂不收。

潋滟湖光雨后妍，登楼四望碧垂天。

谁将一幅西川锦，铺向明湖晚照前。

作者简介：张实居，约生于崇祯七年（1634），约卒于康熙五十二年（1713），字萧亭，一字宾公，山东邹平县人。为王士禛的内兄，顺治时卜居大谷，坚不出仕。

出处：《萧亭诗选》，清康熙刻本。

锦秋湖竹枝词

［明—清］王士禄

双橹水落晓霜浓，竹沪新施接败葓。

一夜海潮拥蟹至，朝来几担入城中。

朝朝罩猎向鱼矶，罢钓归来傍夕晖。

晚霁时闻虾蚬气，一双笭箵挂烟扉。

鲁连陂边春水生，安排渔具下烟汀。

渔家小妇双鬟绿，晓日门前理钓罾。

如镜湖波清且幽，荻芽菱叶雨中抽。

无数罱舟杂钓艇，绿杨一道接湾头。

作者简介：王士禄（1626—1673），字子底，一字伯受，号西樵山人，山东新城（今桓台）人，清介有守，笃于友爱。自少能文章，工吟咏。以诗法授诸弟，皆有成就，而王士禛尤以风雅为海内所敬仰。顺治十二年（1655）乙未史大成榜三甲221名进士，投牒改官，选莱州府教授，迁国子监助教，擢吏部主事。康熙二年（1663），以员外郎典试河南，因事免官。尝游杭州，历览湖山之胜。居数年，起原官。学士张贞生、御史李棠先后因建言获咎，士禄力直之，人以为难。寻又免归。母殁，以毁卒。乡人私谥节孝先生。

出处：《纪风七绝》，清梁九图辑，清光绪十九年（1893）刻本。

锦秋湖竹枝

［清］王士禛

鹅鸭城边望不稀，汀洲水长荻芽肥。

慕容事远伤春回，斜日金鹅接翅飞。

锦湖花色胜湘湖，雉尾莼羹玉不如。

持谢江南陆内史，酪浆还得似渠无。

不论烟棹与霜篷，帆力真禁八面风。

北舲南鲈谁辨得，凭君博物注鱼虫。

作者简介：王士祯（1634—1711），原名王士禛，字子真，一字贻上，号阮亭，又号渔洋山人，世称王渔洋，谥文简。山东新城（今山东桓台县）人。清初杰出的诗人、文学家。

出处：《渔洋山人精华录》，清王士祯撰，清林佶编，清康熙三十九年（1700）刻本。

锦秋湖竹枝词

［清］张笃庆

新张芦席作船篷，镜里朱颜映水红。

湖上渔家三艳妇，藕花衫子藕花中。

百里明霞映水天，蘸波荷叶自田田。

人来半醉行归晚，红藕青菱载一船。

鹈鹕飞尽鹭鸶飞，近水人家罢钓归。

湖上雨来知不远，蒙头荷叶薜萝衣。

蔚蓝天色照波青，舟入凉云更杳冥。

七尺芦花三尺水，鸂鶒一一立寒汀。

作者简介：张笃庆（1642—1715），淄川（今山东淄博市淄川区）人，字历友，号厚斋，绂子。系明崇祯朝内阁首辅张至发曾孙，世居淄川昆仑山麓，故又自号昆仑山人。康熙十七年（1678）荐鸿博，辞不就。康熙二十五年（1686）拔贡。

出处：《咏鲁诗选注》，山东社会科学院语言文学研究所主编，山东人民出版社，1983年。

济南上元竹枝词

[清]唐梦赉

七十名泉卖酒旗，鹊湖风漾绿差池。
西郊得得游人盛，趵突泉看御制碑。

千佛灵岩一路青，五峰道士夜弹经。
楮钱香马闲钲鼓，拜到天孙普照亭。

荡桨渔舟去复回，松阴险角小衔杯。
明湖何处挑青好？北极高台调庙来。

白雪高楼接吕祠，问山亭子昨题诗。
少陵子固堂堂去，卖饼难寻旧侍儿。
蔡娅，沧溟先生侍儿。

作者简介：唐梦赉（1628—1698），清代文学家。字济武，号豹岩，又号岚亭，淄川县南坡村（今属山东淄博市淄川区岭子镇）人。于清顺治五年（1648）中举人，翌年成进士，授翰林院庶吉士，顺治八年（1651）授翰林院检讨。翰林院受命将《玉匣记》和《玄帝化书》译为满文，唐梦赉以为两书皆荒诞离奇，诬民惑事，上疏请罢，又疏斥谏言官张煊、阴润之失。顺治九年（1652），他请假回家归葬亡亲，临行之前，谏疏事发。御史张煊弹劾李道昌、王世骥等人，致李、王等人丢官，而自己也因此名列外转。张煊不服，反而攻击唐梦赉上"谏疏"阻译《化书》是"干重典"。唐梦赉又因为纠劾某位给事中而忤怒朝廷要员，陷入朝中派系斗争漩涡，竟被罢官。詹事李呈祥等人虽上疏为唐梦赉申辩，然其去意已决，遂拂袖而归。当时唐梦赉年仅二十六岁。归田后，寄情山水，栖心禅悦，日与高珩等人诗酒唱和，并两次南游。但他对国家政事仍然关心，时为经世之言，只是未再入仕。

出处：《志壑堂诗》，清康熙刻本。

般水竹枝词

［清］吴陈琰

书带门东祭郑公，大家祈谷拜司农。
县官岁岁频繁肃，寻得鞭书草一丛。

郑康成祠在城东黉山。编者注：黉山在原淄川县境，现淄川为淄博市辖区。

眉陵芳草问琼台，不见宫甓玉镜开。
女伴纷纭隔窗约，皇姑庵畔踏青来。

三里沟边好纳凉，辘轳灌遍木千章。

绿阴未熟文官果，紫椹先攀帝女桑。

淹没村居树作巢，狂澜冲断六龙桥。

马啼渡处行人险，借得轻舟学弄潮。

水面浮钟自在鸣，只令五夜报残更。

库楼断碣还堪惜，北海魂归旧梦清。

相传谯楼钟自水浮出，能自鸣，设祭乃止。邑库有李北海断碑。

夹谷台荒石藓斑，骡车载酒费跻攀。

焕山山市何人见，只有仙洲无影山。

夹谷台，即齐鲁会盟处。焕山在城西，相传有山市，如海市然。
无影山在城北仙洲庄西。

平玑流水日潺湲，高柳亲栽任客攀。

占得浓阴三五亩，应呼销夏傅家湾。

傅家湾在城西，即唐太史庄。

前代浮屠若个边，金身丈六尚岿然。

石幢埋没僧厨下，谁识开元旧岁年？

石佛寺在城内，旧有塔，殿后石幢隶书弥陀经，相传为古开元寺也。

鬼谷阴符何处传？笑寻古洞梓岩前。

将军头上余荒草，苏相桥边剩乳烟。

梓童山有鬼谷洞，庞涓墓俗呼将军头，苏相桥旁有苏秦墓。

大土阴碑苔藓苍，子安九岁属文章。

依稀四十年前事，枯木寒鸦几夕阳。

唐太史十岁作碑记，枯木句即句中语。

唐家石屋至今传，争道南村耆旧贤。

恰喜文孙生腊八，红绫宴早赋归田。

南村有唐家石屋，太史曾祖腊日好施粥，人称唐佛，太史即以是日生。

故相园林片石存，荒烟落日满篱门。

此间独有高常侍，曾向金城拭泪痕。

作者简介：吴陈琰，康熙癸未（即康熙四十二年，1703）御试一等，官山东茌平知县，浙江仁和（今杭州市）人。

出处：《淄川县志》，清王康修，清臧岳纂，清乾隆八年（1743）刻本。

淄川竹枝词

[清] 蒲松龄

淄川春色柳千丝，沉醉东风酒一卮。

门外夕阳红不了，无人知道郑元词。

层层叠翠扑朝暾，遥望青山一抹痕。

指点烟柳最高处，<u>盛名称道是昆仑</u>。

短笛无腔听牧童，山隈随意爱春风。
朝朝听叱红泥犊，预卜丰源十倍丰。

祝其山色郁苍葱，夹谷千秋尚有亭。
游客而今谈往事，峰峦环拱列如屏。

作者简介：蒲松龄（1640—1715），字留仙，一字剑臣，别号柳泉居士，世称聊斋先生，自称异史氏。济南府淄川（山东省淄博市淄川区洪山镇蒲家庄）人。

出处：《蒲松龄著作佚存》。

临清竹枝词
［清］佟世思

临清州在大河边，百万人家起炊烟。
最喜他乡方物满，传言闸口到粮船。

运粮河水傍城闉，高髻盘龙楼上新。
十万腰缠一瞬尽，肩舆舁得画屏人。

满前宾客总貂冠，不避青霜十月寒。
白打都来大佛寺，千人树下坐团团。

作者简介：佟世思（1651—1692），字俨若，一字葭沚，又字退庵，汉军正蓝旗（一作辽东）人。生于清世祖顺治八年，卒于圣祖康熙三十一年，年四十二岁。康熙间，以荫生为临贺知县。调思恩。世思著有《与梅堂遗集》十二卷，凡诗十卷，词一卷，杂文一卷，末附耳书一卷，皆记所见闻荒怪之事，分人、物、神、异四部；《鲊话》一卷，专记恩平之风土，《四库总目》并传于世。

出处：《与梅堂诗集》，清康熙佟世集刻本。

小卧花阴效竹枝词体

［清］高之骙

墀边柳影竹边风，夹竹桃开一树红。
小院无人惊午梦，觉来身在落花中。

抛书支枕绿阴中，屋角花开一丈红。
屐齿华胥拘束少，身随蝶翅过墙东。

作者简介：高之骙（1655—1719），字仲治，号思庵，一号松鹤，行九，享年六十五岁，淄川县城里东街人，是清康熙年间刑部左侍郎高珩的仲子。高之骙是增监生，考授州同知。

出处：《强恕堂集》，清咸丰二年至同治元年（1852—1861）稿本。

竹枝词

［清］李蟠

天灾灾人人灾木，人无人色木无皮。

从今天上白榆影，不许山东觅半枝。

山东人食树皮殆尽。

作者简介：李蟠（1655—1728），字仙李，又字根庵，号莱溪，江苏徐州人。李蟠出身于书香门第，诗礼世家，天资聪敏，二十八岁入泮为博士弟子；三十六岁中举；四十三岁钦点状元，是徐州明清两朝唯一一位文状元。康熙三十六年（1697）殿试时，因对军政、吏治、河防靖条答对贴切，符合事理，且见解独到，遂被康熙皇帝钦点为一甲进士第一名，授官翰林院修撰。康熙三十八年（1699），李蟠任顺天府乡试主考官，遭到蜚语中伤，被判充军。三年后赐归故里，从此闭门著书，直至善终。

出处：《徐州诗征》，清桂中行辑，广陵书社，2014年。

竹枝词

［清］王夺标

船首西时船尾东，江天人在画图中。

举头四望黑云起，风雨无端愁杀侬。

茅屋江村烟几堆，隔篱红袖摘青梅。

等闲一阵风吹过，知是翻身笑语回。

作者简介：王夺标，字赤诚，山东单县人。顺治乙未（1655）进士，曾任江南镇平知县。

出处：《曹州历代诗词选注》，张振和、黄爱菊选注，山东友谊出版社，1989年。

明湖竹枝词

［清］王宸嗣

水月庵前春水生，北极台上晚钟鸣。
扁舟弄月不归去，闻听邻船唤鸭声。

作者简介：王宸嗣，字觐阳，山东诸城人。清初诸生。
出处：《东赋诗存》。

秋日田家竹枝

［清］田需

服贾牵牛亦太劳，团圆耕稼长儿曹。
道旁无数青青柳，未有离人折一遭。

行潦充来路几叉，野塘聚处长芦花。
双鹅避客浮游去，冲得波纹人字斜。

槐花落处早禾收，社燕归时刈未休。

偏是村妆谙节候，玉簪红蓼插盈头。

种得东陵五色瓜，红瓤黑子锦纹斜。

炉无活火茅柴湿，客到切来聊代茶。

立夏酉逢多主旱，重阳戊遇雨屯如。

农家自有东方历，不用齐民一卷书。

作者简介：田需，字雨来，号鹿关，山东德州人。康熙己未（1679）进士，主要生活于康熙年间。

出处：《水东草堂诗》，清康熙六十年（1721）刻本。

德州竹枝词
［清］田同之

将陵城上乱云横，将陵城外野花明。

满前风物争传说，四海三山十二城。

州有东西南北四属海之名，又有三土山之说。十二城明李景隆所筑也，在城北。

平芜四望少园林，亭榭楼台何处寻？

只有长河一带水，往来帆影落城阴。

牛羊日夕下荒墩，撩乱寒烟绕北村。

四姓遗来相守望，至今犹上禄王坟。

苏禄王以明永乐十五年来朝归次德州，卒葬以王礼，谥恭定。

城郭迷漫沙碛开，人家一半住黄埃。

春风秋雨无聊甚，听取呜呜画角来。

丁酉秋闱道经亡妻封君墓。

景物何堪泪眼中，萧萧肠断白杨风。

泉台谩道无消受，落叶哀蝉夕照红。

膏火相将土锉边，伤心往事一朝捐。

兹行纵有泥金信，孤负辛勤十四年。

作者简介：田同之（1677—1756），字砚思，别字西圃，号小山姜。山东德州人，康熙五十九年（1720）举人，官国子监学正。

出处：《砚思集》。

竹枝词

[清]田霡

陵州风景亦堪论，河上帆樯路上村。

春水三湾迎两寺，大西门北小西门。

德水蒋川祀薰生，文成繁露理原精。
闲从州乘观人物，一个高贤两郡争。

穹碑杰立记前明，海外蛮君葬汉城。
白帽迎风余裔在，松门北是九江营。

南去州城三十里，黄河已古断洪流。
芦花浪涌行人过，鞭作长篙马作舟。

作者简介：田霡，字子益，号乐园，又号香城居士，山东德州人，田绪宗之三子，田雯之弟。生卒年均不详，约清圣祖康熙二十年前后在世，年在七十岁以外。

出处：《鬲津草堂诗集》，清乾隆间刻本。

历下竹枝词

［清］岳梦渊

滟滟清波澹澹风，垂杨垂柳小桥东。
扁舟送客过桥去，摇乱湘纹绉落红。

青玉亭亭湖上峰，恰如渡水美人容。
明妆初罢偷临镜，无数桃花点鬟浓。

桃叶桃根渡绣江，横波清浅透纱窗。

鹊华桥畔雕阑外，悲翠和鸣燕子双。

湖上游人唱竹枝，水天清旷正春时。
金尊檀板兰桡里，谁是红儿谁雪儿？

宝钗金钏称宫衣，花影容光是耶非？
几度湖心亭上望，扁舟载得玉人归。

荷叶田田出水初，就船沽酒买鲜鱼。
酒酣月满波如镜，人在白银水上居。

荷花红映绿菰蒲，水鸟沙鸥逐队呼。
一叶小舟何处去？任风吹过大明湖。

杨柳如烟一望齐，玉箫吹破碧琉璃。
回看四照楼头月，已过阑干几曲西。

作者简介：岳梦渊，清河南汤阴人，字屿亭，号水轩。乾隆时诸生。
出处：《海桐书屋诗钞》，清乾隆刻本。

潍县竹枝词

［清］郑燮

三更灯火不曾收，玉脍金齑满市楼。

云外清歌花外笛，潍州原是小苏州。

斗鸡走狗自年年，只爱风流不爱钱。
博进已赊三十万，青楼犹伴美人眠。

美人家处绿杨桥，树里春风酒旗招。
一自香销怨南国，杏花零落马蹄遥。

四面山光树木深，良田美产贵千金。
呼卢一夜烧红蜡，割尽膏腴不挂心。

豪家风气好栽花，洋菊洋桃信口夸。
昨夜胶州新送到，一盆红艳宝珠茶。

大鱼买去送财东，巨口银鳞晓市空。
更有诸城来美味，西施舌进玉盘中。

小阁桐阴日影斜，晚风吹放茉莉花。
衣裳尽道南中好，细葛春罗卍字纱。

翠袖湘裙小婢扶，时兴打扮学姑苏。
村中妇女来相耀，乱戴银冠钉假珠。

几家活计卖青山，石块堆来锦绣斑。
薄暮回车人半醉，乱鸡声里唱歌还。

水流曲曲树重重，树里春山一两峰。
茅屋深藏人不见，数声鸡犬夕阳中。

集散人归掩市门，市楼灯火定黄昏。
白浪河水无情甚，不肯停留尽夜奔。

两行官树一条堤，东自登莱达济西。
若论五都兼百货，自然潍县甲青齐。

连云甲第尚书府，带宅园林太守家。
是处池塘秋水阔，红荷花间白荷花。

苍松十里郭西头，系马松根上酒楼。
天外暮霞红不尽，秋水浮翠是青州。

北洼深处好拿鱼，淡荡春风二月初。
河水尽开冰尽化，家家网罟曝村墟。

秋风荻苇路湾环，钓叟潜藏乱草间。
忽漫鹭鸶惊起去，一痕晴雪上西山。

浅草平沙秋气高，晴光不动海光摇。
忽腾一骑鸾铃响，绣箭前坡落皂雕。

射罢黄羊猎罢山，雕弓挂在老松间。

帐中袅袅闻吹笛，新买吴姬号小蛮。

城上春云拂画楼，城边春水拍天流。
昨宵雨过千山碧，乱落桃花出涧沟。

迎婚娶妇好张罗，彩轿红灯锦绣拖。
鼓乐两行相叠奏，漫腾腾响小云锣。

席棚高揭远招魂，亲戚朋交拜墓门。
牢醴漫夸今日备，逮存曾否荐鸡豚。

淹猪滴血满城红，南贩姑苏北蓟中。
纵使千金夸利益，刀头富贵挺头雄。

天道由来自好生，家家杀戮太无情。
老夫欲种菩提树，十里春风作化城。

绕郭良田万顷余，大都归并富豪家。
可怜北海穷荒地，半篓盐挑又被拿。

行盐原是靠商人，其奈商人又赤贫。
私卖怕官官卖绝，海边饿灶化冤磷。

二十条枪十口刀，杀人白昼共称豪。
汝曹躯命原拼得，父母妻儿惨泣号。

行头攫得百钱文，烂肉烧肠浊酒醺。
到得来朝无理料，又寻瞎帐闹纷纷。

面上春风眼上波，秧歌高唱扮渔婆。
不施脂粉天然俏，一幅缠头月白罗。

东家贫儿西家仆，西家歌舞东家哭。
骨肉分离只一墙，听他笞骂由他辱。

莫怨诗书发迹迟，近来风俗笑文辞。
高门大舍聪明子，化作朱颜市井儿。

百岁辛勤貌可哀，养儿娇纵不成材。
骰盆博局开门去，待到三更径不回。

放囚宣诏泪潺潺，拜谢君恩转戚颜。
从此更无牢狱食，又为盗窃触机关。

马思南北是山田，石块沙窝不值钱。
待到三分秋稼熟，大家欢喜说丰年。

征发钱粮只恨迟，茅檐蒜屋又堪悲。
扫来草种三升半，欲纳官租卖与谁？

潍城原是富豪都，尚有穷黎痛剥肤。

惭愧他州兼异县，救灾循吏几封书。

木饥水毁太凋残，天运今朝往复还。
闲行北郭南郊外，麦陇青青正好看。

关东逃户几人归，携得妻儿认旧扉。
茅屋再新墙再葺，园中春韭雨中肥。

泪眼今生永不干，清明节候麦风寒。
老亲死在辽阳地，白骨何曾负得还。

卖儿卖妇路仓皇，千里音书失故乡。
帝主深恩许重聚，丰年稼熟好商量。

奢靡只爱学南邦，学得南邦未算强。
留取三分淳朴意，与君携手入陶唐。

附：板桥竹枝词小叙

《郑板桥先生诗集》出自手订，镌板竣，誓不许后人妄行增续。然其宰吾潍时，零缣断句，其集中所无者多为世所传诵，而"竹板词"尤脍炙人口。曩读郭少坨先生《榆园杂录》，见其载有数首，每恨不得全什读之。今年夏，与仙坡孙兄共事县志局，出以相示，并许刊印，以广流传。其间深刻之语，游戏之词，谅非先生报最之作，然藉考一时社会之风俗，亦不无裨益云尔。

民国二十年九月九日丁锡田识

作者简介：郑燮（1693—1766），字克柔，号板桥，江苏兴化人。康熙秀才，雍正十年（1732）举人，乾隆元年（1736）进士。官山东范县、潍县县令，政绩显著，后客居扬州，以卖画为生，为"扬州八怪"重要代表人物。

出处：《潍县文献丛刊》，丁锡田辑，1932—1933年铅印本。

济宁竹枝词

[清]杭世骏

金龙祠近浪潜消，郭外条条白板桥。
入闸帆樯千树柳，就中秋士最无聊。

石佛寺前秋水平，石佛寺后秋草生。
老僧只爱秋色好，夜夜登楼看月明。

淡鲜庵外水周遭，缆系青枫一树高。
日暮凉波动鱼罠，小船收网卖银刀。

丁字帘前郎卖茶，三叉湾口妾捞虾。
日暮得钱同取酒，墙头红压佛桑花。

红棉熨贴唾绒堆，翠叶玲珑线屦开。
一闹市前陈古董，行人争买士宜来。

作者简介：杭世骏（1695—1773），清代经学家、史学家、文学家、藏书家。字大宗，号堇浦，别号智光居士、秦亭老民、春水老人、阿骏，室名道古堂，仁和（今浙江杭州）人。雍正二年（1724）举人，乾隆元年（1736）举鸿博，授编修，官御史。乾隆八年（1743），因上疏言事，遭帝诘问，革职后以奉养老母和攻读著述为事。乾隆十六年（1751）得以平反，官复原职。晚年主讲广东粤秀和江苏扬州两书院。

出处：《道古堂诗集》，清乾隆刻本。

济南竹枝词

[清]王所礼

近水居人自结邻，一溪新绿几家分。
落红飘过东墙去，花鸭归来自作群。

梳树竹篱似水村，女墙月上近黄昏。
烟横远浦渔舟远，吹彻笛声过水门。

作者简介：王所礼，字敬斋，山东乐陵人。乾隆甲午优贡，官淮安通判。

出处：《国朝山左诗续抄》，清张鹏展辑，清嘉庆十八年（1813）刻本。

高密竹枝词

[清]阎循观

梅花海上迟惊雪，杨柳天寒未染鹅。

折得单家园里竹，为君弹作竹枝歌。

与欢小别下蓬莱，莫管鲛人泣作堆。

试看南山冬不雨，焦翁淮母两分开。

胶河俗呼焦河，潍河俗呼淮河，二水涨则合流。语云："焦翁起，淮母喜。"

作者简介：阎循观（1724—1768），字怀庭，山东昌邑人。清代著名理学家、教育家、诗人。乾隆七年（1742），阎循观年仅十八岁就考中举人，后讲学于麓台书院。阎循观在麓台书院二十多年的时间里，为麓台书院的发展作出了巨大贡献。他去世后，韩梦周继续在麓台书院从事教学工作。后人把阎循观与韩梦周并称"山左二巨儒"。

出处：《西涧草堂诗集》，清乾隆三十八年（1773）刻本。

客有谈海错者戏为竹枝词

[清]韩梦周

海边春日出芙蓉，渔网沉波映日红。

无数嘉鱼齐上市，不教鲈鳜胜江东。

芙蓉岛名。《文昌杂录》：登州有嘉鱼，皮厚于羊，味胜鲈鳜。

策策银鱼白似霜，沿波衔尾逐春光。
焦河上接小淮口，两岸渔罾乱夕阳。

青鱼细细照冰盘，谷雨初过乍破寒。
好是估船三日到，翠鳞擎出自三韩。
出辽东者尤美。

泗人傍岛没深渊，金壳鳆鱼论百千。
闻说两饕甘异味，便应不值一文钱。
江南鳆鱼一枚值钱百千，亦见《文昌杂录》。王莽、曹操皆嗜鳆鱼。

正月东风渐渐和，冰凌原不结沧波。
戴笠园丁剪嫩韭，衣牛渔子卖新鲨。
俗以韭菜宜鲨，谓开凌鲨。渔人衣牛皮入水不濡，岂所谓岛衣皮服者耶！

软沙潮退似蜂房，个个蛏鲜就内藏。
不用垂纶兼作饵，片时拾得满荆筐。

银刀出水剑光寒，刺骨锋铓牙齿攒。
枉用惊呼作龙子，敹腴风味废盘餐。
黠者以诳西北人，曰龙子也。

钳作霜螯匡有铓，红脂琥珀白脂霜。
螭蚼未识争高下，只少江南粳稻香。

201

白鳞不亚鲥鱼肥，片片鳞光曜彩玑。

剌船恰趁黄梅雨，开缸正值柳花飞。

八月秋风吹葫芦，芦边哑哑鸣野凫。

白水湾头天气好，此日黄姑正下厨。

黄姑，鱼名。

莱子城边沙作堆，渔舟如叶傍沙隈。

芦芽一尺桃花落，不见河豚上市来。

齐中亦有河豚，但无买食者。

北鲿南鲈谁辨得？松江潍水一时新。

鱼虫博物与何事，聊作闲吟磊落人。

作者简介：韩梦周（1729－1798），字公复，潍县（今山东潍坊市）人。乾隆进士，官来安知县。

出处：《理堂文集》，清道光四年（1824）刻本。

济南竹枝词

［清］王初桐

序：朱太史竹垞《鸳鸯湖棹歌一百首》，叙述小长芦风景，典雅清新，当时修府志者置不采录，考据者憾焉。嘉定钱竹汀宫詹、曹习庵学士暨余兄西庄光禄各有《练川竹枝词》若干首，仿竹垞棹歌为之，不离乐操、土风之意，遗闻古迹挦撦殆尽矣。从侄竹所学有原本，富于著述而工于词章，骎骎乎入古人堂奥。予既选其长短句刻之于西安臬任，兹复有湖海诗传之役，贻书征其近作寄至海右。集古今体诗十卷，大约登临吊古之什居多，苍苍莽莽，旗帜郁若荼墨。别有《济南竹枝词一百首》，风流蕴藉，得缥缈之余音，不徒备历城掌故，试取王季木《齐音百咏》较之，北秀南能，谁是真如妙谛，必有能参破之者。

辛亥冬日述庵昶书于京邸之青棠书屋

烟峦浓淡历山门，尚有重瞳并庙存。

几处春锄飞鸟外，夕阳疏雨杏花村。

舜田门亦名历山门，欧阳修有《舜井歌》。徐世昌有舜井石刻。舜庙见《晏氏三齐记》。张塈有《虞帝庙碑》。曾巩《齐州二堂记》谓，历山即舜耕处。

二月西湖雪尽消，湾头新柳碧遥遥。

乌篷小棹归来晚，回首烟波暗七桥。

《居易录》：明湖俗称北湖，曾子固谓之西湖。于钦《齐乘》七桥：曰芙蓉，曰水西，曰湖西，曰北池，曰百花，曰泺源，曰鹊华。

百花桥外百花洲，乱濼南来尽北流。

水面亭边月初上，清光先到白云楼。

《尔雅》：泉自济出为濼。朱彝尊有《濼泉记》。《道园学古录》：李洞居大明湖上，作天心水面亭。白云楼，都闻故宅。见《济南图经》。

名士轩窗贴水涯，月高风定夜逾佳。

湖天一色明如镜，时有白鱼跳上阶。

《济南行记》有名士轩。《香祖笔记》：曾子固守郡日，作名士轩。

大明寺门连芰荷，濯缨湖上花婆娑。

船到荷花深处泊，清香更比釜村多。

大明寺在大明湖西，已废。濯缨湖即大明湖，一名莲子湖，卫既济《怀高士传》："历城怀晋居釜村，环村种荷。"高念东《过水村访怀高士诗》："梅花不种种荷花。"

曲水亭南录事家，朱门紧靠短桥斜。

有人桥上湔裙坐，手际漂过片片花。

曲水亭在百花洲南，已圮。

淡烟浓墨雨丝中，点水蜻蜓湿翅红。

鸭嘴船移肥浪外，笠担蓑秧入冥濛。

北极台高天际看，登登礠道出云端。

万家草树苍烟暝，一郡湖山夕照寒。

北极台即真武庙。宋靖康中、元大德中皆有封典。明德庄王重为修建，台址极高。

瞻泰高于四照楼，芙蓉泉口假山头。

坐闻十棒冬冬鼓，知是游湖六柱舟。

许殿卿故宅在布政司街，有瞻泰楼，今芙蓉泉西读书楼是也。四照楼在学政署，施愚山有诗。陈鹊湖家在布政司东曲巷内，有石假山，名九曲山。

东邻西舍并房居，阶下溅溅碧玉渠。
一样平桥低贴水，侬家钓得锦鳞鱼。

白白红红众踏青，卖饧天气骋娉婷。
寻访讨胜莺花海，画舫青帘历下亭。
《济南行记》：历下亭，自周秦以来有之。

苍崖锁处白云通，半岭名兰在望中。
惯是夜深人定后，一星佛火树梢红。
《名胜志》：齐郡历山上，旧有古铁锁，大如人臂，绕其峰再匝。相传本海上山，山神好移，故海神系之，一日忽挽断锁，飞来于此。千佛寺在历山上，石崖皆镌佛像，唐贞观中建，本名兴国寺。

挈榼携壶寒食天，家家祭扫各纷然。
独怜春草秋娘墓，寂寞无人挂纸钱。
明王秋娘墓在千佛山下，碑镌"王小姐"者是也。王大儒诗："断肠碑上小名香。"

泉上巍巍吕祖祠，石栏曲录树参差。
十年唤醒遗山梦，即是黄粱未熟时。
《回仙录》："元遗山在太原，有道人常邀同食，且曰：'吾家在济南趵突泉上，子能从吾游乎？'元曰：'有待。'十年后，遗山过济南，已忘前约，偶游泉上，倦卧泺源堂，忽梦前道人曰：'久约不相忆耶！'醒而始悟，因起入祠，见吕祖像俨然座上也。"

枇杷花下小门开，罗绮丛中出众才。
独指琵琶双调曲，琼娘新自牡邱来。
琼娘，见李荐《济南集》。

环波亭子水中央，面面朱栏影绿杨。
山色湖光两摇漾，鸳鸯鸂鶒满渔梁。
苏子由有《济南环波亭》诗。

广额垂螺碧玉年，花花朵朵函钗钿。
满街游女多于蚁，齐上城南趵突泉。
《齐州二堂记》：泰山之水与齐东南诸谷之水汇于黑水湾、柏崖湾而至于渴马崖，自崖而北五十里有泉涌出，曰趵突泉。

四凤闸口汇川头，处处回环碧玉流。
试看夹河桥畔柳，飞花浮到锦缠沟。
四凤闸，辛稼轩旧居。见田雯《古欢堂集》。汇川桥在趵突泉东，夹河桥在趵突泉下流，锦缠沟在北坛之北。

王母庙前春雨晴，马鞍山下草初生。
年年三月蟠桃会，曾见神仙逐队行。
《济南图经》：马鞍山上有王母庙，三月三日为蟠桃会，士女会集，又名会仙山。

梦雨灵风动宝幢，玉函山寺暮钟撞。

何缘采得神仙药，白鸟飞来自一双。

《酉阳杂俎》：函山有鸟名王母使者。《府志》：汉武帝登函山得玉函，忽化白鸟飞去。世传山上有王母药函，常令鸟守之。

碧草萧萧闵子坟，更无宰树映斜曛。

齐川门外西风急，一阵芦花卷入云。

苏辙《闵子庙记》：历城东有闵子墓，熙宁七年建庙。

水碧沙明王舍庄，鲍城东望读书堂。

紫骝嘶过龙山驿，试听阳关最断肠。

王舍庄有读书堂，宋龙图侍郎张揆旧宅，有东坡题读书碑、魏国王临诗碑。鲍城在鲍山下，《城冢记》即叔牙与管仲分金处。《晏谟齐记》：龙山驿，殷末周初有神龙潜于此。东坡诗："济南春好雪初晴，行到龙山马足轻。使君莫忘謇溪女，时作阳关肠断声。"

泺源北出小清河，楼底穿来会众波。

津路一经疏凿后，至今横柳碍滩多。

王士俊《趵突泉系济水辨》：趵突泉之流即泺河，今小清河也，前由华不注山下东行，与巨合水合，即入大清河。自伪齐刘豫凿下泺堰，大小清河遂分为二，而小清河不通舟楫矣。曾巩《齐州北水门记》：济南多甘泉，汇而为渠，故北城之下疏为门以泄之。《北征日记》：会波楼在汇波门上，下踞明湖，俯临会波桥。

柴市遥通张祃洼，春风陌上尽开花。

青裙缟袂谁家女，细马驮来面罩纱。

柴市，王祭酒所居，边尚书别业，在张祃洼。

刘郎墓边蝎虫攒，万蝎金轮一例看。

曾向阜昌城外过，牛栏豕栅御庄寒。

《齐乘》：鹊山刘豫墓产蝎。《吉凶影响录》："冥中治武后狱，以大瓮贮万蝎螫之。"刘豫事迹：豫守济南降金。

棠川别墅夕阳沉，明瑟清华水木阴。

尤爱田家城北路，豆棚西畔紫藤深。

殷文庄有棠川别墅。田同之《历下杂诗》："水明木瑟占清华。"朱续京《六箴堂诗存·济南城北》云："一饭田家曾记认，豆棚西畔紫缠藤。"

水郭山村带鹊华，王孙画意两峰霞。

春来日日多烟雨，开遍平田黄菜花。

赵松雪《鹊华秋色图》为周公瑾作。朱清鏊《北郭郊行》诗："黄菜花中见鹊山。"阮亭谓其入画。

通乐园开望水涯，书生阁老后先夸。

如何金线泉头墅，偏落寻常卖酒家。

殷文庄筑通乐园于望水上，后王秋史得其地，有诗云："百年竟落书生手，满郡犹呼阁老亭。"金线泉有谷继宗旧墅，后归酒家，谷诗："可怜一曲吟诗墅，弃作三年卖酒家。"

糁香姚肉满街盛，不许辛家独檀名。

下酒最怜乡味好，更教金杏解春酲。

《菊隐纪闻》：都中辛家猪肉最驰名。《酉阳杂俎》：金杏出济南，汉武帝东巡有献之者，帝嘉赏焉。

买来光绢白于银，染出琉璃色更新。

持作紫茸云气帐，红灯不碍梦游春。

光绢出齐河，见《通志》。琉璃枝出历城，染绿所用，见《广志》。

碧瓦丹甍白玉墀，娥英水上有丛祠。

也同二女黄陵庙，只欠湘江斑竹枝。

《水经注》：泺源亦名娥英水，有娥皇、女英祠。今废。

泺口腥风四月天，海鲜新到利津船。

东人最重泺河鲫，贩进城来更值钱。

《水经注》：泺水出泺县故城西南。春秋桓公十八年，公会齐侯于泺县也。

王姓雏姬一榻眠，同衾各自梦游仙。

何因乞得般般巧，风俗相沿号扇天。

《续博物志》：济南风俗：正月，取王姓女年十余岁者共卧一榻，覆之以衾，以箕扇之，良久如梦寐，或欲刺文绣、事笔砚、理管弦，俄顷乃寤，谓之"扇天"。卜以乞巧。

一山先暖众山寒，雪后烟岚次第看。

草帽系鞭来野外，苍松绀宇在云端。

《济南图经》：药山为扁鹊炼药处，下有阳起石，石气熏蒸，山常温暖。盛冬大雪遍境，独此山无积白。

浴蚕天气紫蕉衫，桑柘阴浓接桧杉。

折得秦艽花朵朵，不知香在手掺掺。

《广志》：秦艽出齐州，紫花甚香。

土锉茅檐洗砚溪，疏麻寂历午鸡啼。

正东恰对华不注，四面青青尽稻畦。

孙氏有别墅在郡城西北十里，四面稻畦，与鹊华两山相望。圃中有泉，传为赵松雪洗砚泉，今其地名砚溪。

鹿鹅曾听讲堂来，惆怅仙驴去不回。

岁岁金舆山下草，裙腰绿到月阳台。

《前秦录》：竺僧朗居金舆山中，感动群鹿，自然至塔；又感鹅一双，时听梵赞。其所乘之驴上山失之，时有人见者金驴矣。月阳寺在黄台。

丁香湾影千峰入，茶臼河流十里长。

独上丛林阁中望，莱庄桑院满斜阳。

李攀龙《丁香湾》诗："寒影千峰入。"注：丁香湾在历城。田雯《柳沟拜李沧溟墓》云："十里茶臼河。"朱怀朴有《登鹊山丛林阁远眺》诗，田雯有《莱庄观边华泉墓碑》诗、《由桑落院步至扁鹊祠》诗。

凹里村深老树枯，会仙庵静白云孤。

游人只向长春观，此地谁寻马道姑。

王凤珍《会仙庵碑记》：女道士马氏居历城之凹里村，广平隐士韩志达、刘道钦俱师事之。长春观，丘处机修真处。

处士闲居碧水浔，山猿野鹤对弹琴。

侬家不愿刘郎杵，但愿云庄王庙林。

元张养浩致政后居云庄，中有雪香林处士庵，擅池亭猿鹤之胜，张诗有"入共山猿野鹤三"之句。《太平广记》：齐州刘十郎与妻佣春得神杵而致富。

泉泸庄与野云平，甘露犹传废寺名。

庄外试从樵老问，空中可有木鱼声。

甘露寺，唐贞观中建，在泉泸庄东。今寺废。樵者闻空中有木鱼声。

九里山边夕照沉，琵琶洞口宿云深。

自从销尽梨花铁，桑柘阴阴直到今。

九里山，韩信破历下，尝驻军于此。琵琶洞在千佛山。燕王攻济南，与铁铉遇，忽有群僧助战，勇不可当，使人迹之，皆琵琶洞石刻罗汉，乃以铁椎碎之。叶承宗《百花洲传奇》：李自成伪官拷宦家子刑具，有铁梨花之名。

祝店韩仓路平平，一帆风饱小车轻。

车车齐载黄牙菜，推到城中天乍明。

祝店，赵尚书故宅。韩仓，村名，居人多种菜为业。见《古欢堂集》。

苦洪峪口白云深，试听琴泉泉似琴。

何必思贤寻旧谱，高山流水有清音。

琴泉在苦洪峪，泉声滴夜，如理丝桐。见《齐乘》。历下彭山人善鼓琴，续刻殷文庄所刻《思贤操谱》。

雨势潇潇东北来，平陵一半夕阳开。

冷云湿翠高林外，鸠妇呼晴走马台。

《后山谈丛》：龙山镇有平陵故城，附城有走马台。

田家风景总依稀，黄土围墙白板扉。

椒槲浓时山茧熟，稷粱登后野鸡肥。

孙伯度《山蚕说》：野蚕成茧，东齐山谷，在在有之。食槲名槲，食椿名椿，食椒名椒，春夏及秋，岁凡三熟。

千佛山头拜佛回，吴将军墓踏青来。

不辞细步双趺困，鬼臼赤花春正开。

汉吴子兰官左将军，墓在历城县南。《本草经》：鬼臼出齐州，花开赤色。

路从山北转山南，柞坞松岚取次探。

忽听一声拖白练，云兜已到吊枝庵。

拖白练，泰山鸟名，见《燕山丛录》。历城刘俊民居南山吊枝庵。

晶尖梨峪两边排，瓦子冈头雁齿阶。

云际迢迢登岱路，齐城南去少风霾。

《济南山水记》：瓦子岭在齐城峪南，遍山多瓦砾。相传秦皇行在登岱之径，南为晶尖，西为梨峪。

太甲荒陵古井前，井栏镌字不知年。

游人若到开元寺，瀹茗还需甘露泉。

《皇览》：商太甲陵在历山，冢旁有甘露井，石镌"天生自来泉"五字，乃古铭也。开元寺在佛慧山，宋崇宁间，守令僚属劝耕至此，以甘露泉试北苑茶，今石壁上题诗尚存。

平台萧索昔人稀，封邑封侯事事非。

惟有一湾城下水，绿波曾照凤凰飞。

《水经注》：齐水又东过台县，今平台城，在府东北三十里。景公为晏封邑，使田无宇致台于无盐。汉高帝六年封东郡尉戴野为台侯，即是城也。《安帝纪》延光三年，济南上言：凤凰集台县。

卧狼山下总平芜，石瓮旗墩定有无。

十里郊原春淰淰，数家门巷雨苏苏。

《图经》：马武寨在卧狼山西。史称武未遇时，绿林渠寇流劫至此，旗墩、石瓮犹存。

光政寺中神磬声，只能光政寺中鸣。

但愿郎心似神磬，世世生生恋旧情。

《酉阳杂俎》：光政寺有磬石，扣之声及百里。北齐时移于郡内，击之其声杳绝；却令归本寺，扣之声如故。土人语曰："磬神圣，恋光政。"

进香准上岱宗冈，礼拜元君与玉皇。

闻道白云肤寸起，私先缝著锁云囊。

般若禅林静可游，白云山上白云浮。

云中一道泉飞下，触石分为两道流。

历城城南三十里有白云山，山半般若寺，寺后林汲泉。见张庆源《林汲山房记》。

杜康泉酿泛红螺，蔡女庖厨胜毕罗。

彻夜华堂宴红粉，高烧银烛照笙歌。

杜康泉，见《遗山集》。《文海披沙》：李沧溟食馒头，欲有葱味而不见葱，惟蔡姬所造乃食。《山书随笔》：济南林善甫工诗，有掌兵官远戍，其妻宴客，竟夕笙歌，善甫诗云："高烧银烛照云鬟，沸耳笙歌彻夜阑。"

东藩皂盖已飘零，尚有髯翁展齿径。

枯木至今磨灭尽，更无从问槛泉亭。

少陵《陪李北海宴历下亭》诗："东藩驻皂盖。"东坡与李公择会济南刘诏家，写枯木一枝，题名槛泉亭壁，诏为模石。后归禹城王国宝，旋移于学舍，因摩揭不给，碎而投诸井。后又发碎石拓之，自是拓本皆有断文。

晓日神头山翠浓，微风衔草寺疏钟。

支峰蔓蕐无重数，过尽千重又万重。

《神州三宝感通录》：后魏末，齐州释志湛住泰山北神头山邃谷中衔草寺，诵《法华经》。人不测其素业。将终时，神僧宝志谓梁武帝曰："北方衔草寺须陀洹圣僧今日灭度。"湛亡后，人立塔表之。

头陀石畔水松牌，灵鹫山中三日斋。

结伴烧香九塔寺，大家拼施与鸾钗。

九塔寺在齐城峪灵鹫山上，唐大历时建。其塔一茎上而顶九各出，故名九塔寺。明许邦才作《九塔寺碑》。李沧溟诗云："一片头陀石，新文六代余。"为许长史作也。

云台寺前云半遮，桃花岭上桃初花。

山僧只在翠微里，卧听石泉流白沙。

云台寺在桃花岭，一名天井寺，依涧筑台，依台筑寺，下有甘泉。许殿卿诗："初宿南岩天井寺，便听一夜石泉流。"

点点凫鹥占绿莎，一渠春水曲尘波。

渔家都住神僧镇，雨后斜阳晒网多。

《济南图经》：神僧镇在泺水之阳。后唐清泰二年，有入灭老僧结跏趺坐，溯流而上，若凫鹥然，至是遂止。缁素神之，构院奉祀。

张城西去水如烟，隔浦垂阳绿涨天。

曾有金鹅纪元鼎，渔人犹说阿超年。

《酉阳杂俎》：济南郡张公城西有鹅浦，南燕世，有渔人居水侧，常听鹅声，众中有铃甚清亮。候之，见一鹅咽颈极长。罗得之，项上有铜铃，缀以银锁，隐起"元鼎"二字。王阮亭诗："复道阿超年，金鹅纪元鼎。"

元祐伊人溯渺冥，逯园春水碧泠泠。

斜桥宛转通三径，娘子湾头君子亭。

历城三娘子湾，上有伊人馆，陈文学书舍也，后归逯氏。以旁多莲竹，又筑君子亭。刘蒲若《逯园》诗："绕园依旧水泠泠。"田同之《历下杂诗》："名士伊人元祐间。"

使君林外有残雷，暑雨初收秋欲回。

折得荷花来照酒，劝郎须尽碧筒杯。

窦子野《酒谱》：历城北有使君林，魏正始中，郑公悫三伏之际，每率宾僚避暑于此。取大荷叶置砚格上，盛酒其中，以簪刺叶令与柄通，屈茎上轮囷如象鼻，传噏之，名为碧筒杯。

梁庄春草绿纤纤，粮冢依稀数点尖。

风俗尚传檀道济，只无祠庙可观瞻。

粮冢在城东梁家庄。世传檀道济北略地，转战至济上，魏军盛，遂陷滑台道。济军至历城，乏食，乃唱筹量沙，而以余米覆其上。今数冢尚存。

乡里纷纷说义娥，红妆季布女荆轲。

当时若种孝棠树，定有白花开一窠。

张鹤鸣《义娥传略》：义娥姓卢，名桂香，吴爱众养女。爱众为仇所杀，姑扭仇衣，仇刃之，死不放手，逻者擒焉。宋氏《诗册》：历城宋璧家海棠树花忽变白色。是时璧有母丧，因共呼之为"孝棠"。

诗人边李最知名，同调还推许殿卿。

莫问鹊湖陈水部，墓门八柳自纵横。

田山姜论诗绝句："吾乡边李号前民。"边贡、李于鳞、许邦才俱历城人。陈明，号鹊湖，有《水部集》，临死自题其墓曰"鹊湖诗人八柳先生陈念宪墓"。

蠹斋藏弃百牛腰，东土名流未寂寥。

君见法书通释否，山樵好古似书樵。

周孚：《蠹斋铅刀编》有"书卷百牛腰"之句；张绅，号云门山樵，著《法书通释》；周溥，好积书，自号书樵。俱历城人。

齐州碑记二堂中，北渚亭传晁赋工。

今日寂寥明水镇，更无文士草深丛。

《济南行记》有北渚亭，晁无咎守齐州，作《北渚亭赋》。王阮亭云："吾郡遗文惟晁无咎《北渚亭赋》最为瑰丽。"《渑水燕谈录》：田诰笃志好文，得水树于济南明水镇，决志高蹈。《说嵩》：田诰每构思，匿深草中，绝不闻人声。俄跃出，即一篇成矣。

王子求仙丹道成，和平那得及初平。

药囊书卷俱零落，枉负孙邕十载情。

《后汉书》：济南孙邕学仙于王和平。和平病殁，有书百余卷，药数囊，邕不取焉。

端王有马异形模，指鹿还堪作画图。

八宝盘倾芳宴歇，凄凉空望白云湖。

明德藩端王于白云湖得一马，似鹿形，每宴会则列于筵前，负八宝盘。崇祯戊寅，马无故自毙。

秋水轩头万古尘，布衣慷慨亦沉沦。

讼庭更有南冠客，三百年间博雅人。

陈汝言，有《秋水轩诗稿》，吴人，官于济南，坐法死；张布衣泰运，上书不用，杖四十；顾宁人先生，曾系济南狱。

田郎妙论涉风骚，蚕尾才名一代豪。

近日诗人太寥落，济南空对乱山高。

田山姜论诗绝句："眼底渔洋蚕尾外，诗人空作济南人。"

东国词坛自少双，酸咸勾肆后来腔。

若教月底修箫谱，青兕翻输周草窗。

刘亮，历城人，有《酸咸勾肆余音》，为词曲家称赏。周草窗故居在华不注之阳。

麒麟善本枕函藏，欧瘦颜肥拓硬黄。

曾记看碑龙洞寺，题名嫌怪雪蓑狂。

历城魏明寺有韩公碑，太和中所造。魏公曾令人遍录境内石碑，言此碑最善，常藏一本于枕中，家人名此枕为麒麟函。韩公讳麒麟。龙洞寺有雪蓑道人碑记，字作狂草，文多不可解，署名曰："五湖散人兼三十六洞天牧鹤使者。"其狂诞可见。

笔踪异代少流传，妙谛谁参画里禅。

董雁韩兰田墨竹，一时过眼尽云烟。

济南董行己工画雁，韩毓桐工画兰，人称"韩兰董雁"。宋时，历城田逸民长于墨竹，宣和画苑人。

金瓶宝马已千秋，麟阁功臣世泽休。

当日姑娘真见否，但听弦索也风流。

金瓶宝马，麟阁功臣，俱见《唐书·秦琼本传》。秦宅在沙苑，子孙世以铁冶为业，世称"铸铁秦家"。《板桥杂记弹词》有"秦叔宝见姑娘"。

白云楼空生绿苔，李风尘事最堪哀。

蔡姬典尽罗裙后，人见西关卖饼来。

李沧溟白雪楼，后归邢子愿，复售王季木。《尧山堂外纪》：李沧溟诗多风尘字样，人谓之李风尘。王季木诗："荒草深埋一代文，蔡姬典尽旧罗裙。"蔡姬乃沧溟侍儿之最慧者，年七十余尚存，在西关卖饼。

苏苏声价似师师，压倒勾栏老乐司。

唱彻山坡羊一曲，秀春院里冶春时。

齐州歌者李苏苏，色艺双绝，祖无择赠诗云："何当更唱阳春曲，为尔今宵倒玉壶。"郡城西金线泉，上元时设秀春院，王季木诗云："金线泉西是乐司，务头不唱旧宫词。山坡羊带寄生草，揭调琵琶日暮时。"

轻车游遍众香台，鞍药华瓢点点苔。

堪笑匡山一拳石，浪传李白读书来。

鞍、药、华、瓢，四山名，见《古欢堂集》。《府志》："府治西北一十里，有小山名匡山，唐李白读书于此。"朱彝尊诗："三载齐东留滞日，愁看李白读书山。"《杜诗补遗》："白读书于彰明大匡山。"朱鹤龄谓："李白读书处，乃浔阳之匡庐。"

生来诗学尹参军，月倚风沦思不群。

无奈房园春寂寂，断无人扫一池云。

历城房家园，齐博陵君豹之山池。参军尹孝逸还邺，词人饯宿于此。尹为诗曰："风沦历城水，月倚华山树。"时人比之谢灵运。见《酉阳杂俎》。

玉虎同牵汲水丝，东亭茶宴夏初时。

郎心自爱罗姑井，妾意终怜瞽女池。

罗姑井，相传罗士信故宅。刘廷式聘女而瞽，竟娶之。庭下得泉成池，瞽女凡三饮其泉而得三男，号瞽女池。

济南胜概一帘收，万叠云山对小楼。

贪与翠屏为挂颊，夕阳长系木兰舟。

赵子昂有《济南胜概楼》诗。

舟行著色屏风里，人在回文锦字中。

花柳经秋犹烂漫，楼台向晚更玲珑。

此二句为刘劲《济南》诗，见《归潜志》。

渴马崖前蔓草荒，卧牛山下夕阳黄。

何人解弄神仙术，剪纸吹为斗月光。

金兵攻济南，守将关胜屡战兀术。金人贿刘豫，诱胜杀之。今墓在渴马崖。王敕读书卧牛山寺，得石函书读之，遂能御风出神。杨生喜谈神仙。居龙山镇，儿夜啼，生剪纸为两月，吹上升，使相斗于空以娱儿，百里内皆见之。

斗鸡风俗古相因，斗鸭曾闻唐庶人。

谁道西郊闲鹳雀，杀机不异小姑神。

《唐书》：庶人祐，太宗第五子，封齐王，喜养斗鸭，狸蜡死四十余。反败，牵连诛死者四十余人。《池北偶谈》：济南府学文昌阁，有二鹳巢其上，一日翔西郊，为一军士射中其胫。此鹳每带箭出入，竟报怨杀军士。

一夜朦胧月罩沙，晓来寒尚逼窗纱。

轴帘试看西园树，树树都开雾淞花。

《墨庄漫录》：冬月夜气凝林，齐人谓之"雾淞"。曾子固《齐州冬夜》诗："月淡千门雾淞寒"。

归田吏部可怜生，故宅苍茫笛里情。

十里青芜沙苑路，穆家楼外夕阳明。

历城穆吏部深为阉寺所中，罢归成疾，额中有一小人骑驴，时时往来，医不知为何疾，竟以是卒。见《香祖笔记》。其故居在沙苑，人称穆家楼。

寒威不到小窗纱，凤炭添炉自煮茶。

腊月偏多屏障福，济南风土似京华。

《紫桃轩杂缀》：天下有九福，京师屏障，福也。

风土清音有百章，问山亭上问王郎。

琵琶法曲谁传得，只有寒鸿是旧娼。

王季木卜居济南，筑问山亭于百花洲上，著《齐音百首》。徐东痴诗："齐音百首存风土。"季木尝欲法琵琶旧谱，作乐府数百曲以存遗响，闻济南刘公严为一代律吕宗匠，及访所传，惟旧娼寒鸿一人而已。

勾稽七十二名泉，每抚残碑恨转生。

闻说当年李文叔，济南水记最详明。

名泉碑不知何人所立，总七十二泉，远至中宫、灵岩诸泉具载。而华不注之华泉，明水镇之净名泉，皆失不取，盖残余俗笔。李文叔曾著《济南水记》，惜不传。

帘卷西风重九时，销魂第一李娘词。

不须更唱声声慢，说与红牙陈盼儿。

赵明诚妻李清照《醉花阴·重阳》词："莫道不销魂，帘卷西风，人比黄花瘦。"李祉《陈盼儿传》：盼儿执牙板，歌"寻寻觅觅"一句，上曰："愁闷之词非所宜听。"盖即李清照《漱玉集》中《声声慢》也。

雪深盈尺兆丰登，祈祷原非不足凭。

闻说神名何寿鼎，药方竟愈李中丞。

藩属土地神何寿鼎，宋冈陵人。万历中，李中丞作方伯时，祷雪于神，雪果盈尺。中丞抱病思归，神示一方而愈。见毛大瀛《齐音续咏》。

裙屐风流一代传，美人名士其游仙。

分明忙得吟秋柳，弹指匆匆六十年。

德州祁子征，秋夜醉卧历下亭，忽见画船自苇中出，有伟丈夫携丽人登亭共坐云："记丁酉与王阮亭赋秋柳，今岁又丁酉矣。"感慨题诗而去。祁视壁间墨迹未干。天明渐渐磨灭，日出后杳无字迹。见《秋灯丛话》。

故城远在郭西村，坡市留人尽断魂。

此日湖心清见底，竟无碧玉指环痕。

故城有坡市，陆地阳气所蒸，若海市。然有张环枢者，夜入其中，见城郭官室冠盖甚盛，宿于宾馆，与歌妓名紫云者共寝，赠张碧玉、指环，早起俱失，所在惟指环尚存。后泛舟大明湖，同人传玩，失手堕湖中。

三月桃花开又残，谁家呼婢卷帘看。

明湖一夜潇潇雨，何处高楼怯晓寒。

朱天明夏夜与数友集明湖侧，召妓侑觞。妓素不识字，忽援笔书绝句云："一夜潇潇雨，高楼怯晓寒。桃花零落否？呼婢卷帘看。"忽仆地，唤之苏而问焉，则皆不知。见《滦阳消夏录》。

济源谁向地中探，岱北潜行出郡南。

断续但看丁未岁，铁牌何必五龙潭。

曹植文：沈源道济，作润岱峒。万历戊午，岁大旱，趵突泉竭，五龙潭郭羽士以铁牌沉之，复如初。乾隆丁未夏枯。至秋自涌。

北地常时少药栏，种栽容易养培难。

近来添得堂花窖，谷日先看红牡丹。

浮岚暖翠夕阳含，树色葱茏水蔚蓝。
未必江南如此好，可怜只说似江南。
黄山谷诗："济南潇洒似江南。"

济南山水天下无，二十四泉多竹梧。
未卜一廛为市隐，霜缣先绘草堂图。

作者简介：王初桐（1729—1821），原名元烈，字子杨，号竹所，又
号红豆痴侬，今方泰乡人。主要作品为《济南竹枝词》《奁史》等。

出处：《济南竹枝词》，嘉定王氏刊，清乾隆五十八年（1793）。

明湖竹枝词

［清］朱崇道

半城烟水昼冥冥，沽酒相逢历下亭。
还棹小舟湖里去，荷花红白柳条青。

佛山倒影入湖来，湖上看山日几回。
欲间汇波桥下路，北门锁钥不曾开。

西湖南岸鹊华桥，半是菰蒲半柳条。
亭子间山楼白云，碧霞官外雨潇潇。

七桥渺渺是烟波，千顷清流送棹歌。

流向水门门外去，浴凫飞鹭稻田多。

作者简介：朱崇道（公元1730年前后在世），字带存，历城人，朱崇勋之弟。贡生。

出处:《湖上草堂集》。

任城竹枝词

[清]韩是升

序：自任城以北，水浅胶舟，日行二三十里，每遇一闸则停两三日，就所见闻，杂拉成句，略无次序，其竹枝之遗欤？恐无当于风人之旨也！

古庙高槐静午曦，舳舻衔尾去程迟。

苦无定武兰亭本，消遣篷窗昼六时。

舟师喧集饼师多，白日樗蒲夜踏歌。

我是杞人忧转功，起占云汉问如何？

东船西舫往来频，不叙寒暄道姓名。

有客月明工度曲，笛声嘹亮又箫名。

沿街盲妇唱新歌，铁拨檀槽肉调和。

说到临清征战日，天戈挥处羽声多。

两两凫雏唼绿萍，池塘一带柳条青。
捣衣少妇矶头坐，闲看飞花落远汀。

蔷薇莺粟浅深红，香艳偏开枳棘丛。
料得故园春欲尽，阑珊花事雨声中。

登舟再见月轮圆，尚隔燕山路两千。
如此风光迟亦得，健时觅句倦时眠。

作者简介：韩是升（1735—1816），字东生，号旭亭，晚号乐余，元和（今江苏苏州）人。韩馨的曾孙。刑部尚书韩崶父。贡生。其好读书，不过问家中生计。历任阳羡、金台、当湖等书院教授，还曾在京城王府中讲经学，德声卓著。四十岁弃儒冠，云游四方。著有《小林屋诗文稿》《补瓢存稿》。

出处：《听钟楼诗稿》，清嘉庆十五年（1810）刻本。

周村竹枝词

［清］王祖昌

绿柳门边是狭斜，红妆睡起听啼鸦。
萧郎自有綦巾妇，也像红楼学试茶。

三月清明白影迟，礼泉寺外水涟漪。

红油车子桃花马，相约烧香到范祠。

作者简介：王祖昌（1748—？），字子文，号秋水，山东新城人，王士禛从曾孙，乾隆间诸生。

出处：《秋水亭诗草》，清王祖昌撰，清刘寄庵选。

济南竹枝词

[清]郝懿行

明湖秋水碧于油，女伴相邀共冶游。

芦荻丛中喧笑语，前亭放下采莲舟。

城南一带野人家，龙洞弯环曲径斜。

红粉青蛾山下路，更无人看海棠花。

龙洞在城南三十里，秋海棠布满山谷，士女于九日竞为游观。

作者简介：郝懿行（1757—1825），字恂九，号兰皋，山东栖霞人，清嘉庆年间进士，官户部主事。清代著名经学家、训诂学家。长于名物训诂及考据之学，于《尔雅》研究尤深。所著有《尔雅义疏》《山海经笺疏》《易说》《书说》《春秋说略》《竹书纪年校正》等书。

出处：《晒书堂诗钞》，清光绪十年（1884）东路厅署刻郝氏遗书本。

潍县竹枝词

[清]郭麟

北海国领十八县，平寿即今潍县城。

又复呼为北海郡，始于元魏最分明。

汉平寿县至北魏为下密县，又为北海郡。见《后魏书·地形志》
《隋书·地理志》。

城大无逾九里奇，城名屡换地无移。

土如蒸面河翻雪，长似鬵苏假道时。

魏下密县、北海郡，至北齐为下密县，为高阳郡；隋为北海县，
为潍州；唐为北海县，为潍州；宋为北海县，为潍州。见《隋书·地
理志》《太平寰宇记》。宋苏轼《东坡集》有《除夜大雪，留潍州。元
日早晴遂行，中途雪复作》诗。又《送孙勉》诗内有云："我昔罢东
武，曾过北海县。白河翻雪浪，黄土如蒸面。桑麻冠东方，一熟天下
贱。"白河即今县东门外白狼河。按：白狼河，《水经注》作白狼水，
《宋史·河渠志》作白浪河。

石佛寺中佛尚在，孔融祠内草犹青。

谁人还记观音院，何处重寻墨妙亭。

石佛寺，宋咸平年建，在今县治南南寺巷。寺中有苏轼题崔白
画布袋佛石刻。孔北海祠及论古堂旧在北城上，今在县治东关帝庙西
院。宋政和四年二碑记尚存。观音院，今县治西有撞钟院巷菩萨庙，
内有东魏兴和四年比丘尼静悲《造观音像记》。又地中出有北齐天保
九年清信士女王频为亡夫夏显伯《造弥勒像记》。窃疑此地或即古观

音院。墨妙亭见《汉隶字原·逢童子碑》。政和三年，徐修之迁于倅治之墨妙亭。按：碑与亭今不知其地。

枣名乐毅已无种，绫号仙纹不复知。

偏有卫戈与隋镜，市头时或一逢之。

乐毅枣、仙纹绫，潍州土贡。见《寰宇记》。周卫公孙吕戈，隋日光镜。见《山左金石志》。

真武城头有旧祠，至今贞石记当时。

曾令群恶心肝碎，金字云中闪草旗。

真武庙在县东北城上，宋大观二年立。真武捍患事，见大观后石刻《真武经记》。

论古堂碑今尚存，韩公不愧魏公孙。

几场力与金人战，血溅孤城报国恩。

韩浩，安阳人，魏国公琦孙。宋政和四年知潍州，创建孔北海祠，又建论古堂。建炎二年正月癸卯，金帅窝里嗢攻潍州，浩帅众拒守，城破，与通判朱廷杰力战死；又北海县丞王允功、司理王荐皆死之。

爱竹谁同王子猷，东堂遗事蔡公留。

于今不用栽芦代，劲节虚心绿满洲。

蔡珪正甫，正定人，金大定间，由礼部郎出守潍州。时潍无竹，常于官舍东堂栽芦代之，有诗曰："青君那肯顾寒乡，试著葭芦拟汶篁。有若何堪比夫子，虎贲犹想见中郎。色添新雨帘栊好，声入微风

229

枕簟凉。他日东堂惭政拙，只将此物当甘棠。"见《坚瓠集》而不详所出。按《金史》：珪为右丞相，松年之子。除潍州刺史，已得风疾不能入，谢致仕，寻卒。是珪未尝至潍也。而于钦《齐乘》亦有珪卒于潍州官舍之说，与《坚瓠集》所引同，不合于史。

富贵繁华似水流，藏书空说吕家楼。

潍州石糜麝香月，同一销沉不可求。

明山西左布政吕逊家旧有藏书楼。石糜砚，潍水沙所作。见欧公《砚谱》。麝香月，韩熙载墨名。见《清异录》。

通尽全城立壮猷，难忘不独一周侯。

青阳楼上红旗下，娘子援袍指血流。

周亮工，字元亮，别号栎园，南京人，原江西金溪籍，又河南祥符籍。年二十九，登崇祯十三年进士。十四年知潍县，剔奸除弊。十五年十二月初九日，清兵由烽台口入，潍城被围。公协同士民誓死坚守。至十六年春，终保全城。其大略见公自作塘报及潍人梁章、袁知祉、于门俊《全城纪略》。公即于是年冬行取御史，潍人欲留不可，遂为建生祠祀之。公在潍尝于县署构陶庵与无事堂。其自作诗有《全城》《通烬》二集，他人赠答之作有《白浪河上》集。又，潍上两值戒严，公之侧室有宛邱王氏，自号金粟如来弟子，尝誓死登陴，时年十九。后五年死广陵，葬白门，见公《赖古堂集》。《海上昼梦亡姬诗八章》之第五章曰："危楼城上字青阳，一饭军中尽激昂。旗影全开惭弱女，鼓声欲死累红妆。玉台咏杂空王巷，锦伞尘迷怀色裳。仙佛英雄成底事，劳劳亭畔柳千章。"即追咏氏在潍事也。又公在潍所作《城上》诗，谓氏皆有和而戒不外传，惟于《因树屋书影》录其数联，有《围城》云："已分残躯同鼠雀，敢言大树撼蜉蚍。"当即氏在潍之作。

古瓦久湮漳水滨，张公仿古秘反新。
谁知偏遇多言仆，难免陶庵冷笑人。

县尊周亮工官潍日，张移孝中丞尝送礼物有铜雀瓦砚，公却之。使者强之至再，终曰："此奴主令临漳时，于署中亲督工为之者，何不受？"见《因树屋书影》。

德祠几处祠贤侯，惟有周公祠尚留。
赢得愚儒教冬学，不烦赁庑任藏头。

周公祠在县治东，明崇祯十六年，潍人为县尊周亮工建。至国朝，又入赖开瑛、郑板桥二公，今呼为三贤祠。陆游诗："儿童冬学闹比邻，据案愚儒却自珍。"

侯明府本老书生，今日谁知旧有名。
常指白狼一条水，自盟心与白狼清。

侯抒愫尔谟，河南襄城人。康熙壬辰进士，宰潍有政治。见王苹秋史《蓼谷集》。

文昌阁屹古城端，除祀春秋香火寒。
何似汉家旧风俗，一人肩负一星官。

文昌阁在县东南城上。按：汉人木刻小像祀文昌司命。见《风俗通》。今以建兴儒士谢艾或以梓潼七曲山张亚子为文昌神者，乃汉以后之说也。

郑公为政美谁如，三绝不专诗画书。

无奈一时骄客者，惭他呼作驼钱驴。

郑燮板桥，乾隆十一年宰潍，凡讼事，右婆子而左富商，遇监生有事上谒，则庭见，呼为"驼钱驴"。见胶州法廷评坤宏《海上庐集》。

南园修竹几千根，贤宰时携客到门。

最是拂衣归里后，逢人犹问旧华轩。

县尊郑板桥在潍日，吾家有南园在县治东南天仙宫东，修竹蔽日，公爱之，每假为宾客雅集地。沈臬使有长歌纪事。逮公归里过吾家，有官扬州七浦司巡检者，公有为画竹并题诗云："七载春风在潍县，爱看修竹郭家园。今日写来还赠郭，令人长忆旧华轩。"今南园已废，画竹尚存。

荷花湾对白衣祠，湾上曾居赵五儿。

不信既娴歌与舞，尤能自歌可怜诗。

荷花湾在县治东北观音院前，康熙初，有济南歌者赵五儿居此，有诗云："月白风清夜，荷花朵朵鲜。意中人不见，空荡可怜船。"见家二曾伯祖鹄亭公《青可轩未刻诗》注。

上日城隍庙会开，游人杂遝管弦催。

几年少在春林下，赌踢虚头毽子来。

毽子，抛足之戏也。《帝京景物略》：京师有童谣曰："杨柳儿青，放空钟；杨柳儿死，踢毽子。"又，李在躬有咏毽踢《黄莺儿》词曰："只为两文钱，作虚头、一线穿。浑身装裹些花毛片，撒人在

眼前，卖俏在脚尖，反来覆去一似风前燕。者身边方才著脚，又到那
身边。"

新正节始过元宵，结队城头跑老猫。

为丐一年无百病，艾香争把石人烧。

正月十六日，妇女进香真武祠，先于暗中摩弄一木虎曰老猫，谓
一年不生疾病；又于庭前以艾灸左右两石人曰石老、石婆，谓一年不
生疮疖。总谓之跑老猫。按：猫本赵玄坛所跨之虎，两石人皆男子
像，制作甚古，相传自明废察院行台前移来。

杨柳初垂杏未开，天仓安囤散囤灰。

龙抬头日先节起，再散囤灰收囤来。

正月二十五日，俗为天仓日，妇女早起布灰于庭，曰安囤。至二
月二日为龙抬头日，复布灰如前，置五谷于中，曰收囤。按：天仓本
星名，至日曰天仓，见《法天生意》。九月二十一日谓之天开仓日，
宜入山修道。又《礼记疏》引阴阳式法，正月亥为天仓。潍俗天仓，
盖本亥为天仓而讹也。散灰见赵孟頫《松雪集·耕织图·耕图·二
月》诗："幼妇颇能家，井臼常自操。散灰沿旧俗，门径环周遭。所
觊岁有成，殷勤在今朝。"

梨花才放两三枝，名蟹佳虾上市时。

但看椿芽长一寸，争分垛子卖嘉鲯。

俗谓驴上负曰垛子。嘉鲯见《文昌杂录》。潍谚："椿芽一寸，
嘉鲯一坌。"

一百四日小寒食，冶游争上白狼河。

纸鸢儿子秋千女，乱比新来春燕多。

冬至后一百四日曰小寒食，见杜甫诗；一百五日寒食，见《东京梦华录》。

中秋难得是晴天，金粟香飘几处传。

待到一轮月东上，小儿齐唱月光圆。

唱曰："月明光光，小儿烧香。月明圆圆，小儿玩玩。"

春头冬尾夜寒增，传说诸神下九层。

几处重门深院里，一竿红䅖一天灯。

俗于腊月望日晚以竿䅖灯于庭，曰天灯，至明年正月望日后止，谓一家不生眼灾。

编者注：䅖（diǎo），禾穗下垂貌。

白狼城东春水生，几家酒卖瓮头清。

当年重酝还粗曲，久已香消空有名。

重酝，潍州酒名，见《曲洧旧闻》；粗曲，潍县酒名，见《书影》。

王母楼台与市邻，年来一半杂灰尘。

神仙也有艰难际，盼杀楮倾补漏人。

王母阁在县东，左右侍者俗呼为十美女。按：《汉武帝内传》，王母侍女有：王子登传语汉武帝又弹八琅之璈者，董双成吹云和之笙者，石公子击昆庭之金者，许飞琼鼓震灵之簧者，宛凌华拊五灵之石者，范成君击湘阴之磬者，段安香作九天之钧者，法婴歌玄灵之

曲者，李庆孙书大仙真经付汉武帝者，郭密香通问上元夫人者，四非
答上元夫人歌者，共十一人。又《真灵位业图》所载：王母侍女共九
人，校《内传》不同者，有王上华、宛绝青、于若宾、李方明、张灵
子等五人。

马宿庄东膏润泉，老龙灵异迄今传。

太平毋用风云起，静养明珠自在眠。

膏润泉在县东二十五里马宿庄。见元陈绎曾《膏润祠记》。

潍水来从箕屋山，东流到海几时还。

淮阴恺乐龙且恨，都付斜阳想象闲。

潍水在县东六十里，俗名潍河。

一带烟村傍远汀，桔槔声里菜花馨。

晚菘早韭由郎种，莫种瘶心高脚青。

莱菔青，长者俗名高脚青。皮坚而辣曰蔽，心枯不脆曰瘶，皆莱
菔之病。

门巷各居一水干，三春多雨涨漫漫。

焦翁淮母贪欢喜，不顾人家把见难。

胶水俗读若焦，潍水俗读若淮，二水大时合流，俗有谚曰："胶
翁起，淮母喜。"见昌乐阎考功循观《高密竹枝词》注。

桃花岸接绿杨矶，细雨斜风犹未归。

但愿与郎荷蓑笠，一竿长钓鲤鱼肥。

潍水鲤，俗谚曰："淞鲈四腮，潍鲤四孔。"

桑犊亭传白水东，遗形郡国总成空。

惟余野老说山市，屡睹城楼晓雾中。

桑犊亭，本汉桑犊县，又为高密郡城，本故高密国。并见《水经注》。按：遗址在今县东南三十里溉水之西，白狼水之东。

汉县斟亭已泯然，常公山庙碧㟝㟝。

行人欲问当年事，不据于书总浪传。

斟亭在溉水东，见《水经注》；《寰宇记》谓在潍州东南五十里。按：斟亭即汉斟县，当因夏后氏斟鄩故国得名。然京相璠曰：斟鄩去斟亭七里，是明非一地，今并不可考。常公山在今县东南四十里，当因常公庙得名。按：《齐乘》沂州条下有常将军祠，窃疑当即此人。俗以明常遇春附会之，呼为常令公山、常令公祠者，非是。

覆甑重寻何处间，于今唤作霸王山。

分明犹有溉源水，两地争流鸣佩环。

覆甑山见《水经注》，又作塔山，又作溉源山，见《太平寰宇记》。按：此山在今县东南五十里，即俗因其上曾有隋末夏王窦建德庙，呼为霸王山，并呼其下所出的溉源泉为霸王泉是也。按：溉泉有二源，一出覆甑山之阳，西流而北；一出铁山直北房氏庄西涧，北流而东。自此以下合流为一，即俗呼虞河是也。

城南自昔有跻攀，谁误铁山为塔山。

劈历至今生未断，拾来都带艾花斑。

铁山在今县南少东五十里，即俗讹为溉水发源之塔山，并改建窦王庙于其上，又呼为灵山是也。按：铁山之名，见《后魏书·地形志》，又见《隋书·地理志》；又一名劈历山，据《太平寰宇记》知之。

来往东南林野间，为询樵牧一开颜。

不因流水名犹在，谁识当年小几山。

小几山，《寰宇记》谓在北海县西南。按：今无此山。惟县东南有虎阜山，山下所出之水曰小几河。窃疑水当因山得名，是今之虎即昔之小几矣。

山路崎岖下谷梁，太公堂下太公庄。

唐碑半片今何在，荞麦花开遍地香。

齐太公堂在县东南五十里谷梁山下，有民居曰太公堂庄，有唐碑，今亡。

阿侬二八照青春，能相渠侬生计新。

有地不招掏炭鬼，有钱长雇挖堉人。

俗呼掘井出炭者为掏炭鬼，出五色泥作瓮者为挖堉。

桑家窑接宋家窑，挖得青来作瓮烧。

郎作瓮身侬作底，小心无一有微茅。

桑家窑庄在县东南五十五里。窑器有捐曰茅，见《格古要论》。

刘令公茔已久荒，穹碑半泐属朱梁。

从来访古人常有，底事偏遗石马庄。

刘鄩，密州安丘人，见《五代史·梁杂臣传》。墓碑在今县东南六十里石马坟庄小汶河北，惜碑残太甚，撰文者姓名及立碑年月已不能详矣。

营丘集北树层层，几点荒城以古称。

不读魏书与郦注，无人知是汉营陵。

营丘集在今县南昌乐境白狼河西，营丘古城在营丘集西少北约四里许。以《魏书·地形志》《水经注》《汉书·地理志》《隋书·地理志》考之，营丘集本隋之营丘县，亦即魏之营陵县；营丘古城本汉之营陵县，为北海郡城，或曰营丘莽，曰北海亭，即魏营陵县下之营陵城。《寰宇记》只知隋之营丘，而不考魏之营陵；只知隋之营丘，而不考汉之营陵，牵合附会。自此之后，遂致讹不易明矣。

几株疏柳青山下，一片荒台绿水滨。

不是乐家书内载，古坟谁识汉平津。

麓台在县西南二十里浮山之东，补生泉侧，俗传为公孙弘读书处。见《齐乘》。又引《元和郡县志》及《太平寰宇记》云，为公孙弘坟。

潍州八景始谁标，丞旨题诗寄兴遥。

轶事为传麓台月，当年曾照慕容超。

《潍州八景》诗，见元张文穆公《华峰漫稿》。中有《麓台秋月》云："银河漾漾静天街，碧月辉辉照麓台。台上读书燕太子，清光依旧向人来。"燕太子事虽未详，盖谓南燕太子也。《县志》作燕太子丹，非。

一片浮山映麓台，传为地脉免三灾。

自从西涧文游散，但见山花绕涧开。

浮山见《地形志》，《九域志》作浮烟山，《寰宇记》作阜山，引《齐记》云："此山是地脉，可以免三灾，即今程符山也。"乾隆间，昌乐阎考功循观尝读书山中老子观，自建西涧草堂，朋从文游，擅胜一时。

地脉山南一径通，明宗庙误作明公。

分明不及清平好，犹有题诗徐世隆。

后唐明宗庙无年月可考，在浮山南峰，土人讹为明公庙。按《山左金石志》：清平县有唐明宗庙，元人徐世隆有《谒明宗庙》诗云："徽陵当日拯残唐，五季之间号小康。因兽害田秋罢猎，为民求主夜焚香。八年功德丹非在，千古明灵祭祀长。欲识此邦遗爱事，庙槐人敬似甘棠。"盖元贞元年刻石也。

院号龙泉大定年，龙泉近在院东偏。

老僧定有降龙钵，风雨惊看泉倒悬。

龙泉，在县西南龙泉院东。

诗人常恼县无山，偏在西南云气间。

最是看来一片片，不知那片是金关。

县尊郑燮《板桥集》有《恼潍县无山》诗。金关山，一作金阙山，与浮山并志《地形志》。北海郡平寿县，今不知所在，或云即浮山西之黑山，惜无书可证。

苏家孝迹久消沉，一片清山尚可寻。

不信山还为世用，年年斧凿白云深。

孝迹山，因产青石，又曰青石山，在今县西南二十五里南淯埠西南，黑山之西。按：此即《隋书·地理志》之女节山，《元和郡县志》《太平寰宇记》之节女山也。《元和志》云：昔齐湣王时，尝举兵伐楚。有苏浑者，没于军。浑有五女，痛父之死，登高呼父魂，葬焉，遂终身不嫁。山因以得名，其上有节女孝迹。《寰宇记》云：山在北海县西北三十五里，盖西南二十五里之讹。

窟曰麻家形制奇，道旁半露石楮持。

苍苔剥尽无文字，长使往来人见疑。

麻家窟在县西南昌乐境孙家堡东，形制特异，不知是何代人古圹也。

树色青青山色黄，四泉声隐草莱长。

惟余一片残碑记，曾祀仙公配药王。

黄山，一名四泉山，在县西南三十五里昌乐境，彼谓之东黄山是也。旧有黄山仙公祠，又并祀唐孙思邈、魏药王二像，见元延祐六年及至正元年二碑。按：魏药王，《七修类稿》作韦药王，盖姓韦，名慈藏，唐开元时人。一时有药王之称，非实有朝命封为药王也。

自昔相传海眼泉，不知其地已多年。

今年偶遇渔公问，说在山村下泊边。

海眼在北海县，见《天中记》引某书。近岁始知在县西南下泊庄，一云在县西城濠上龙神坐下。

崔府君祠出绿杨，谷衣兵马有辉光。

为阅冥途集万鬼，也如人世在官忙。

谷衣兵马，见《三朝北盟会编》。冥途集万鬼，见陆机《泰山行》。崔府君讳珏，字则未闻，其先出炎帝之后，王父烈考著名当时。府君大业中擢□□第，见□□□□德弗仕。贞观中，征为长子令，寻迁滏阳令，未几拜蒲州刺史，继除河北道采访使，终于位。归□滏阳，□遗命也。部人感府君异政，□□立祠奉之，□□□□□德□□。宋景祐二年，封护国显应公。元符二年，进爵昭惠王，又以灵懿夫人配享。正和三年，赐衮冕仪卫亚于岳神。□和七年，封□□尉忠卫侯□□□尉忠赞侯，从祀庙廷。金贞元中封显应昭惠王，仍诏立左右属司；承安中，分祀五岳。以南岳在宋境，乃加封亚岳□行南岳□以□其□□□。皇元浑一区域，地逾南海。至元十五年归岳祀于衡山，乃封齐圣广祐王。贞元二年，复加封灵惠齐圣广祐王，显祐灵懿□人。右见元人李中《井陉县重修亚岳庙碑》。金元好问有《阳平崔府君庙记》及《河南彰德府名宦志》，谓府君名钰字子玉者，皆沿俗传之讹。潍有崔府君祠，在城西西阁。县人有丧亡者，例于第二日晚备刍灵楮铤至祠中招魂送魂，赴东岳报名，盖数百年来旧俗也。

东明造像若干躯，为读残碑惜已无。

不信近于松柏下，重逢一个老文殊。

文殊狮子石像，出县西十六里东明寺土中。以后晋天福二年碑证之，当即后唐长兴二年修文殊菩萨堂之文殊；又寺内新出砖文八字云："解家砖。大明七年作。"按："大明"为刘宋孝武帝年号。是此文殊，亦即当宋孝武帝时所作矣。

漷水发源漷薄涧，土名今作大于河。

若教不考水经注，难辨千年已后讹。

漷水出方山漷薄涧，见《水经注》。即今县西二十里俗名污河，又曰大于河。

映房石出漷东岸，一幅丹青好画材。

记得阎衣与吴带，大都根柢此中来。

北魏映房等《造像记》，并侍佛者共一百四十像，出大于河东洪福寺。

崔勰石出漷西岸，苔藓除来宇未湮。

喜有季鸾好兄弟，一时官职列三人。

北魏神龟二年，崔勰《造像记》出大于河西岸，题名有崔鸿，即崔季鸾也。

汉碑先有后皆亡，野草荒烟惹恨长。

剩有新镌临缩本，虎贲犹想见中郎。

潍上汉石至今仅有传本者，麟尝于同治七年合刻为小字《四汉碑图》，存族孙杭之湘帆家。

孤岫龙神旧有名，旱来祈雨竞相迎。

母家遗事凭谁悉，辛郑村中认外甥。

孤山在县西五十里昌乐境，旧有龙神，宋崇宁五年敕封广灵侯。元至元元年，加封孚泽广灵侯。至今岁旱，潍人往往迎神祈雨，惟辛郑庄人仪仗尤盛。或问之，谓其村相传是龙神外家，故与他村不同云。

临汝化城天下无，孤山山市与之俱。

邢侯遗迹凭谁觅，再绘孤山早照图。

孤山山市，即元潍州八景之"孤峰夕照"，亦即明潍县令邢国玺于崇祯十四年辛巳元旦在北城上所见之"孤山早照"也。《书影》谓形见于十二年己卯四月者，乃记忆之误。又云：邢尝属工为图，征同人题咏。按：今惟石记尚存，图已不见。

汉末彬彬徐伟长，相传有冢在都昌。

寻来惜不知何处，但见婆婆丁乱黄。

蒲公英俗名婆婆丁。徐干字伟长，北海郡人，黄初七子之一，见《中论》旧序。冢在北海郡都昌县，见《后魏书·地形志》；又《寰宇记》谓在潍州东五十一里，俗乎为博士冢，今并不可考。

潖水下流鱼合口，凭高四顾势悠哉。

谁知今日禹王庙，即是当年望海台。

鱼合口，见《水经注》。望海台，见《地形志》。刘宋侨置之南皮县下，即今县西北六十里，俗因上有禹庙呼为禹王台。

网子匠不知名姓，多难时能为国殇。

小庙留传北城下，一年一为奠椒觞。

网子匠祠在北城外，背濠面城。相传明正德七年，文安贼刘六犯潍，获匠，命诳城。匠应之，诱贼至城下，欸叫城上速放炮击贼。贼死者甚众，匠亦被焚。事平，故为立祠。至今北郭人犹奉祀不废。

玉清云木郁相参，中有清和修道庵。

晚入五华无一事，闲吟自喜老来憨。

玉清宫在县北三里许，初为金灵源姑结草庵处，再为元清和真人尹志平道场。按：尹志平，莱州人，金大定二十七年出家，以丘长春为师。承安初至潍，有世袭千户龙虎公者，以东苑相赠，并代志平具状礼部，请名为玉清观主持之。至太祖蒙古十四年己卯，志平年已五十有一，值丘长春应诏赴乃蛮，选侍行者十八人，以志平为首。及癸未东还，授号清和大师，遂住缙云之秋阳观，自此不复至玉清观矣。丁亥掌教燕京太极宫，乙亥退居五华山烧丹院。己酉加号清和延道玄德真人。玉清观改为宫即在此年。辛亥卒于五华，年八十有三。今玉清宫有清和仙迹碑，又有石刻清和小像，并像下有丁未正月三日五华道院作诗云："昔日烧丹院，今为养老庵。爱山非谓景，慕静不名贪。四海水云足，五华归计堪。采薪墙角北，汲水灶头南。食粥浑身暖，啜茶满口甘。一真离妄想，万法更何参。有客不迎送，无宾罢接谈。任教人见怪，自喜老来憨。"盖其门人刘道依、朱志诚于延祐元年及四年所立。按：其诗已收入《山左金石志》。而阮文达跋谓：仁和朱文藻云是李道玄作，则不知其别有何据，当再并详考矣。

翠柏阴阴道院凉，冶人初立祖师堂。

如何求是反贻误，不祭蚩尤祭伯阳。

祖师堂在玉清宫中，近岁铁匠以老子为祖师，求蒙师作记所立也。按：老子无作冶事，惟蚩尤作冶，见《尸子》。又，蚩尤作剑铠，见《管子》；蚩尤作戈戟，见《吕氏春秋》。然则老子不得为之祖矣。

静地闲来何处寻，弥陀禅院好禅林。

谁言今日高僧少，趺坐图中见了心。

了心和尚初不言何许人，国初至县北四十里之新庄，出橐金建弥陀寺，祝发自名了心。常深夜与昌邑高庙比丘尼秉烛相对，邻人觉而诘之，始知与尼本兄妹，乃故明衡藩后人也。了心工诗，能书。诗已失传，书惟自作弥陀佛前一联云："觉海澄，何方非乐邦妙土，渠渠水流扬真谛；灵台静，此处即玉沼琼林，树树风动演妙音。"至今尚在。又，寺有掖县姜璠画：一老僧露顶，眇其左目，披袈裟，趺坐一天然木床上，旁有一书一杖。即了师遗像也。

旧镇固堤今海防，督都门第久荒凉。

读书击剑当年事，剩与田夫话夕阳。

固堤镇，《金史》作固底镇，在今县北少东四十里，有海防巡检。康熙初，镇人李玠进士、翰林院庶吉士与弟珵武进士同科。珵官至督都同知荣禄大夫。

男子向海摘鱼虾，女儿补网各看家。

到门遇有狠鱼客，瓢舀盐汤当吃茶。

俗谓就网取鱼曰摘；俗谓贩买曰狠。

鸟影鱼波菼苍苍，白狼左近官亭旁。

古别画湖即此水，不须更问别画庄。

菼比荻而中微空，比苇坚细而节间有墨色，在荻、苇中自为一种。别画湖凡有三说：一说即今县北少东四十余里别画庄后，再北少东十余里高庄洼；一说即今县北少西五十余里禹王台东白狼河西接官亭洼；一说凡县北之洼，皆为别画湖。按：此三说及《水经注》白狼水经平寿故城东西入别画湖之说，惟今官亭洼近是。然询之土人皆知有别画庄，不复知有别画湖矣。

渔翁七十眼麻搭，馋鳆登州休更夸。

剩与雪天人半屋，梨花枪好说杨家。

鳆，蠃也，戴附石壳，旁有孔，或七或九，孔中有小珠，其壳入药，即石决明。别画湖东有地，俗传为李全妻杨妙真演梨花枪处。

近海编畀田产疏，半应灶户半为渔。

几年方得余财攒，挨雁新添一炮车。

近海穷民，惟晒盐、网鱼及木架铁炮、旧挨车子、钉凫雁等为生。

潍盐旧出固堤场，司令司丞官已亡。

剩有歌传司令好，岁收民馈一头羊。

固堤场在县北八十里，白狼河径其西，元代有司令司丞官署。延祐间司令某为官清平，场人爱戴，有歌曰："我民有福，我侯司场。视民如子，扶弱抑强。我民岁同一馈岁，我侯岁收一头羊。"

央子五村联海隅，草惟荒粟木粉榆。

一年一到青钱缀，指向风前爱似珠。

蔡家央子，近海五央子之一，在县北八十余里，白狼河经其西，草惟生荒粟卤蓬。荒粟一名荒稷，菜子细而黑，可以助谷。木惟有粉榆而已。

烽台旧是海防台，浪打庄门日两回。

河口多年崖岸没，粮艘虽有不能来。

烽台庄，海南第一庄也，在县北九十余里，白狼河经其东，再北十余里，即白狼入海处，俗谓之烽台口，在寿光羊角沟口东、昌邑下营口西。

关庙宽间濠北限，当年常迓郑公来。

于今一半开为店，空忆葡萄满院栽。

关夫子庙，俗名老庙，在县城东北濠外路北。乾隆初，县尊郑板桥有《留别恒彻上人》诗曰："隔城何处郁苍苍，落照松林短画墙。清磬一声天似水，长河半夜月如霜。僧闲地僻行难到，官罢云回别可伤。满架葡萄珠万斛，秋风犹忆老夫尝。"按：恒彻即住持关庙之僧有戒行者。

天曹猛将宋朝封，至我皇清建庙重。

任有千群梵宇起，一绳能贯不妨农。

刘猛将祠在关夫子庙大悲阁中间，立于雍正六年，像作一少年，戎服披发。按：盛百二《刘猛将考》云：俞曰丝名显，明末秀水人。有《野庙九歌》，其一为刘猛将，序云：司蝗之神也。蝗背有孔，神尝贯之以绳，不使妄为害。歌云："蝗东飞，东州处处青苗稀。蝗西下，西州未尽余炎野。民惶惶，为蝗哀，蝗之为烈真皇哉！将军爪蝗气雄岸，千群梵宇一绳贯。广陵有马棱，我蝗自远审。中牟有鲁恭，我蝗自四散。或朱轩而鸲鹆，或高冠而沐猴，我蝗聊复从若游。"按：刘猛将之列在祀典，自雍正二年始，从直隶总督李维钧之请也，见《济宁直隶州志》。或云曾封中天王，然神之讳，传闻不一：《姑苏志》以为宋武穆公锜之弟锐弱冠成神；或云元指挥吴川刘公承忠，见《饶阳县志》。而以为武穆公者居多。按：《苏州府志》：刘猛将军，宋景定间建庙。《坚瓠集》载《怡庵杂录》：宋景定四年三月八日敕略云：迩年以来，飞蝗犯境，赖尔神力，扫荡无余，尔故提举江州太平兴国宫淮南江东浙西制置使刘锜，今特敕封为扬威侯天曹猛将之神。似为可据。然今庙貌皆为弱冠之客，未知何故。见《柚堂笔谈》。又，阳湖赵申嘉有《刘猛将祠记》，则云：今刘猛将祠所塑刘锜之像，少年戎服，披发。又有作杖剑炎足者，或谓此乃元末指挥刘承忠殉节投河之像。误为刘锜之像，可补《笔谈》所未及，因并记之。

万年桥畔夕阳前，乐奏青林胜管弦。

地下渔洋知道否，潍州今日有鸣蝉。

万年桥在县东少北白狼河上，俗名大石桥。潍州无蝉，见《居易录》。

晏子有祠谁复知，再三寻访使人疑。

田更为指垂阳里，新改颜祠是故墓。

齐相国晏子祠在县东北，明宣德七年县丞马敏重修，此《县志》所记也。

暮雨银筝听未阑，西风黄叶落将残。

诗人自是客衣薄，错怪寒亭特地寒。

寒亭本寒浞故国，见《左传杜注》，即今县东北三十里寒水桥东。寒亭驿路通登莱，店寓歌妓。又题壁诗有《益都赵宫赞执信》一首云："落叶将飞雨，灯前无那听。客衣添几许，今夜宿寒亭。"

一池沧水绿沄沄，三卫传书本旧闻。

不识土人缘底事，创初偏祀洞庭君。

海池在县东北四十里宋家庄东龙神庙后，洞庭君柳毅庙前，土人相传即唐李朝威为柳毅作传之柳毅，与妻卢氏掘地赴洞庭之池。按：今县在唐开元中为北海县，属青州。青至北海一百二十里，是相传柳毅携家赴洞庭之池，乃《广异记》三卫为龙女传书之池矣。

何来一道水常干，唤作媒河将路阑。

全杖焦翁与淮母，有时相助起波澜。

媒河在县东北昌邑境胶、潍二水之间，无源长涸，遇二水合流，方能自成一水，故以媒名之。

平寿为城自汉初，几人词赋敌相如。

数来直到南唐日，只一名家韩定居。

汉有平寿县，……后改为北海县。至南唐传有一人，韩熙载字叔言，北海县人，生于后梁开平二年。后唐同光中，北海军乱，推熙载父光嗣为留后。天成元年八月，平北海，光嗣见杀。熙载时年十九，已擢进士第，避难奔江南。历事南唐三主，官至朝议大夫，守中书侍郎，充光政殿学士承旨，南阳县开国男，食邑三百户，赐紫金鱼袋。卒于南唐后主十年，年六十三，赠右仆射同平章事，谥文靖，葬梅花冈。子八人，畴、优、佩、份、伊、俋、俦、俛。遗文有《定居集》二卷。据《韩文靖公事辑》节录。

行迹无常徐问真，指针土药走风尘。

汝南从别欧公去，吸气方传愈几人。

徐道人，初不详其名，金贞元时，潍人为设像于李老君旁。见泰和三年西北董村《重修三教堂记》。今县北玉清宫及城内天仙宫皆有其像。间以苏轼《东坡集》考之，当即所记从欧阳公游之徐问真是也。记云：道人徐问真，潍州人，嗜酒狂肆，能啖生葱鲜鱼，以指为针，以土为药，治病良有神验。欧阳文忠公为青州，问真来从公游。公尝有足疾，状少异，莫能愈，问真教公吸气血自踵至顶。公用其言，病辄已。忽一日求去甚力，公留之不可。

人事从来未可期，感今怀古有余悲。

书多散失韩文靖，诗少流传王季夷。

韩文靖所著书，《宋史·南唐世家》谓有《韩子格言》五卷。马令《南唐书》传谓有《皇极要览》及《定居集》二卷。又《通考·经籍考》谓宋存《文集》五卷。按：传于今者惟鄂州石城山头陀寺碑、吉州故元寂禅师塔碑及诗与词十数篇耳。王崵字季夷，宋潍州北海人，《经籍考》谓著有《北海集》三卷。按：传于今者，惟《登更好堂》七律一首，见《宋史纪事》。

阳城太守迷旧迹，靖共堂记剩空名。

若从见在论文字，高手应推刘呆卿。

唐阳城太守赵公奭碑在潍州，见《复斋碑录》。《宋靖共堂记》在潍州署，见《齐乘》。刘呆卿，见宋政和四年《潍州论古堂记》石刻后云："登仕郎前莱州掖县主簿刘呆卿记。"又《记》中有云："呆卿，郡人也。"按：潍州曾为北海郡，郡人即潍州人矣。

炎宋南迁多战争，周中百口殉危城。

星移物换遗踪灭，赢得人传好兄弟。

周中与弟辛，宋建炎二年金兵攻潍州，中帅众拒守，辛家最富，尽散其财以飨战士。城破，中与辛一门百口皆死之。

灵源门弟贵非常，赖有碑图立道场。

仿佛停车风雪里，仙山再拜马丹阳。

唐括夫人，道号灵源姑，本金申国太夫人之女，大丞相文正公之妹，昭勇大将军驸马都尉元义之姑。妙年向慕真风，耽味玄理。大定二十二年壬寅春三月，马丹阳过潍，姑径往参礼，斯道之妙，已得其略。是年冬十一月又携其次子崇德往海宁之昆嵛山，于丹阳师前恳祈要诀，师遂授以《满庭芳》。词云："冒雪行车，迎风访道，投予特地参同。说些修养，不论虎和龙。讲甚婴儿姹女，无龟蛇，日月交宫。无水火，亦无漱咽，更没按时功。的端。真妙用，无为活计，清净家风。锁心猿意马，勿纵狂踪。炼息绵绵来往，自然得，子母和同。全性命，紫书诏去，直赴大罗宫。"姑乃豁然顿悟，奉词回辕，径还潍上，即其郡北申国夫人之旧第，创庵以居，尽屏尘务，专志颐真。驸马都尉与宿国公主敬姑能易心悟理，往契宿缘。因以丹阳所赠词翰，及丘长春手书丹阳琴曲《归山操》，并一时为姑所画之昆嵛山小像，倩工合刻于石，以耀其超凡之美。时在大定二十八年戊申孟冬，灵源姑尚在，作《跋》记事者为申顺大夫前定海军节度副使东平吴似之。然灵源事迹除此石外，绝无所见。按：唐括氏为金之黑号姓，《金史》有传者四人，惟唐括、安礼曾为右丞相，封申国公。又尝为益都尹，卒于大定二十一年，岂安礼即石刻所谓文正邪？然以煌煌宿国公主，表表驸马都尉，亦并不见于史，岂非秉笔者之疏漏哉！

胶西王墓近村居，碑已摧残坟已除。

只有石羊与翁仲，代他田父倚檀锄。

范成进，本莒人，后家于潍。以金哀宗出汴，帅乡里丁壮往从之，累立战功，赐爵胶西郡王。金亡，入元，赠潍东宣慰副使。

神在有碑谁更摹，王前韩后未粘模。

腐儒不识神仙字，妄作道家驱鬼符。

宋初温县郭忠恕"神在"二大字，凡有二石本：一为元丰三年尚书兵部郎中直诏文馆知军州事成安王临重摹，在今济南府舜井前；再为元至顺二年敦武校尉、淮南路盱眙县务税课提领北海韩津重摹，在今潍县东北城上真武祠。附按：郭忠恕为仙，见苏轼东坡文。曰：郭忠恕，字恕先，以字行，洛阳人。少善属文，及史书、小学，通六经，七岁举童子。汉湘阴公辟从事，与记室董裔争事谢去。周祖召为周易博士。国初与监察御史争忿朝堂，贬乾州司户。秩满遂不仕，放旷岐雍陕洛间，逢人无贵贱，口称猫。遇佳止水，辄留旬日，或绝粒不食。盛夏暴日中无汗，大寒凿冰而浴。尤善画山水崖木，有求者，必怒而去。意欲画，即自为之。郭从义镇岐下，延止山亭，设绢素粉墨于坐。经数月，欻乘醉就图之一角，作远山数峰而已。郭氏亦宝之。岐有富人子喜画，日给美酒，待之甚厚，久乃以情言且致匹素。恕先为画小童持线车放风鸢，引线数丈满之。富家子大怒，遂绝。时与役夫小民入市肆饮食，曰："吾所与游，皆子类也。"太宗闻其名，召赴阙，馆于内侍省押班窦神兴舍。恕先长髯而美，欻尽去之，神兴惊问其故，曰："聊以效颦。"神兴大怒。除国子监主簿，出馆于太学，益纵酒肆，言时政颇有谤语。闻，决杖，配流登州。至齐州临清，谓部送吏曰："我逝矣。"

因掊地为穴，度可容面，俯窥焉而卒，槁葬道左。后数月，故人欲改葬，但衣衾在焉。盖尸解也。又见乐坡诗："闻道神仙郭恕先，醉中狂笔势澜翻。"

志士从来怀百忧，谁云官小盍归休。

陇州通判永城簿，还似都监死瑞州。

宁波环贡生，任陇州通判；魏国辅监生，任永城主簿，并以城陷不屈殉难。程全，宋潍州人，为瑞州都监。建炎初，死盗祝生之难。

海滨连岁郁烟尘，草野纷纷竞杀身。

可惜周公书已逸，仅传名姓四编民。

崇祯壬午潍城被围，民兵丁复运以力战死，相士杨与昌邑炮手张魁、李三才先后被掠。士杨以不竖云梯死，魁与三才以不肯放炮打城死。见县人韩梦周《理堂诗文集》。又《白浪河上集》：县尊周亮工，于围解后，察点阵亡士卒共二百余人，知姓氏者九十余人，辑有《天地正气录》。会稽冯肇杞幼将题以诗云："马革连尸几处埋，全城功业识由来。熏风战血吹还凝，野草忠魂结不开。已有姓名留竹帛，不需勋勚上云台。亿千均死都沦没，慰尔生存未可哀。"惜其书不传，今仅传此四人而已。

从仆随夫秋日寒，中途贼至愤相拷。

蛾眉惜少当熊力，拼与豺狼肆忍残。

于升妻夏氏，随升避乱益都刘琦家。崇祯十六年秋，升偕氏回潍，琦令仆邸三杰相送。中途遇贼露刃持氏，氏怒骂，邸与升亦极力相拒，遂亦遇害，而氏死尤惨。见寿光安致远《静子三烈墓表》。

运遭阳九感刘郎，愿为官家逐犬羊。

已陷京城提剑去，不知何处没沙场。

刘芳声，字东华，刑部尚书。应节五世孙。崇祯壬午乡试武举第一。常感慨时艰，与同榜王克震等七人走京师，上言愿出死力与闯贼战，不报，归。既而召见，檄下，闻京师已陷，放声痛哭，留长歌一首，仗剑而行，从此不知所终。

困顿为儒丁茂才，怀宗殉国独含哀。

书生不作遗民老，一死南楼心始开。

丁桐，字凤梧，明县学生。甲申之变，登南城望阙，叩头自缢而死。

制锦栽花几故侯，零缣断墨倩谁搜。

板桥吟咏虽恒见，沙砾简珠难并收。

县尊，明有衡水杨伯时宜，祥符王半庵虽俭，长葛邢瑞石国玺，祥符周栎园亮工；国朝有襄城崔子荆璞，蒙化张退庵端亮，兴化郑板桥燮，阳湖庄宝琛述祖，共八人。杨有《题县斋》云"一身四境关休戚，万口百年话是非"；王有《诗集》，见《书影》；邢有《游麓台诗》；周有《全城》《通烬》二集，又有一时唱和赠答之作，曰《白狼河上集》；崔能画树石；张善书能画，有《县斋对雪诗》；庄有《题孔北海祠》云"荒苔半没玄都观，蔓草谁寻论古堂"，又有为郭氏禁伐茔树《告谕》；郑在潍遗诗最多，尝有《潍县竹枝词》三十首，惜不免青藤山人作张打油叫街语，故不复录之。

附城逆旅有兴废，大道行人无古今。

二马双骡负书笈，远游谁似顾亭林。

昆山顾征君炎武，国初赴登莱过潍，有怀古诗二首，其客游载书，见《亭林集》。《答潘次耕书》云："承谕负笈从游，古人之盛节，仆何敢当？然中心惓惓，思共朝夕，亦不能一日忘也。而频年足迹所至，无三月之淹，友人赠以二马二骡，装驮书卷，所雇从役，多有步行。一年之中，半宿旅店，此不足以累足下也。"

乡里文人谁擅场，全凭大雅为揄扬。
一书一画今犹在，孙出声同陈绣裳。

孙出声，字振铎，潍县人，见《赖古堂尺牍》。《藏弆集》有《与张薇庵》云："先生索书，弟何书？以先生深于《易》，赆以此书相质。门外人说屋里话，其中谬误必多，又点污先贤之壁，陷大愆而不知，如蛾赴灯焰未尝不求明，蝇触窗纸未尝不求出，先生何以教我？"又尝著有小学书二卷，尚有传本。陈绣裳，名戭，见设色十八尊者画卷，自题曰："古潍州陈绣裳写。"后有王栴跋云云。按：王栴字敬斋，康熙间潍县贡生。

胥家太守本名郎，归老田园有旧庄。
圣祖赐诗今尚在，后人拟建赐诗堂。

胥太守琇，官户部清吏司郎中，恭逢圣祖翠华南巡，舟泊潞河，蒙御赐诗一章曰："万里帆樯宛转来，炎天系缆泊河隈。长江曾作操舟说，短梦频思著楫才。隔水修修秋麦起，绕林处处野花开。从容披阅诗书幌，静而忘言忆九垓。"至今宸翰如新。太守后人欲于城南建御赐诗堂，永宝之。

刘公慈利去官年，祖帐倾城泣泫然。

刘宠谁云难继美，一民重送一青钱。

刘继圣，由岁贡生授广宗训导，旋升慈利知县，有惠政。与民语，常谓为"儿"，不轻用刑。有一罪人被杖而呼，公蹙然曰："儿再忍一板。"病痛，谢罢，慈人口出一钱以馈之。康熙四十三年甲申卒，年七十有三。

草亭诗法喜清新，一卷蜩鸣尚未湮。

遗事至今传嫁子，牛车载像别乡人。

朱草亭孝廉著有《蜩鸣草》，无子。临卒，付女收之。比葬，相传女驾牛车抱父木刻小像，遍诣亲友作别，一时争诧异之。

胥君生有樗蒲癖，腊月毡披一片青。

不遇扬州郑风子，只应冻杀老明经。

胥伦彝贡生，性嗜樗蒲，尝腊月披毡踞博场中。适县尊郑板桥见其文，爱而召之，即荐为某县书院山长。徐景东，明经弟子也，尝为作《披毡先生歌》，惜已失传。

武缘原不以诗名，未若来安有别情。

恰似文房拈五字，谁为秦系撼长城。

刘沧岚以贵官武缘令，说经之外，文有《藜乘集》，附诗若干首。韩梦周，官来安令，文有《理堂集》，诗有《邱园》《八公山》等集。

姜君云一隐农桑，白发不离慈母旁。

最是伤心父客死，隆冬千里负还乡。

姜孝子国霖，字云一。

松云松雪两斋居，乐古各成缪篆书。

可惜门衰难世守，年来旧本已无余。

家四曾叔祖检讨芸亭公著有《松筠桐荫馆集印》六卷，先祖县令
莲溪公著有《松雪堂印萃》四卷。今印皆散失。

书画搜罗几费年，高家编又郭家编。

而今又得陈家续，锦裹香熏什袭传。

即墨家四曾叔祖县令粮庵公，继胶州高南阜赞府凤翰搜辑山左名
人书画墨迹，题曰《桑梓之遗》，计七十八册。先人莱阳赵北岚明府
曾百汉碑斋，今在县中陈氏文石山房。陈氏更为采补所未有者，共为
百册，什袭藏之。

玉清宫外足黄埃，宫内八仙花乱开。

不见当年李少鹤，闲游曾与鹤同来。

八仙花即聚八仙花，又曰琼花。高密李州牧宪乔《少鹤集》有
《携鹤游玉清宫》诗，首句云"帝子入仙处"，盖误以灵源姑为宿国公
主也。

松园吟社久荒凉，往事花前屡举觞。

争把新诗付阿魏，琵琶听按小秦王。

松园社唱和无虚日。有魏四娘者，江南鬒女也，卖歌至潍，工琵琶，
又能按《阳关三迭》曲。蜀江菊畦常招入座，以新作小诗属依旧谱试之。

一介书生刘履亭，风尘卜肆代横经。

空吟亲老科名急，太祝双眸不再青。

刘履亭因病目失明，老于卜肆，有《送弟赴郡试》诗句云："亲老科名急，家贫道路难。"一时传诵。

风尘薄宦事堪伤，家集常抛白水旁。

枭子黄鱼争道好，谁知作自老南堂。

方典史某，桐城南堂征君贞观之后，嘉庆间出仕潍县，卒于官。贫不能归葬。留有《南堂诗》板，今在县中陈氏文石山房。其诗有《客砀山得家书效涂山体》一首，《秋雨庵随笔》谓：方某坦庵作；《十二笔舫杂录》谓：卢见曾雅雨运使幕客作。皆未知有此板本也。

潍中无竹几经年，潍上竹枝词不传。

今日竹同词并有，相联一唱使君前。

作者简介：郭麟（1767—1831），字祥伯，号频迦，因右眉全白，又号白眉生，江苏吴江人。

出处：《潍县文献丛刊》，民国二十五年（1936）铅印本。

济南竹枝词
[清] 张象鹏

城内人家爱乘船，城外人家爱住山。

华不注头踏青去，缨濯湖上赛神还。

方塘处处长青蒲，露冷荷残八月初。

昨日棹头新涨过，渔罾高挂卖鳊鱼。

作者简介：张象鹏，字扶九，号石笏。乾隆丙午举人，官长清县
训导。

出处：《东武诗存》，清嘉庆二十五年（1820）刻本。

徐乡竹枝词

[清]冯赓扬

序：尘牍既清，长昼多暇，兴之所至，发而为诗。风教攸珠，讽
劝斯寄，仍不敢忘民事也。

凤凰千仞翠云隈，绛水黄山绣错开。
八百村庄齐问俗，醇风犹是古东莱。

彩花堂散出城阿，夹道青旗士女多。
报到三分飞马过，春棚争看舞狮婆。

四五麦梁十六豆，十七瓜壶卜兆同。
但祝灯棚连日霁，家家一岁庆年丰。

鱼龙海市闹灯场，烟景宜人夜未央。
莱菔星星荒野遍，泉台还喜有春光。
登郡俗，元夜上冢，各于墓前点萝卜灯。

259

清明节过贺年芳，绣陌春风送烛香。

彩燕纸鸢飞处处，倾城儿女赛城隍。

书院依然古士乡，书田百亩未曾荒。

青灯一卷寒窗味，月散缗钱课讲堂。

留得风沙未压田，耕金种玉好相传。

辘轳万井声遥接，赤地人夸不借天。

市散城西日欲斜，小桥流水几人家。

种瓜种菜无闲地，剩有莱州未卖花。

罗带风牵绣陇低，鸦雏双鬓麦须齐。

樱桃树下蹲黄犬，闻道郎家在道西。

海村沙泊不生禾，湖逐东风绿上簑。

筏网乍开围几合，千人齐唱打鱼歌。

江南棉织关东布，船自南回又北开。

阔幅新机应得卖，愿郎早去早归来。

一沟潴水一行田，沙底翻泥岁岁填。

秋潦泻时禾已穗，满筐螃蟹日千钱。

西风十里草痕深，极目穷沙绕棘林。

莫道荒村无美获，携镵日日采沙参。

海东海北趁渔舟，海气朝寒雾不收。
莫笑熊黑舟子富，岛居五月尚披裘。

网场立界似疆田，千步红旗遍海沿。
口分有租渔让畔，砚池初税捕鱼钱。

一夕关东船已到，郎君十载信音虚。
北家粮食南家茧，愁煞西羌望海夫。

桑岛人家海外村，渔樵自给长儿孙。
石田且种供王税，官吏催科不到门。

黄河营外海摇天，望尽征帆眼欲穿。
恼绝北风沙口合，郎归无路可通船。

双缠头缏四端红，两小无猜信已通。
童养廿年姑作母，问郎犹说客关东。

十月坟前剪纸花，凄凄落月惨星稀。
谁家少妇来何暮，蝴蝶灰飞送独归。

老翁昨日入城回，几亩官租不用催。
白酒一瓶豜半肘，琴堂拼得醉归来。

作者简介：冯赓扬，字子皋，号拙园，广东南海人。嘉庆进士，官翰林院庶吉士，山东汶上县知县。

出处：《拙园诗选》，清同治南海冯氏刻本。

明湖竹枝

［清］王培荀

女伴同来问水滨，荷花如笑柳含颦。
画船摇入湖心去，缥缈歌声不见人。

小阁临流夕照中，阿谁斜倚画栏红。
鹊华桥畔分明记，只隔芙蓉路不通。

百花洲上百花娇，和雨和烟柳万条。
玉笛一声亭畔起，菱歌不唱也魂销。

闲来懒上酒家楼，倦即酣眠醒即讴。
两岸芦花秋瑟瑟，数枝红蓼压船头。

花乡水国足清妍，万斛明珠洒玉泉。
记得圣皇行幸后，亭台金碧夕阳边。

渔庄历历傍湖隈，隔断红尘几溯回。
莫恨泉流城外去，还邀山色入城来。

瓜皮艇子载红妆，来去纷纷底事忙。

侬自无心闲笑语，不知惊起睡鸳鸯。

新凉最爱铁公祠，船系亭阴半醉时。

日落平湖秋水阔，红霞浸入碧琉璃。

朋来寻乐话喃喃，赊酒一瓶鱼一篮。

名士美人都不记，湖山潇洒似江南。

官衙尽处见长堤，明镜虚涵万象低。

不借停桡回首望，楼台烟雨共凄迷。

作者简介：王培荀（1781—1859），字景叔，号雪峤，山东淄川人。道光元年（1821）山东乡试中，以恩科第四名中举。道光十五年（1835），王培荀只身一人去四川赴任初任丰都令，继而改署荣昌、新津、兴文、荣县等知县。道光二十三年（1843），被荐任为四川乡试同考官。道光二十九年（1849），年届古稀的王培荀致仕归田。

出处：《寓蜀草》。

永门竹枝词

［清］张铨

古镇七里镇河东，一片荒烟蔓草中。

苦为明昌寻故迹，观澜镇海想遗风。

新城斜枕济河西，石霸莓苔没旧题。
毕竟甘棠遗爱远，游人争颂蒋公堤。

丹邱宫本是名蓝，橘叟桐君住两三。
仙子不知何处去，观音又到白衣庵。

登楼万籁息刁刁，一曲南熏白雪高。
试问琴堂贤令尹，割鸡谁复用牛刀。

汉代循良不易寻，谁从梓里布棠阴。
昨朝仁义乡中过，父老犹谈林海霖。

魏丞裂眦夜登陴，保障孤城更有谁。
三百年来遗爱远，至今人读去思碑。

隋唐碑版久凋残，论古凭谁问史官。
只有韩陵一片石，琅玡墓上拓来看。

遁甲阴符秘不传，西堂诗句藉谈天。
半仙一去云霞冷，寥落人间二百年。

黄流直下铁门关，水浅泥深解客颜。
一夜洋船大欢喜，惊风收入太平湾。

年来海若欲东迁，东去潮声向日边。

葭浦芦湾三万顷，果然沧海变桑田。

萧王庙上走群灵，天外孤灯照北溟。
鼍作鲸吞风雨夜，迷航遥识定盘星。

河圈如玦大周回，辛苦篙工去复来。
一夜天吴驱六甲，北门锁钥一齐开。

官灶城荒锁绿苔，顺王棘刺没蒿莱。
行人识得金银气，铁柜于今尚未开。

渠展盐池尚有无，阴王故国莽榛芜。
齐桓一去三千载，谁向寒潮问霸图。

盐滩四百冠山东，棋布星罗广斥中。
煮海熬波笑多事，今人真比古人工。

熬波煮海令全删，赤日滩夫不放闲。
今夕方池成雪海，明朝平地起冰山。

北风辛苦荷长镵，一夜全收大海咸。
明日报潮多犒赏，提壶一解老饕馋。

盐坨万点乱山尖，海汛防兵岁岁添。
一夜西人席卷去，阳沽滨乐尽私盐。

劝郎莫离灶户家，长依灶户即生涯。

挑沟得钱侬换袄，晒盐得钱侬戴花。

海运房开海上游，蛮航夷舶一齐搜。

派差但得查关去，不愿人间万户侯。

萧神数典最纷纭，博物海洋有旧闻。

自是群灵朝海若，何妨权署洞庭君。

大阁北去海波咸，小阁南来河水甜。

侬愿郎心甜似蜜，不愿郎心咸似盐。

海淀高高斗口边，济黄交汇两茫然。

惟余古井分甘偏，犹似明昌掘井年。

海边四月乐婆娑，一片窝棚照水多。

蜃甲鱼丁收不尽，斜阳万艇唱渔歌。

务本乡中起棹歌，抛将耒耜著渔蓑。

怪来午市鱼虾贱，丝网矶边春雨多。

青鱼已过鲙鱼来，小口遥连大口开。

最好划船开外去，捞虾种蛤夜深回。

矮屋狼陀夕照村，家家破网晒当门。

晚来捞月沙河去，水调遥传涸水墩。

打鹰台上朔云回，罗毕秋高四面开。

海外将军自天下，儿童齐唱野鹰来。

牡蛎嘴外狼峥嵘，牡蛎嘴边海月生。

节过清明近上巳，村村听卖蛤蜊声。

打冰渡口二更初，下网波心五夜余。

好是暖寒初结会，满天风雪卖冰鱼。

小海腥风日午多，催租县吏几回过。

官虾压担城边去，知是来从毛四坨。

美人蛏子斗婵娟，盼到元宵月正圆。

钓罢沙头归去晚，满街争买看灯鲜。

家家分榜牡丹牌，锦绣千门十二街。

一自黄流开地轴，不堪重问薛家崖。

日暮牙江鸟语开，画眉偷眼白翎猜。

明皇一去笙歌歇，妙曲犹传阿滥堆。

刺梅花下牵郎衣，郎到江南须早归。

莫道江南春色好，江南似此好花稀。

丰国场边问旧营，前朝几度设屯兵。
至今明月荒城畔，铁马金戈夜有声。

填仓安囷象崇墉，打囤花朝忙老农。
两道炉灰出门去，大河冰泮起双龙。

老屋荒村破晓忙，编来揸席满盐场。
不愁日午炊烟断，一担能支十日粮。

风雪三更共一灯，农家妇子快搓绳。
明朝挑向盐船去，沽酒烹鱼得未曾。

直到门前溪中流，吾庐高枕接渔讴。
黄河三面围村口，过客争传小冀州。

本地风光入醉哦，花封粉社尽搜罗。
他年太史辏轩过，愿献康衢击壤歌。

作者简介：张铨（1795—1872），字寅阶，号翼南，利津县盐窝镇左家庄人。

出处：《利津县志》，清盛赞熙修，清余朝菜等纂，清光绪九年（1883）刻本。

海阳竹枝词

［清］左乔林

张灯作戏调翻新，顾影徘徊却逼真。
环佩珊珊莲步稳，帐前活现李夫人。
李夫人为汉武帝宠妃。

元宵花鼓响咚咚，士女欢腾庆岁丰。
点缀太平春富贵，满城火树月灯红。
元宵节。

百花生日是花朝，踏过城南花港桥。
行到杏花村十里，花中都有酒旗飘。
花朝节。

山南山北基田遥，好是清明浊酒浇。
一径斜阳人散后，棠梨花冷纸钱飘。
清明节。

十二栏杆拂绿杨，长春淀里落鸳鸯。
秋千摇曳谁家院，墙角风来笑语香。
清明节。

鲤鱼风信自关来，重九樽筵处处开。
臂系茱萸头插菊，登高齐上汉皇台。

重阳节。

舟车络绎接榆关，行旅匆匆日往还。

蓬背秋霜榛子镇，马头春色杏儿山。

辽沈道上。

田家妇织佐夫耕，不得西风络纬鸣。

深巷鸳机声扎扎，木棉枝上月三更。

女织。

作者简介：左乔林（1797—1877），字预樟，号莺庵，别号瀛南，河北河间大渔庄人。清嘉庆二十四年（1819）为求生计到国史馆担任誊录，道光十三年（1833）考取进士，是年殿试中二甲，时任滦州（滦县）学正（管州学）。在滦州七年大力兴办学校。后守孝在家，著有《谭幼史略》。孝满受聘保定府学当教授五年，著有《论语古韵》。不久，被肃宁"立翊经书院"请去授课七年。同治七年（1868）避乱回家。光绪元年（1875）又任"河间毛公书院"主讲，时年78岁，光绪三年（1877）春卒。

出处：《清人〈竹枝词〉中的永平风物》。

明湖竹枝词

[清]黄恩彤

映水楼台倒影斜，家家傍岸似浮家。

蒲锋割得银盘破，十里风香白藕花。

湖田均有主者，植蒲为界。

水面亭前碧浸衣，铁公祠畔舞烟肥。
一帆舴艋轻如叶，惊起眠鸥拍拍飞。

红菱碧芡满湖波，菱笋居然玉版师。
捆取莲根一堆雪，不劳纤手折冰丝。

佛头青蘸半城波，剪取秋云万幅罗。
更把明湖作明镜，弯弯初月写纤蛾。

三五渔家自作朋，水蒩花下阁鱼罾。
西风吹得红莲熟，星点凉宵照蟹灯。

四面荷花柳线长，一城山色映沧浪。
天然妙句留楹帖，输与风流老侍郎。
刘金门少宰于铁公祠留一楹联云："四面荷花三面柳，一城山色
半城湖。"

淡抹浓妆画不成，自然宜雨又宜晴。
明湖敢道西湖似，只是西湖欠入城。

鲁泛兰桡问莫愁，烟波占断秣陵秋。
若教移入台城畔，谁问秦淮更买舟？

作者简介：黄恩彤（1801—1883），原名丕范，字绮江，号石琴，别号南雪。宁阳县蒋集镇添福庄人。清末大臣。15岁获县试第一。道光二年（1822）中举。道光六年（1826）中进士。先后任刑部主事、刑部郎中、顺天府乡试同考官、广西乡试正考官、江南盐法道道员、江苏按察使。1845年升任广东巡抚。

出处：《知止堂集》，清光绪六年（1880）刻本。

大明湖竹枝词

［清］于昌遂

古历亭上柳婆娑，古历亭下水生波。

长须舟子刺船去，解道济南名士多。

古历亭，即历下亭，土人呼曰古历亭。"海右此亭古，济南名士多。"棹者习诵之。

北渚亭中唱好词，秋风独恨我来迟。

不如亭外几株柳，亲见渔洋年少时。

北渚亭，渔洋唱秋柳诗处，尚有枯柳数本婆娑水畔。

莫上华山与鹊山，菰芦丛里路回环。

伊人名士在何处？凉月纷纷娘子湾。

伊人馆名士轩，相传在娘子湾，今无其址矣。

不种黄桑不种麻，橛头船子是侬家。

卖莲卖藕侬生活，郎若来时莫折花。

湖之左右皆聚船作庐，不事耕织，种荷花数亩，旁植菰芦为界，且防游人。

鹊华桥头秋月圆，北极台上人喧阗。

吹箫打鼓声不断，铁公祠外过灯船。

桥在湖上。台在湖之北。明尚书铁公讳铉庙，每至中元节，土人放河灯皆在祠外，城中好事者结彩为船，携乐器随之，观者齐集北极台，台最高可俯视全湖。

作者简介：于昌遂（1804—1883），字汉卿，文登人，以廪贡生出仕为官，任职于江苏南通、泰州等地，曾任清都将军江北大营后路粮台，官至直隶州知州。

出处：《羼提精舍诗稿》，清同治五年（1866）享帚斋木活字印本。

成武竹枝词

［清］张葆中

树花如锦草成茵，何处寻芳景物新。

指点长堤堤外路，小桃红闹吕台春。

西湖风景近如何，羽扇临流载酒过。

夹岸菰蒲新涨满，夕阳人唱采莲歌。

到眼繁华不当春，魏村佳景正霜晨。

误他年老看花客，一例花红认未真。

曾闻樵唱说堂沟，昔日遗踪好在否？

木落山高枯草白，空余冷月上貂裘。

作者简介：张葆中，字含斋，山东成武县人。道光副榜。

出处：《曹州历代诗词选注》，张振和、黄爱菊选注，山东友谊出版社，1989年。

旱道竹枝词

［清］夏献云

送迎惯作路旁花，卖笑生涯店作家。

嫫母无盐休作态，乞钱犹自抱琵琶。

琵琶一曲未血等，却动关山荡子情。

低唱浅斟车套上，马头歌罢送人行。

作者简介：夏献云（1824—1889），字乔臣，号小润、芝岑，江西新建人。道光二十九年拔贡。累官至湖南按察使。著有《清啸阁诗集》十六卷、《岳游草》一卷。

出处：《清啸阁诗草》，清光绪十八年（1892）刻本。

铁门关竹枝词

［清］郝植恭

海国寒暄与候违，一轮炎日雨霏霏。
飓风吹雨向西去，脱却罗衫换夹衣。

几弯窄巷曲通路，双板危桥远接陂。
误认樯帆列空际，家家树立验风旗。

墐户肆廛春始开，一年利市费疑猜。
喜闻东北风声急，远影孤帆海上来。
冬日无船，肆廛尽墐户而去。

春藏何处绮罗丛，白板柴扉一例同。
逐队行来闻笑语，衣香人影月明中。

初无桃李占春华，更少桑榆绿阴遮。
薄暮忽从篱落望，猩红一树马缨花。

带壳蚶蛏不值钱，半身塔莫剥皮煎。
忽闻鱼市人争语，今早初来海蟹鲜。
塔莫，鱼名，似比目鱼。

贾舶商船晚棹停，栅栏门外草青青。
行人笑指双竿影，又到关前报税厅。

一带滩池近水乡，韩家园子建新坊。

白盐堆起如山矗，六月炎天满地霜。

作者简介：郝植恭（1832—1885），直隶三河县（今河北蓟县）人。咸丰壬子（1852）科举人。长于诗作，于同治十三年（1874）作《济南七十二泉记》。著有《漱六山房文集》《漱六山房诗集》行世。

出处：《漱六山房诗集》，清光绪四年至六年（1878—1880）刻本。

明湖竹枝词

［清］赵国华

千佛山前山亭子，城中湖水窗中看。

双双画桨比鸳鸟，女墙比是石阑干。

鹊山如鹊飞向东，华山如华开向西。

明湖绛纱不干事，朝朝蛾眉相对齐。

游鱼在水莺入林，百花堤畔春草深。

西湖六桥有时到，明湖七桥哪得寻？

铁公祠东佛公祠，佛公祠西铁公祠。

妾拾祠后梧桐叶，郎折祠前杨柳枝。

芙蓉桥畔是儿家，到门一路芙蓉花。

水边芙蓉红在水，窗前芙蓉红在纱。

水心亭中荷叶杯，隔岸画船犹未开。
笋舆小过缚蚕茧，遥见两乘三乘来。

莲泾芦渚分作田，鲤鱼风起江南天。
湾湾垂柳翠成幄，袅袅夕阳红上船。

欲雨不雨空无尘，红莲白莲丹间银。
劝郎莫上北极阁，松风如水凉煞人。

湖中艇子如剖瓜，湖上人家独轮车。
东街西街辘轳响，并肩少女颜如花。

白云白雪湖上楼，荒荒废废谁来愁？
有愁只在湖心处，不遣玉莲花并头。

金线泉西柳絮飞，玉带河边蒲笋肥。
金线赠郎无用处，玉带赠郎郎莫辞。

水西桥畔横笛吹，满船明月人未归。
荷花有香是人意，荷叶有香谁得知？

作者简介：赵国华（1838—1894），字菁衫，直隶丰润（今河北丰润）人。同治二年（1863）进士，官至山东沂州知府。工诗古文词，娴六法，尝为宝坻李鉴堂作望益草堂图，三河郝梦尧为之序。有《青草堂集》。

出处：《青草堂集》，清同治十一年至光绪十八年（1872—1892）济南刻本。

珍珠泉竹枝词

[清]张荫桓

亚字阑干敞四围，中留一角浣长裙。
珍珠满掬不盈饱，仍买馒头喂大鱼。

饥鹰啄鱼缀高柳，嘴脚并用潜昂头。
儿童掷石误一击，拍手翻为缘木求。

乱石墙高新抹粉，晴波相映特鲜明。
翠禽点水自来去，如此风光不解鸣。

乌皮划子撑短蒿，攫取桑椹供老饕。
回湾曲曲绕堤去，已到红阑桥外桥。

清晨舍得白蜡杆，刺波避石皆无难。
新堤放板种肥藕，绕望东宫如上滩。

枯枝卧水不忍折，挂住船篷船若旋。
玉带河壖忽传教，泊岸斜趋秋叶门。

前年平盖房九间，远离市集近马闲。

今年架度补窗楄，到此不觉皆欢颜。

临流叠石置丘壑，洞后忽展茅檐风。

秫畦半亩杂薯谷，闸口宜添水碓舂。

闻道南巡曾驻跸，材官犹识外朝房。

日常闲煞行宫树，时袭炉烟生远香。

竹林西尽石新铺，胜赏天然好画图。

泛绿依红风味隽，未须重问庾肩吾。

　　作者简介：张荫桓（1837—1900），字樵野，广东广州府南海县人，清末大臣。张荫桓三十岁那年还没考取功名，便捐了个有名无实的"知县"。但张荫桓很快凭自己的才能崭露头角，提拔为"候补道"，派往湖北深造洋务。光绪五年（1879）到安徽任"宁池太广道"，翌年又升任安徽按察使。光绪十年（1884），他奉调进京出任"以三品衔在总理各国事务衙门行走"。

　　出处：《铁画楼诗文钞·风马集》。

掖海竹枝词

［清］董锦章

抄虾取蟹各随时，冬铲蛎房夏卖蜩。

不爱瓜鱼爱柳叶，道它柳叶似蛾眉。

补竹枝词

［清］董锦章

破却工夫缉麦稍，几经纤手结缠绵。

问郎出甚新花样，花样崭新才值钱。

淘井仲春谋晒盐，涨势老嫩池中觇。

连年屡有盐商至，运向它方看署签。

作者简介：董锦章（1844—1920），字蔚堂，又字苇塘，别号襄村，又号寓园，掖县（今山东省莱州市）西登村人，清末地方名儒。

出处：《惜余轩诗钞》。

竹枝词

［清］张云锦

过德州后，沿途河溢成灾，地方凋敝，随时目击口占，其词近质，故概以竹枝云。

弥漫高低共几州，不分道里与田畴。

识途老马皆迷路，危坐车中如泛舟。

议触议赈尽空人，闾巷饥寒谁见闻。

乞食道旁凡几辈，望尘稽首泪纷纷。

傍山砌石屋三间，户牖全无怎御寒？
向午几人沿壁坐，半盘麦饭和沙餐。

平原零落几村庄，叠石为砌土作墙。
门外空廞无蓄积，颓然瘦犊卧斜阳。

北辙南辕此要津，沿河阛阓号殷振。
如今墟市驱车过，贸易萧条犬吠人。

手抱琵琶结队行，要人听曲语嘤嘤。
疗饥无术甘为此，弦索中含凄咽声。

作者简介：张云锦（1855—1926），字绗堂，号小霞。清宣统元年（1909）推选为靖远县议员，其后又被选为甘肃省议会议员，在甘肃省议员大会上又被推选为省咨议局常驻议员。

出处：《顺所然斋诗集》，清光绪三十三年（1907）刻本。

明湖竹枝词

［清］魏乃勷

白花洲畔问前途，十里晴漪似锦铺。
抢上画船人荡桨，此身宛在大明湖。

东南两岸有人家，细柳丝丝映户斜。

买得湖田二三亩，沿堤多半种荷花。

曲水东头汇泉寺，女儿一岁一焚香。
秋来又是盂兰会，打点灯船上道场。

铁公祠外小沧浪，窄窄朱门短短墙。
记取回廊最深处，一杯嫩茗吃槟榔。

西风残照雁来迟，水面亭高似昔时。
秋柳四章成绝调，隔湖犹唱阮亭诗。

采菱娇女十三时，手把轻篙入锦陂。
打起鸳鸯刚系缆，又抛莲子戏鱼儿。

荷花界外荡舟去，荷花界中养翠鳞。
颇似鲈乡风味好，隔花时见打渔人。

曲栏回抱小廊斜，近水楼台是妾家。
笑道今朝泛湖去，银丝插编素馨花。

小小丫鬟解意才，管弦排定一筵开。
竹枝歌罢樽前顾，笑指南山入注来。

余以辛酉膺拔萃之选，旋官京师，不及济南者四载于兹矣。乙丑读礼家居，检簏得旧作《明湖竹枝词》十章，湖中情事，一一曩时亲历，十年之游遽成往迹，存之感。

作者简介：魏乃勷，字吟舫，德州人。同治戊辰（1868）进士，历官江南道监察御史。

出处：《延寿客斋遗稿》，民国二十二年（1933）德州魏氏刻本。

明湖竹枝词

［清］吴岷源

湖上人家住画楼，湖中渔子荡轻舟。
四时风景江南似，合把湖名换莫愁。

朝烟暮雨淡前汀，落尽杨花长绿萍。
蒲笋芦芽荷盖小，春城并作一痕青。

绿水青山尚俨然，济南名士散寒烟。
惟余湖上三秋柳，曾见渔洋最少年。

歌声四面水中央，花里风来人语香。
欲采红莲须欵欵，恐惊叶底睡鸳鸯。

作者简介：吴岷源，字笠江，山东利津人，同治朝恩贡出身。

出处：《武定诗续钞》，清同治六年（1867）利津李氏刻石泉书屋全集本。

海阳竹枝词

[清]赵建邦

二月二日龙抬头，针箱线帖不轻开。
厨娘报道煎虫熟，开笔儿童放学来。
龙抬头节，或称煎虫节。

作者简介：赵建邦，河北乐亭人。光绪贡生。
出处：《清人〈竹枝词〉中的永平风物》。

明湖竹枝词

[清]黄兆枚

湖上晴风吹柳花，湖中波路线芦芽。
船无十锦却平底，不似西湖如缺瓜。

铁公心如金石坚，铁公祠庙今巍然。
登庭来拜铁公像，遮客儿童光索钱。

合肥相公曾读书，杀贼制夷才有余。
觥觥我爱张勤果，识字大官公不如。

曾巩文章杜甫诗，精灵长在此间无。
眼前一寺钟鱼寂，七十二泉来入湖。

边头岁岁壅泥沙，段段都归百姓家。

旧日湖心古亭子，门栏今在水南涯。

北极阁对南山巅，南山嶂开青郁然。

飞入湖中作湖色，水影烟霏人在船。

大明湖头清趣长，济南名士多壶觞。

开轩面水夏逾好，一片藕花吹酒香。

作者简介：黄兆枚（1868—1943），字宇逵，号侗斋，晚号芥沧，长沙县高山殿人。早年入岳麓书院学习，为王先谦弟子。光绪二十三年（1897）中举人，二十九年成进士。官至直隶州知州。

出处：《芥沧馆诗集》。

大明湖竹枝词

〔清—民国〕言敦源

明湖风景任徘徊，闲倚篷窗面面开。

听得喧哗人语近，张公祠畔画船来。

招凉齐向绿阴中，夹岸荷花映水红。

为看邻舟灯暂息，一钩斜月半帆风。

忘归休问夜如何，彻耳笙簧缓缓歌。

茉莉花成香雪海，人人插髻影凌波。

作者简介：言敦源（1869—1932），字养田，江苏常熟人。北洋时期，任长芦盐运使、内政部次长、中国实业银行董事长等职。

出处：《喁于馆诗草》，清光绪至宣统铅印本。

济宁竹枝词

［清］王谢家

任城风景秣陵秋，灯火人家水畔楼。
一夜寒潮生短棹，飞虹桥上月如钩。

道是渔山未见山，鳞排万瓦认回环。
济宁也似济南好，山色湖光总一般。

九十九山首缙云，浮岚浓翠两难分。
白云一种长如带，好系侬家水墨裙。

家住西湖西复西，澄波十里草随堤。
凤凰去后台空在，高柳和风莺乱啼。
凤凰台在城西八里。

试灯风里醉琼醪，相约登城不怯劳。
岂是病魔容易走，春愁遮住女墙高。

城西一带柳如烟，麟渡遗踪望渺然。
昨日踏青曾过此，状元墓下坠花钿。

河桥三月落花时，约伴寻春任所之。
笑指高堆号香葬，不知中果葬阿谁？
香葬堆在城南三十里。

烧香何借掷金钱，爇尽沉檀总化烟。
只为阿侯迟授我，葛仙不祀祀张仙。

邴亭北望暮云收，夹路红新豆荚稠。
侬意爱他眉样好，晚凉采遍勺头沟。
邴亭、勺头沟在城北，皆春秋地。勺头沟即长勺。两处蔬产眉豆
甚盛。

金樽檀板唱无聊，又谱新词入玉箫。
莫羡扬州明月好，侬家也住望仙桥。

是处门前插柳枝，河桥烟雨澹丝丝。
游春一路春随去，残碣还寻扎忽儿。
城西三里有暮碣，曰扎忽儿觫，元人也。

当年易水听离歌，埋骨何因此地过。
偏是英雄偏旖旎，荆卿冢上野花多。
荆冢集在城东。

绿桑如盖罩平芜，雪茧抽丝映素肤。
记否祈蚕携小妹，海沉一炷祀金姑。
姑蚕神，境有祠。

江南江北运粮舟，镇日船娘倚舵楼。
要与吴娃斗标格，香云梳作背苏州。

珠梅闸下水粼粼，网得银鲂入馔新。
未可作羹宜作脍，金盘留待远归人。

十里晴波潋滟明，夹河杨柳绿烟生。
焚香石佛前头拜，石纵无言佛有情。

西湖深处采菱花，郎去推篷妾浣纱。
泼翠山光九十九，浓岚齐上鬓边鸦。

万朵莲花出水澄，画船箫鼓赛河灯。
飞虹桥下人如蚁，鬓影衣香隔一层。

花鼓逢逢听艳歌，月明曲巷聚人多。
如何还唱中郎事，身后谁醒春梦婆。

龙灯百丈簇银鳞，绣领花裳逐队新。
别有深情言不得，看灯人看看灯人。

济流几曲似潇湘，两岸人家住水乡。

莫道前头风浪险，名区退步即康庄。

城北有康庄驿。

作者简介：王谢家，生平不详。

出处：《桥庵遗集》，民国元年（1912）铅印本。

济宁州竹枝词

［清］林之鹓

济州人号小苏州，城面青山州枕流。

宣阜门前争眺望，云帆无数傍人舟。

湾环济水绕长堤，舻舳遥连云树齐。

待到河滨新霁后，布帆争晒夕阳西。

九曲桥通济水流，水心亭子小如舟。

新荷弱柳今何在，此日空余芦荻秋。

探幽城外到南池，恰是晚凉洗马时。

为忆荩臣遗像在，大家争谒杜公祠。

千秋浣笔仰名泉，壁上诗多过客传。

百尺危楼今尚在，举杯邀月忆当年。

城中阛阓杂嚣尘，城外人家接水滨。
红日一竿晨起候，通衢多是卖鱼人。

胜览高吟太白楼，星移物换几经秋。
每逢九日登高去，携酒人来最上头。

向晓钟敲声远楼，音流百八数从头。
名缰利锁终身绊，清夜频惊旅客愁。

学海渊源号白衣，尚书门第至今微。
邵公故里何人问？北郭寻来是也非。

遗徽桑梓半销沉，为唱竹枝叉手吟。
风景争传任子国，分封余泽到于今。

作者简介：林之鹛，山东济宁人。

出处：《济宁直隶州续志》，清卢朝安纂修，清咸丰九年（1859）刻本。

明湖竹枝词

[清]张纶

柳阴茅屋两三间，门对清溪水一湾。
家有瓮头春酿酒，问郎可得几时闲。

作者简介：张纶，字丝园，山东历城（今济南市历城区）人。

出处：《国朝山左诗汇钞后集》，清余正酉辑，清道光二十九年（1849）刻本。

明湖竹枝词

［清］方起英

观荷载酒上轻航，摇动兰桡水亦香。
醉后诗成齐击节，惊飞无数紫鸳鸯。

千顷芙蓉带雨开，百花洲畔好徘徊。
无风忽动青荷叶，知是渔人荡桨来。

作者简介：方起英，生平不详。

出处：《狮山诗钞》，清乾隆间刻本。

淄川竹枝词

［清］李芝

自序：北方风土以正月十六日走桥、拜寺，谓之走百岁、走百病，取其益寿却疾也。至穿石佛寺莲台，又淄之旧俗。

春水春山映柳条，春城十六胜元宵。

行行一曲西关路，三寸红靴百尺桥。

曲尘著粉鬟细斜，行拥山门笑语哗。
百病年年除不尽，来穿石佛石莲花。

游人如堵夕阳殷，尺步犹嗟世路难。
何必纷纷走百岁，须臾白发上红颜。

戏鼓才停灯已无，衣香月色满归途。
只轮车隘难同载，先拂驴鞍背小姑。

作者简介：李芝，生平不详。

出处：《浅山园诗集》，清嘉庆元年（1796）钱塘李氏刻本。

登州竹枝词

［清］慕昌溎

满街争策紫骅骝，何必香车陌上游。
蝉翼低垂花压鬟，可人风味似苏州。

暖日轻风潮海庵，渔人相对话晴岚。
夜来一阵黄梅雨，钓得新鳞满竹篮。

作者简介：慕昌溎，字寿荃，蓬莱人。翰林院侍读荣干女，南皮举人张元来聘室。

出处:《古余芗阁诗集》，清宣统元年（1909）刻本。

蓬莱竹枝词

［清］王心清

天街何事女如云，馥馥春风兰麝熏。

定是谁家三日酒，新妆个个绣花裙。

俗于娶妇三日，女客盈门，名"三日酒"。服饰务极其盛。

主人傍午又张筵，四座明珰耀翠钿。

独有东家靴样好，归来留意托南船。

先早面，而后午筵。

土俗民情贵较量，黄沙白咸水云乡。

今年浪说秋成好，几处街头卖旧箱。

作者简介：王心清，字若水，号澄源，山东临淄（今淄博市）人。

出处:《有竹堂诗草·海滨草》，清嘉庆间刻本。

济南竹枝词

［清］孙兆溎

青天开出玉芙蓉，楼阁参差压远峰。

知道游人爱华丽，佛山也是晓妆浓。

千佛山，出南门三里许，秀甲诸山，春时游人甚众。

清泉喷薄势回环，三尺波澄碧一湾。

若比西湖潭印月，爱他清响更淙潺。

趵突泉，出西门半里许吕祖庙内，方塘半亩，联贯三泉，昼夜喷跳，清鉴毛发，庙极壮丽。

一湖绿水种莲花，杨柳堤边艇子斜。

四面香来看不见，好花都被荻芦遮。

大明湖莲花无际，然各有主者，均以芦苇界隔，花时掩映其中，殊为恨事。

北台高耸接青冥，羽士当年鹤暂停。

侬有新词歌不得，吟魂恐怕隔花听。

北极阁在明湖之西北。前道士醉琴，本以诸生游幕不得志，遂改道士装修行，善吟咏，能弹琴，颇有诗名，后即羽化其间。

汇泉佛寺傍长堤，卍字栏杆曲曲齐。

冠盖如云开夜宴，分明避俗到招堤。

寺中曲廊水榭颇可游憩，当道每借以宴客。

水心亭址卧中流，一片斜阳青草洲。

赖有浣花诗笔在，此亭虽朽亦千秋。

历下亭已坍圮，杜工部诗"海右此亭古"，指此。

长虹跨水望岧峣，仿佛扬州廿四桥。

为爱鹊华风月好，石栏杆上坐吹箫。

鹊华桥在明湖南，甚高旷雄壮，最宜眺月。

珍珠流出细纷纷，疑是鲛人泪滴纹。

一斛量来人一个，济南好女胜如云。

珍珠泉有二：一在南城濠，一在巡抚署。

多少名泉散四隅，迂回络绎赴明湖。

阿侬最喜长流水，流到门前洗绿襦。

城中多二尺许水沟，通城旋绕，清泉汩汩，长流不止，每从民居中流出。

新年天气正晴暄，岳庙烧香车马喧。

偏是妾来郎又至，相看一笑各无言。

岳庙在南关，元旦起至初十游人不断，名曰老常师瓜会。"岳"字，土音读如"牙"，上声。

明朝正看上元灯，火判鳌山异彩腾。

翠袖凭阑怕人见，月光偏照最高层。

各大街牌楼灯最盛。

踏青时节恰春三，相约邻娃斗草酣。

额发初齐年十四，避人也要采宜男。

济南妇女喜作踏青之会。

藕花衫子翠罗绦，来听梨园法曲高。

暗掐纤纤偷记板，归家亲谱郁轮袍。

戏场妇女甚多，勾栏中大半善昆曲者。

湖中同唱采莲歌，采得莲花侬最多。

一语问郎郎应笑，仙郎风貌可如他。

明湖亦有湖船，虽无秦淮平山堂之华美，然翠幔红栏尚属雅致。

残冬收拾过新年，花店看花耀眼鲜。

儿女情怀豪侠气，不妨吊古玩龙泉。

西关外大二三花店系秦氏所开，平时为车骡行，每至腊月廿四后，即卖剪绒结线各色彩花，倾城妇女往来如织，谓之花会。有秦叔宝所遗双剑陈设店内，游人得纵观焉。

小姑修饰髻云梢，堕马妆成燕尾翘。

梳得时新双套股，不如人处倩娘教。

妇女梳头，如堕马髻、美人髻之外，又有如元宝头，而心分两缕盘如剪刀股者，似觉别饶丰格。

女伴相携笑话谐，商量颜色绣弓鞋。

菱尖簇簇如新月，戏踏飞花下玉阶。

济南妇女以莲钩为第一，则虽老妪、村媪亦瘦削端正，竟有不足三寸者。

蛮靴精致出心裁，五色斑斓锦绣堆。
最是月明人静后，悄声阁阁踏霜来。
每至冬令皆换著小靴，极精致绚烂。

翠馆红楼院宇深，牙牌消遣昼沉沉。
卖花奴子知侬意，茉莉送来亲手簪。
珠兰、茉莉皆运自粮船，不贵而多。

街市喧阗达四冲，车行如水马如龙。
芙蓉西去条条巷，香肆风吹凤脑浓。
芙蓉街一带铺面最为整齐热闹。

木斫青蚨贯以绳，招牌权当挂高层。
半张侧理双重印，十万泉刀也算凭。
城中钱店极多，皆以木斫成钱式悬挂以作招牌。盛用钱帖盈千累百，只以一纸为凭，往往有逋逃之患。

三节城隍亲出巡，拜香烧臂意偏真。
不知愚子缘何事，铁索银铛仿罪人。
会中多臂香枷锁之辈，动以数□。

数树垂杨一水横，明湖居里好茶棚。

相逢尽是江南客，乡语听来分外清。

鹊华桥西有茶室，榜曰"明湖居"，竹篱茅舍，绿水垂杨，颇有清趣，江浙人每于此品茶。

酒家最好是安澜，相约同侪结古欢。

醉后狂歌浑不觉，半钩新月上阑干。

绍酒以安澜轩为最。

桐月轩中品菜蔬，骚人雅集太轩渠。

侬家不住西湖上，偏喜今朝醋溜鱼。

鱼虾皆豢于活水中，鲜美非常，不弱于杭州之五柳居也。

此乡瓜果味还佳，盈檐挑来摆满街。

雪藕苹婆侬最爱，夜深留待醒吟怀。

西瓜、蜜桃、苹果、粉藕之类多而且佳。

九月秋高紫蟹肥，渔人捕得叩双扉。

黄花心事今方慰，正好持螯望白衣。

秋来螃蟹极大极多，对菊持螯，不减江乡风味，客中乐事无过于此。

无多土著少游民，尽是他乡羁旅臣。

需次官人莲幕客，一齐间煞且寻春。

管仲女间三百之风至今尚存。

作者简介：孙兆澌，生平不详。

出处：《花笺录》，清咸丰二年（1852）刻本。

济南竹枝词

[清]宋兆彤

碧瓦朱楼缥缈间，人家几曲水弯环。
朝来露气浓如雨，失却城南一带山。

城北湖光卷画长，水田漠漠似江乡。
鲤鱼风起横桥晚，不辨荷香与稻香。

作者简介：宋兆彤，字采臣，胶州（今山东胶州市）人。诸生。

出处：《国朝山左诗续抄》。

鬲津竹枝词

[清]崔旭

鬲津河畔水平沙，无棣域边草努芽。
城外春风河上雨，阳晴天气杏开花。

杏子青青枣叶长，村中妇女试新妆。
马车行疾牛车缓，齐上西山烧愿香。

野鸟声声嫂打婆，锄田嫁树事偏多。

河边知有农桑乐，不管征人早晚过。

河岸多枣，每夏环树剥皮指许，则多实，谓之嫁树。

河水西通老虎仓，河流东过卧龙冈。

冈前到海天多远，不比风波道路长。

卫河减水坝在德州北老虎仓。

秋风吹雨木棉开，沿岸人家上集回。

共说街头虾酱贱，大沽河口海船来。

绣野亭荒落晚晖，老乌山上暮鸦飞。

渔灯闪闪才收网，一贯新鱼换酒归。

河上秋林八月天，红珠颗颗压枝圆。

长腰健妇提筐去，打枣竿长二十拳。

登莱归客此魂销，麦饼豚肩酒一瓢。

东岳钟敲城月落，征车早度岁甘桥。

桥为登、莱、青三府孔道。

临津楼上看花时，明月沽头晚涨迟。

水月有缘花满郭，邑人解唱使君诗。

邑令李公临津楼诗有"千树栽来花满郭"，潘公禹河诗有"到此
重寻水月缘"之句。

作者简介：崔旭，生平不详。

出处：咸丰《庆云县志》。

莱州竹枝词

［清］李莹

菜山产石莹如玉，刻划良工总不凡。
也作文词也作画，纷纶五色任装嵌。
山出莱石，制作器物，各色俱精。

佳肴招饮物其多，酒肆青帘挂柳柯。
蠃类蟷蛉秋蛎子，鱼如蚯螺号师婆。
时鲜中有海蛎子、师婆鱼，味甚美。

霜天月色上弦初，光照粼粼旁水居。
乘屋取材潮退后，家家海带草编庐。
每潮落，有草浮沙际。叶如韭，方而长，火爇不燃，得雨益坚，名海带草。居人用以葺屋。

比户不闻鸡犬惊，大都真当小鲜烹。
邑侯耻取膏腴润，聊佐清尊煮海蛏。
海上男妇踏浅水捞蛏者甚多。取视之，形如木贼草，长径寸。土人言煮羹甚佳。入县署，偶言及之，师为设羹。

作者简介：李莹，生平不详。

出处：《缙云山人诗集》，清刻本。

竹枝词

［清］黄恩澍

屋角山老门外溪，春来争忆踏青时。

山楂花满樱桃熟，日日城南扬酒旗。

作者简介：黄恩澍，山东宁阳人。

出处：光绪《宁阳县志》，清高升荣修，清黄恩彤纂，清光绪五年
（1879）刻本。

竹枝词

［清］赵访亭

明朝合卺喜辰良，今日华筵列满堂。

多写红笺邀客去，洞房依列小排当。

吴绫蜀锦叠盈箱，绣被交红鸳枕香。

裘马翩翩人送去，去时亲扫合欢床。

垂檐双轿彩云飘，背后香车沸似潮。

月姊风姨齐斗影，送他织女渡星桥。

密护花枝轿不开，车帘高卷却应该。
他颜不及侬颜好，十二红妆妙选来。

爱披霞帔学宫妆，稳护蠮蛦分外香。
的是江南新样子，阿郎行贾在苏杭。

分明玉女下兰桥，定是阿姨送阿娇。
偷眼新郎应暗度，云英未必胜云翘。

捧入华筵礼数通，敛容小掸髻玲珑。
金樽辞却低声诉，怕有桃花上脸红。

喜贺三朝绮席纷，香风满座宴红裙。
花枝欲数浑难数，只觉春游未似云。

阿谁凤髻宝珠冠，顶有牟尼百八丸。
十二长裙齐举首，争言夫婿是朝官。

贴地红氍十幅鲜，瑶姬捧出对华筵。
新来礼数休娇惰，袖有金钗当拜钱。

作者简介：赵访亭，山东海阳人。
出处：《丛绿轩诗集》。

东昌竹枝词

[清]袁鸿

小巷人家住望衡，乡邻姊妹笑相迎。
逢逢鼓杂声声板，围坐斜阳唱道情。

漫说杭罗广葛轻，新衣最好茧绸成。
野蚕不受蚕娘管，容易同宫坐一生。

临街小阁竹帘斜，鸾镜朝来翳有霞。
筚篥声中春色好，枝枝齐放倚门花。
负局者吹筚篥。

又无园圃又无田，夫婿天涯妄命遄。
扫土煎硝寻活计，要匀晴雨乞天怜。
雨久硝沉，晴久硝散，雨旸时苦硝亦丰年。

侬家庭院傍城隈，月色分明窗莫开。
出水芙蓉初浴起，防人高立鲁连台。

旧米仓前郎住处，穿心店里妾闺房。
□心穿续同心梦，旧米应输新米香。

一门如隔万山重，相约门前小立逢。
莫后莫先时候记，浴堂磬当自鸣钟。

浴堂汤热时，击磬于屋上，以招浴者。

女郎扶树夕阳边，打枣园林八月天。
掷果无心羞转甚，一九适落那人肩。

作者简介：袁鸿，生平不详。
出处：《铁如意庵诗稿》，清光绪三十年（1904）刻本。

山东竹枝词

［清］谢宗素

却有鸡声茅店月，绝无帆影板桥霜。
两马一车齐下店，解装日日为君忙。

车上风光篷底异，道旁梨枣叶中藏。
郎看佳果明于火，只许流香不许尝。

后档风飞跑热车，前村有女卖凉茶。
郎因何事衷怀热，到妾清凉第一家。

晴若香炉灰有线，雨如醮酒瓮无边。
红尘十丈轮蹄道，怪煞风来鼻观膻。

蕉叶有心唯感露，竹枝少雨怕随风。

晴窗修竹芭蕉下，怨煞风多雨不蒙。

麦田有井斯为美，瓦罐深深汲井中。
妾恐不离井上破，郎言只要麦收丰。

山路崎岖河路平，歧途合辙茌平城。
茌平东过齐河县，郡指济南分外明。

入郡遥看历下亭，亭边有个李先生。
于鳞才调本无敌，白雪楼高酒一觥。

铁公祠傍大明湖，风景依稀似画图。
四面荷花三面柳，历城端不愧姑苏。

泉有珍珠妾有夫，珍珠成斗送罗敷。
罗敷贞白同于玉，只爱泉清不爱珠。

黄台三摘瓜无蔓，红豆双圆手不拈。
妾比种瓜瓜味苦，郎何翻说苦瓜甜。

玉立亭亭比妾高，凌波不动半分毫。
妾从趵突泉边过，惊见水仙是这遭。

作者简介：谢宗素，生平不详。
出处：《却扫庵存稿》，清光绪间刻本。

竹枝词——赛会

〔清〕王度

泰岱行宫傍水滨，鸣缸击鼓竞迎神。
去来杂沓应难数，飞起沙窝十丈尘。

艳妆浓抹出深闺，款段篮舆绕大堤。
步屧行来弓样窄，游人量得印残泥。

歇马亭前塞不开，香烟如雾鼓如雷。
湘君款摆深深拜，密向莲台祝几回。

云鬟新梳径尺齐，灵蛇堕马尽嫌低。
轻绡六幅新拖水，摇漾风生锦障泥。

梨园子弟按歌新，黄犊车驼尽丽人。
不信绕梁才一曲，狂风卷送许多尘。

天桥南北尽周游，委巷轮蹄似水流。
拍手儿童传驾至，乌云一片出墙头。

驾鼓双槌响仗鸣，高跷联步踏歌声。
最怜三寸莲花步，挥汗丛中棹臂行。
驾鼓、响仗、高跷，皆迎神前导。

沿门设供供明神，湘竹帘垂远隔尘。

马上何来游冶客？轻摆玉辔暗窥人。

高撑帐子间平台，西调新腔羯鼓催。

不及缠头隆准者，轻歌欸唱上之回。

尽毁淫祠非卤莽，投坐河伯岂荒唐。

不如此日同民乐，文武官衙去过堂。

作者简介：王度，生平不详。

出处：《书连屋词》。

乡村竹枝词

[清]陈广年

瓜园夏潦梦全枯，不怕东君秋索租。

连日牙人来叩户，满村丰打淡巴姑。

作者简介：陈广年，山东济宁人。

出处：《济宁直隶州志》。

山东竹枝词

［清—民国］江右天剩子

都中看花深院中，出都看花道旁红。
一样闲花好颜色，年年岁岁笑春风。

千金买笑意如何，十斛明珠酬太多。
与郎论情不论价，青蚨五百舞且歌。

眉子弯弯新月痕，心头窄窄愁黄昏。
将眉夺取泰山绿，将心莫似黄河浑。

琵琶琵琶弦四条，黄金作拨檀为槽。
弹到枣儿何纂纂，声声心坎客魂销。

夜如何其月在林，郎行妾归两情深。
一声珍重回头见，消尽吴儿木石心。

杨柳店前杨柳低，红花埠外红花飞。
攀花折柳不忍去，想像颜色和腰支。

作者简介：江右天剩子，生平不详。

出处：《樵说》，清蜀西樵也（王增祺）撰，清光绪十八年（1892）
刻本。

竹枝词——稷园铁树开花，
观者如堵，因作

〔民国〕田树藩

人言铁树开花难，铁树开花非等闲。
花甲一周花一放，看花仕女笑开颜。

万人空巷去看花，股接肩摩乱似麻。
正是初秋天气好，公园驻满壁油车。

花状团团似鹊巢，柑黄羽瓣层层包。
中间突露新奇蕊，错认香菇嫩不姣。

照相技师快写真，彩头喧染更传奇。
游人不惜八千币，夹带携回证妙因。
四寸铁树花照片四张，价八千元。

作者简介：田树藩，生平不详。
出处：《澹园诗稿》，民国间铅印本。

武城竹枝词

〔民国〕何葆仁

焚香排案莫迟迟，十二钟鸣夜半时。

双炬红莲千子爆，齐开外户贺新禧。

祝圣开门。

新朝司爨委长工，睡起梳头日巳红。

记取入厨先吃饭，出门无雨又无风。

每年元旦雇佣家均委长工司爨。元日妇女晨餐先吃饭，每逢出门必无风雨。

吉旦才交第二天，兰房妆罢整红毡。

小姑前导新娘后，万福盈盈道拜年。

拜新年。

良宵二七庙门开，整队提灯祷弭灾。

堪笑小鬟偏落后，追呼阿你赶忙来。

正月十四夜，妇女携灯入社庙，点烛焚香，为保汤火。

粉黛如云拥满城，笙歌四面夜三更。

绷儿轻扑呼归去，灯火初收月正明。

迎灯笼。

灯烛辉煌彻绮筵，戏完叶子话欣然。

一轮笑指天边月，庆赏家家小过年。

赏元宵。元宵招集邻女多玩叶子戏。正月半俗谓小过年。

切片分甘嚼菔萝，生尝却令眼明多。

阿侬道是修来福，煮肉先供土地婆。

二月二，是日为土地诞辰。啖生萝菔能令眼明。

年年春社燕新归，厨下匆忙整带围。

菜子油煎鸡蛋发，奴家饲得大猪肥。

春社社日取菜子油煎鸡子，极极发凸，为饲之猪大之兆。

蚁子消除鼠子无，村花儿女戏功夫。

只愁记错阴阳历，回首低声问阿姑。

嬉日。二月十一日，炒发米，谓之炒黄蚁。十二日一路掷白米入水碓间，谓之引老鼠。各家女儿均停针不刺绣，云是喜日。

掠鬓垂肩挈小僮，偷将观礼立祠东。

套头仪注都看惯，唧唧翻嫌唱未工。

祠堂宴。二月十五日祠堂春祭。

一双纤手拜观音，烧过清香憩庙阴。

欲把签书央客解，羞颜粉汗已淫淫。

观音会。二月十九日观音诞辰，妇女多入庙烧香。

姗姗芳步不曾停，一径香风趁踏青。

陡听丁冬声响处，墙阴误触护花铃。

三月三。妇女相率踏青。

香草鸢儿插髻根，清明上冢宴荒原。

酒醺带醉娇无力，却倩郎扶不好言。

祭清明。清明日，剪蒜叶和番草札成莺儿插鬓边，旁午抛掷柳杪，谓之攀高亲。大族清明祭扫，男女均上冢会食。

满山红放杜鹃花，山后山前遍采茶。

摘得盈筐归去晚，雏奴犹数入林鸦。

采茶。

才了采茶又采桑，家家户户饲蚕忙。

相逢陌上春风暖，娣妇前头唤姊娘。

采桑。

一声钟响听鸣阳，拂晓争烧佛殿香。

东岳宫前东市路，脂红黛绿斗新妆。

拜东岳。市东欧阳楼钟最大，击之则声闻数里。三月二十八日东岳诞辰，城乡妇女烧香者甚众。

清和四月丽晴晖，什袭冬衣作夏衣。

美煞堂前双燕子，伴侬故意入帘飞。

俗语：四月四，抖被絮。

枣头龙眼杂元香，立夏芳辰试共赏。

向午合家还食笋，越娘脚健胜无娘。

立夏日，食补品俗谓贴夏，食笋俗谓接脚骨。元香，荔枝别名。

提壶挈榼路欹斜，成对徐行姊妹花。

祭罢田婆心事了，料应丰谷护侬家。

杀牲祭田祖，谓之种田福。

大麦丰收小麦黄，天晴铺簟晒林场。

篱边恐有鸡来啄，吩咐娥儿谨护防。

晒麦。

插尽中禾插晚禾，郎骑秧马唱村歌。

山荆却解吴侬性，饷馌携来粔籹多。

种田粿。编者注：粿，火粉或面粉，亦作净米。

剪艾为人剑插蒲，钟馗当户贴神符。

雄黄酒饮郎先醉，高卧元龙仔细扶。

端午日，门窗间遍插剑蒲艾入户，外贴钟馗符，午时饮雄黄酒，相沿成俗。

临街俯瞰倚楼窗，满市嚣尘荡竹舠。

挨过午船齐看戏，城隍庙里演昆腔。

端午船。五月五日，用竹蔑造船，载鬼其中，道士说咒毕，令数十人挨出东门外大溪中，城隍前导东平后，逐邑庙演昆腔戏十二昼夜，可保一邑平安。

佐使君臣购置匀，午时炮制法从新。

是茶是药何须问，底是壶中好驻春。

午时茶。每岁五月五日向药铺购置神曲、麦芽、白芷、槟榔等药，候午时和炒如法，以备一年家人小疾之需，疏风，消食，颇有功效。

翻箱整晒嫁时衣，一桁深青间浅绯。
微倦偶从阴处坐，无端蝴蝶傍裙飞。
晒霉。六月六日各家均倒笥晒衣服。

今朝天贶万家晴，肉味新鲜具馔精。
君自取肥侬取瘦，郎心妾意两分明。
六月六。谚云："六月六，要吃肉。"

未识檀奴肯许无，偷观戏剧引娇雏。
二郎亦解人情暖，却演唐朝百寿图。
六月戏。六月廿四日二郎神生日，演戏庆寿。

麻缕绩成到古津，中流漂漾白如银。
溪深生怕渠侬没，试把长绳系水滨。
漂纱线。六月间妇女绩麻成缕，日日向溪边漂白。

黄姑此日会牵牛，耿耿星河一夜秋。
怎比人间鸳侣好，双飞双宿不知愁。
七月七夕，乌鹊填河，双星相会。

生性聪明亦自佳，齐眉梁孟百年偕。
天公应畀奴全福，瓜果盈筵照品排。

七夕庭陈瓜果，拜北斗七星，乞巧祈寿。

新谷登场累万斤，日中晒曝倍殷勤。

收成较比前年好，偷粜为儿做布裙。

粜新谷。新谷登场，儿媳辈往往偷粜，以蓄私财。

炊烟一缕煮清晨，蒸气浮浮饭颗匀。

为问厨娘粳熟未？姑眠正起唤尝新。

尝新米。

中元气候暑犹炎，供祖施孤底事兼。

听说上房传语出，糖糕应比旧年甜。

七月半。停午具馔，堂上供祖，薄暮煮羹，路旁施孤魂。是日家家各蒸糖糕分给比邻。

摇漾波光荡桨轻，采莲深处却含情。

池心莫搅鸳鸯梦，睡兴初浓恐著惊。

采莲。

沿街烛爇路头温，照彻阎罗地狱门。

知道慈君菩萨善，笼灯先引女娘魂。

点地灯。七月三十日点地藏王灯，各家门口黄昏爇烛七枝。

合社龙神坐宝岩，绅耆分等叙头衔。

殿门双癖裙钗集，顶礼虔诚祷语喃。

烧龙香。邑西十八社遇旱年祷雨，迎龙停驾宝岩寺。俟雨过，送还龙潭。每社一小头，总社一大头，惟做大头必须顾姓子孙。八月初一日开殿门，令妇女烧香，是日求子祈福者四乡纷至沓来。

人间天上共团圞，何福嫦娥住广寒？
如此秋光如许月，偎肩试倩玉郎看。
赏中秋。

举家围坐食糍糕，佳节重阳意兴豪。
怪道丫鬟离席去，妆楼独上学登高。
重阳。九月九日蒸糕，谓之重阳糕。

云伞龙旗纸马蹄，欢迎鼓乐岸东西。
儿童争接胡公驾，三五成群过短堤。
迎胡公。

人小登科月小阳，喧天鼓吹早催妆。
李家娶妇张家嫁，惹得姑娘跟帐忙。
新嫁娶。十月间，人家嫁娶甚多。洞房陪侍新妇必择闺女，俗呼跟帐姑娘。

弋阳京调与昆班，报赛迎神总等闲。
点剧教郎休错误，今宵合演玉连环。
平安戏。冬令演平安戏，处处皆然。

绣纹添线话从容，田事方完好过冬。

糍饼未呼儿辈食，庭隅手臼会须舂。

冬至。是日农家舂麻糍过冬至。

忏罢灯孤忏血湖，女尼五众果模糊。

当场笑向村姑问，今早清斋打得无？

打斋。女尼忏血湖经。妇女赴席谓之打斋。

乞丐沿门打小锣，乡人漫学有司傩。

盈盘白米欢相送，好语喁喁面带酡。

乡傩。岁终，孤老院乞丐扮乡傩，沿门求米。

橙黄橘绿腊梅飘，灶里君王事早朝。

爨婢也知司命贵，持香欢送上青霄。

送灶君。十二月廿四日灶君上天。

爆竹声中一夕除，到头粗足各轩渠。

钱分压岁儿嫌少，抱膝依爷更乞余。

除夕。

衣冠整整衬新鲜，列炬盈庭总谢年。

改岁从丰分食粿，全家今夕庆团圆。

谢年。岁除日炊年饭，具三牲，排香案，拜天地同居，邀同一
气，谓之总谢年。晚餐具盛馔，俗云食改岁。早晨做团圆粿，合家分
食，取吉兆也。

作者简介：何葆仁，生平不详。

出处：《水部居诗钞》，民国二十三年（1934）铅印本。

明湖竹枝词

［民国］王兰馨

鹊华桥下水流急，千佛山头枫叶稀。

红藕香残人不见，竹枝唱彻鹧鸪啼。

历下亭畔柳阴浓，桃花开日记相逢。

明湖也作桃源路，一路飞花泛水红。

作者简介：王兰馨，生平不详。

出处：《将离集》，民国二十三年（1934）铅印本。

后 记

书稿提交时，心中很是忐忑。

回鲁工作以后，总想做点什么是跟自己家乡有关的，找来找去还是决定做竹枝词——至少，它是我曾非常用心地关注了很久的主题。也是庆幸，很多人认同了这样的一个选题，所以它以省课题的形式立项了。然而，由于我的惰性以及各种各样转岗之后的手足无措，这个选题的工作还是一再拖延。

匆匆忙忙地完稿了，这便是忐忑最大的原因。事实上，它确实没有很好地完成我当初的设想。文本整理可能还算清晰，但是研究远远不够——这一点期待，也敦促自己更加努力地去继续完成。

感谢帮我敲定竹枝词这个研究选题的萧放老师，虽然后续的懈怠让我现在总有些愧对他不时的关心；感谢帮我联系出版社的张伟老师，转岗之后太多的关照与提携，我时刻谨记；感谢山东画报出版社的顾业平编辑，他的负责让书的出版更加顺利。

又是一年深冬，但愿这个不算太丰沃的果实能够多少激励一下自己，继续完成一些曾经的理想。

郑　艳

辛丑冬至于泉城